Akos Verboczy

La maison de mon père

Roman

le bruit du monde

À ceux qui restent.

Tout me ramène à l'enfance.
Ce pays sans père.
Ce qui est sûr c'est que
je n'aurais pas écrit ainsi si j'étais resté là-bas.
Peut-être que je n'aurais pas écrit du tout.

DANY LAFERRIÈRE, *L'Énigme du retour*

Prologue

FUNÉRAILLES

Les cendres de mon père ont été dispersées à l'aide d'un dispositif rapide et bon marché sur la terre qui l'avait vu naître soixante-trois ans plus tôt. L'urne en métal a été placée dans une sorte de canon qui, actionné à distance, a déclenché une fontaine. Les gouttes d'eau pulvérisées emmêlées aux particules d'os ont formé de grandes arches symétriques avant de se déposer sur la pelouse. Une des *Saisons* de Vivaldi accompagnait la scène. « L'hiver », si ma mémoire est bonne.

L'opération a pris, au plus, soixante secondes, à peine suffisantes pour que je comprenne le fonctionnement du mécanisme, mais surtout que je comprenne que *ce serait tout.* Déjà la cérémonie qui avait précédé n'avait duré que quinze minutes, se limitant à un service religieux, inclus dans le forfait « Crémation, hommage, dispersion des restes ».

Rien ne pouvait plus mal résumer ce qu'était mon père que le kitsch d'une fontaine musicale et les bondieuseries d'un prêtre. En même temps, personne n'avait envie de partager des anecdotes touchantes ou cocasses, ni d'écouter une version magyare de *My Way.*

Le prêtre, assigné par l'entreprise de pompes funèbres, a adopté le ton requis par les circonstances. Il a prononcé des mots comme *rédemption*, *amour*, *miséricorde.* À plusieurs reprises, il a évoqué le défunt comme « notre estimé frère », ce qui aurait bien fait rire le principal intéressé. Personne parmi la vingtaine de convives ne pensait que mon père était « désormais et pour toujours assis auprès de notre Seigneur Jésus-Christ ». Ni sa veuve maintes fois trompée, ni ses amantes déçues, ni ses amis jamais remboursés, ni ses enfants délaissés, ni même sa vieille mère depuis longtemps désillusionnée. Mais personne dans l'assistance ne croyait qu'il eût pour autant mérité les flammes éternelles de l'enfer. Il faut dire que ma mère n'était pas présente.

J'étais arrivé au cimetière de l'avenue de Fiume une demi-heure avant la cérémonie, décalage horaire aidant, le lendemain de mon vol Montréal-Budapest. J'étais au début de la trentaine et cela faisait vingt ans que nous avions quitté la Hongrie pour le Canada, ma mère, ma grande sœur et moi. Alors qu'à Montréal on annonçait une tempête de neige, le début du printemps avait ici des airs d'été. Aux fleurs bourgeonnantes des arbres s'ajoutaient celles, coupées, des seaux en aluminium placés devant l'entrée principale pour rappeler les endeuillés à leur devoir.

Ah oui, faudrait acheter des fleurs, me suis-je dit devant l'étalage.

Dans ce pays, on vend des fleurs un peu partout. Il est coutume d'en offrir en toute occasion, ou non-occasion, selon une étiquette qui m'a toujours semblé trop floue pour que la visite chez le fleuriste m'enchante particulièrement. En fonction de la saison, du contexte et du destinataire, il faut choisir la variété, les couleurs, la taille, l'emballage – papier ou cellophane, monsieur ? – sous le regard d'une vendeuse qui croit que la raison de mes hésitations est budgétaire alors que mon but, comme pour tant de choses au fond inutiles, est de n'en faire ni trop ni trop peu.

« Ah oui, faudrait acheter des fleurs. »

J'ai reconnu derrière moi la voix de ma grande sœur, qui venait d'arriver. Et j'ai reconnu ce ton qui, chez elle, traduit l'envie que les choses se terminent avant même qu'elles aient commencé.

Ma sœur habitait en Hongrie à cette époque et maîtrisait les mœurs locales, mais elle ne s'est révélée d'aucune utilité pour choisir des fleurs. Nous avons tergiversé devant l'échoppe de la fleuriste jusqu'à ce que notre tante arrive à la rescousse avec une proposition, « parce qu'on n'a plus le temps et Klára commence déjà à s'énerver » :

« Prenez un œillet blanc au nom de chaque enfant. »

Nous avons aussitôt acquiescé. Si nous avons une chose en commun dans la famille, c'est bien l'allergie au flafla.

« Et prenez-en trois, bien sûr, a-t-elle ajouté.

– Bien sûr », avons-nous répondu à l'unisson, même si, je l'avoue, je n'avais pas pensé à notre demi-sœur sur le coup.

Son absence était compréhensible, elle vivait aux États-Unis, où elle avait fondé une famille avec un soldat américain rencontré quelques années plus tôt dans un pub de Londres. Elle m'avait raconté ça la dernière fois que nous nous étions vus, quelques années auparavant. Sinon, on ne se parle que rarement. C'est pourtant elle qui m'avait informé, dix jours plus tôt, de la mort de notre père. L'objet du courriel n'annonçait rien de bon : « Papa ».

Ma sœur et moi sommes arrivés juste à temps pour l'oraison funèbre. Elle s'est chargée de déposer les fleurs devant l'urne tandis que je me plaçais à côté de Grand-Mère, qui m'a pris le bras et m'a chuchoté à l'oreille : « Tu es venu, de si loin… »

Il y avait, debout en demi-lune, la petite famille et d'autres visages connus. Klára en noir de la tête aux pieds dans son rôle de veuve officielle. Personne d'autre ne s'était donné cette peine, même que ma sœur portait une drôle de veste colorée. J'ai reconnu Anikó, la mère de ma demi-sœur, et quelques amis de mon père, dont cet éditeur-écrivain rencontré lors de notre dernière promenade, voilà quelques années, et son ami d'enfance devenu un célèbre bluesman, que je voyais en personne pour la première fois. Ils m'ont adressé des signes de tête et des sourires compatissants, avant que je baisse les yeux au moment où le curé entamait le *Notre Père.*

Tout le long des obsèques, Grand-Mère est restée accrochée à mon bras et n'a pas quitté les trois œillets du regard. Au milieu des quelques couronnes, de la dizaine de bouquets, ils faisaient bonne figure sans prendre toute la place. Un bon choix, ai-je pensé. Je n'ai pas pleuré. Si Grand-Mère a versé des larmes, ce ne fut que discrètement, comme pour tout ce qu'elle a jamais fait. De toute manière, y aurait-il eu assez de larmes dans les yeux de cette mère qui, avec ses quatre-vingt-cinq ans et toute sa tête, assistait ce matin-là aux funérailles de son fils aîné, trente ans après avoir enterré son cadet ? Le moins que je pouvais faire, c'était de lui offrir mon bras pendant qu'elle fixait les trois œillets blancs.

* * *

Le seul souvenir que je garde des funérailles de mon oncle, c'est que je n'avais pas eu le droit d'y aller car, à sept ans, j'étais trop jeune pour ça, alors que mon cousin, qui n'en avait que quatre, pouvait y être *parce que c'était son père*, ce qui me semblait être une profonde injustice.

De mon oncle, il ne me reste qu'une image floue en contre-plongée. Il est debout dans une cuisine, la cigarette entre les doigts, le cœur à la fête – ce devait être un dîner de Pâques ou de Noël chez Grand-Mère. Ses cheveux noirs recouvrent son front et ses oreilles, il a des sourcils épais et porte une barbe touffue à une époque où personne n'en portait, sauf les clochards et les poètes. Lui faisait partie de cette dernière catégorie, ce qui m'a toujours impressionné. La fierté de voir mon nom sur la couverture d'un livre remonte à loin.

Enfant, je lisais ses contes pour enfants. Adulte, ses poèmes pour adultes. Les premiers ont eu un succès populaire remarquable et les seconds ont fait de mon oncle une figure émergente des cercles littéraires hongrois des années 1970.

Mon intérêt pour son œuvre vient sans doute du fait que ses écrits évoquent souvent notre histoire familiale, avec un mélange de cynisme et de gravité. À commencer par la naissance de mon père, en mars 1945, au milieu d'une forêt, alors que mon grand-père fuyait la guerre avec ma grand-mère enceinte. *Un drôle de voyage de noces sur un itinéraire encore pauvre en fosses communes et plaques commémoratives.* Le jeu du chat et de la souris avec les soldats amis et ennemis s'est conclu dans une bourgade en Autriche, le ventre et les seins vides. Mon père reçoit alors, à l'âge de deux mois, son premier papier d'identité officiel, celui d'un prisonnier de guerre. Amorce comique à toute biographie, il faut bien l'admettre.

À la fin des hostilités, il s'en est fallu de peu que mes grands-parents ne restent à l'Ouest pour toujours avant de décider, sans trop de conviction, de rentrer en Hongrie. Mon père n'a plus jamais traversé la frontière de son pays.

Les livres pour enfants de mon oncle racontent les aventures anodines d'une petite famille ordinaire. Papa-à-Barbe, l'*alter ego* de l'auteur, est l'observateur indolent des tribulations de ses deux enfants, Ti-Frisé et Frangine-Taquine, *qui ont chacun leur propre mère pour éviter les chicanes les fins de semaine.* Grand-Mère est un des personnages récurrents, Mémé-Maniaque, dont la mission permanente consiste en un combat vain contre les germes. Dans ses histoires, on croise d'autres membres de la famille : il y a Maman-Rouquine, Tante-Tannante, Pépé-Empiffreur… Mais moi, jamais ! Ça me peinait à l'époque. Moi aussi, je me trouvais digne d'avoir un double littéraire. Moi aussi, j'aurais aimé apparaître dans une de ses histoires, une fois au moins. Dans le rôle de Cousin-Zinzin, au pire !

Mon père aussi est absent des récits. Cela ne reflète pas une animosité entre frères, mais plutôt la distance qui a toujours existé entre ces deux garçons fort différents – quoique sur leurs vieilles photos ils soient parfois impossibles à distinguer. « Il faut chercher le grain de beauté », disait Grand-Mère en pointant cette marque sur la joue gauche de mon père qui, c'est vrai, le rendait encore plus beau.

Ce que Grand-Mère ne disait pas, c'est qu'en observant les clichés de près, la timidité et la fragilité de mon oncle se révèlent sur le papier glacé, comme si on devinait dans ses traits en noir et blanc l'attention maternelle qu'il a toujours réclamée et reçue, depuis ses maladies infantiles jusqu'à son séjour aux soins palliatifs. À côté de lui, l'aplomb de mon père, le fils aîné dégourdi et charismatique, est manifeste. De son avenir à lui, il ne fallait pas s'inquiéter.

Les deux frères n'auront jamais été très proches, en fin de compte, même s'ils ont laissé tomber l'école, fui le service militaire, se sont mariés, divorcés, remariés, et ont eu leurs enfants au même rythme. Pourtant, à peu de chose près, ils avaient les mêmes centres d'intérêt : la poésie, les filles, la boisson, le tabac, tous les ingrédients essentiels, en somme, à une vie menée à la va-comme-je-te-pousse. Pour mon père, c'était Villon et les classiques hongrois, pour mon oncle, c'était Salinger et Brecht ; pour les filles, mon père lorgnait les bourgeoises juives côté Pest tandis que son frère avait un faible pour les étudiantes de Buda qui sortaient de la faculté des lettres ; mon père buvait de la pálinka, mon oncle, de la bière ; c'était la pipe ou le cigare pour le premier, les Fecske, cigarettes sans filtre, pour le second. Chacun sa posture, chacun son rapport au monde et aux choses.

Mon père aurait pourtant pu inspirer un personnage fort comique dans les histoires pour enfants de son frère. En Tonton-Moustache qui arrive toujours trop tard et repart toujours trop tôt, car des missions mystérieuses l'ont retenu et l'attendent, mais qui, pendant son court passage, prend toute la place et finit debout sur la table de la cuisine à déclamer une vieille ballade d'un vieux poète, à la joie de tous, sauf de Mémé-Maniaque, évidemment, à qui revient la tâche de nettoyer la boue qui tombe de ses gros sabots.

Ma mère se souvient de la dernière fois qu'elle a vu mon oncle. Quelques semaines avant sa mort, il est passé nous voir à notre appartement du Körút, en chemin vers sa maison d'édition. Probablement dans l'idée de nous faire ses adieux, mais ma grande sœur et moi étions absents. En ouvrant la porte, ma mère n'a pas reconnu son ex-beau-frère. Le cancer avait dévasté son corps, et le traitement avait dégarni son crâne, ses joues et ses arcades sourcilières. Heureusement, il portait au cou, enfilé sur une cordelette, son bracelet de naissance avec son nom bien visible, tel qu'il y avait été inscrit, trente-trois ans plus tôt, à la maternité de l'hôpital Szent-János. « C'est mon *dog tag* », expliquait-il, le visage pâle et souriant, en référence à ces plaquettes de métal qui identifient les soldats tombés au champ de bataille.

Ma mère a déniché dans le vestibule mon vieux manteau d'hiver. « Il est rendu trop petit pour mon fils, mais devrait faire au tien, pour au moins deux saisons. » Mon oncle a refusé en s'excusant. Ses muscles atrophiés supportaient à peine le poids de ses propres vêtements. « Ça vient d'Allemagne de l'Ouest », insistait ma mère, sans le convaincre, et mon oncle est parti chez son éditeur porter ses derniers poèmes, qui eux, apparemment, ne pesaient rien.

Un des textes fourrés dans sa poche de jean cet après-midi-là a été publié après sa mort. Ça s'adresse à son fils, je crois.

dans le ravin
de mes cernes
tu trouveras mon dog tag

contrôle mon identité
assure-toi de l'exactitude des données
quand tu allumeras le projecteur
pour interroger les souvenirs
tu seras rassuré

à toi l'avenir
moi j'ai déjà vu la mort
je suis poupon tétant le téton
qui s'est cassé du Taygète

J'ai dû vérifier sur Wikipédia : « Le Taygète est une chaîne de montagnes grecque située dans le Péloponnèse. » C'est de ses hauteurs que, selon un mythe, les enfants mal formés ou trop faibles étaient poussés dans le précipice. Finalement, ils n'étaient pas si légers, ses poèmes.

Dans un de ses textes inédits, mon oncle avait proposé une épitaphe :

Ici, il me reste plus de temps
pour atteindre l'immortalité.

Elle n'a pas été retenue. Dans la famille, on a toujours opposé une limite aux caprices des enfants et on s'est contenté de graver dans la pierre son nom et ses dates de naissance et de mort avec, tout de même, l'ajout de ce mot qui résumait son être et rendait ses proches fiers : *Poète.*

Pour mon père, il n'y aurait pas de pierre tombale. Nul endroit pour inscrire un mot d'esprit ou son métier – photographe publicitaire ? vigile de centre commercial ? –, nul endroit pour graver son nom avec ses années de naissance et de mort, nul endroit pour se recueillir. De mon père, il ne resterait même pas une poignée de cendres qu'aurait dispersées un jour, dans un endroit où il aurait été heureux, quelqu'un qui l'aurait aimé malgré tout.

Chapitre 1

RETOUR

Quand j'étais enfant et que j'allais passer la nuit dans un endroit nouveau (chez un copain, en colonie de vacances, au chalet d'été de la coopérative des coiffeuses et esthéticiennes du XIIIe arrondissement, ou la fois où nous avons dormi à l'hôtel en Allemagne de l'Ouest), ma mère me disait toujours de compter les coins au plafond avant de m'endormir. Pour que je fasse de beaux rêves. Paroles rassurantes pour rappeler que, même quand on est loin de chez soi, il y a des choses qui ne changent pas. J'ai gardé cette habitude, peu importe l'endroit où je me couche, même si mon sommeil est facile et que mes nuits sont rarement agitées de cauchemars. Et ça m'amuse encore quand le total dépasse quatre.

Au plafond de la chambre louée pour mon séjour en Hongrie, le premier depuis les funérailles de mon père, voilà douze ans, il y a très exactement quatre coins. L'ancien appartement de luxe, transformé en hébergement touristique, a été subdivisé par des cloisons orthogonales, gagnant en rentabilité ce qu'il a perdu en élégance. On m'a accordé la plus grande chambre, avec le balcon, souligne la jeune réceptionniste, puisque je resterai plus qu'un week-end, « ce qui est plutôt rare ». Elle me remercie de l'avoir prévenue de l'heure tardive de mon arrivée avant de m'expliquer, longuement, le règlement de la maison.

Un nom archihongrois sur un passeport canadien l'a intriguée et je sens que si elle prolonge la conversation, ce n'est pas seulement par ennui ou par professionnalisme, mais par curiosité. Un client qui reste dans l'établissement dix jours, c'est rare, et un client qui parle hongrois, encore plus.

« Tu remarques un accent ? lui ai-je demandé, espérant une réponse négative.

– C'est davantage ta façon de parler », m'a-t-elle avoué, notant que plus tôt j'ai dit *rezervácio*, mot qu'elle a compris, mais qui, en hongrois, n'existe pas.

Durant les premiers jours dans mon pays natal, ma parole est hésitante, les mots restent suspendus au bout de ma langue, le temps que le français rende provisoirement sa place au hongrois, qu'il lui a ravie jadis. Quelques heures de conversation suffisent pour que la fluidité de ma langue maternelle revienne, mais là il est minuit, je viens de traverser l'Atlantique et, aussi sympathique que soit cette réceptionniste, je dois dormir – après avoir compté les quatre coins du plafond.

L'appartement est au deuxième des cinq étages de l'immeuble et il donne directement sur l'artère principale de Budapest : le Körút. Après avoir écarté les rideaux, remonté les stores, ouvert les portes-fenêtres, je sors sur le balcon qui surmonte l'entrée de l'édifice. L'intense agitation du boulevard me happe. La circulation automobile, le passage incessant des tramways et les trottoirs envahis de piétons ont un effet hypnotisant et je reste là, debout sous le soleil matinal, pendant de longues minutes.

Le balcon de pierre est sculpté à même la façade particulièrement travaillée. Le style art nouveau, à la sauce viennoise, avec ses frises, médaillons et guirlandes, témoigne de l'âge d'or que fut la Belle Époque pour cette ville, alors confiante et insouciante, se croyant à jamais au cœur de la civilisation européenne. C'est un peu comme ça que je me sens ce matin. Cela me prend un moment avant de remarquer les deux imposantes statues de Titans qui me flanquent et qui portent l'étage supérieur sur leurs épaules. Comparé à eux, comparé à la faune urbaine qui se presse sous mes yeux, comparé à quiconque peut-être en ce lundi matin, je me sens léger : je suis en vacances. En vacances chez moi.

Je ne suis peut-être pas *chez moi* à proprement dit, mais très certainement en terrain connu. Un peu plus bas, vers le pont Marguerite, je vois l'immeuble où j'ai grandi et, plus loin, le parc Jászai, le terrain de jeux de mon enfance. Je reconnais notre épicerie, l'échoppe du fleuriste sur le trottoir, aujourd'hui spécialisé en bonsaïs, alors que les boulangeries, cafés, coiffeurs et autres boutiques et restaurants ont eu le temps de changer maintes fois de vocation.

Je fais directement face au Théâtre de la Gaieté avec sa coupole néobaroque, sa façade jaune, ses colonnes corinthiennes, son escalier élégant – le tout fraîchement rénové. Dans le temps, ma mère y a été maquilleuse surnuméraire, seul contrat qui lui restait dans le milieu du spectacle qu'elle avait dû délaisser, à contrecœur, après son divorce. Les horaires des représentations et des tournages ne convenaient pas à une femme qui élève seule deux jeunes enfants. Je l'accompagnais de temps en temps en coulisses lorsqu'elle était appelée d'urgence et n'avait pas eu le temps de prévenir Mamie ou ma gardienne. J'aimais beaucoup la regarder poser des perruques et de fausses barbes, appliquer des maquillages flamboyants, papoter avec des vedettes que j'avais parfois déjà vues à la télé. Mais je préférais quand elle travaillait de l'autre côté du boulevard, dans une des rares discothèques de la ville dans les années 1980. Tous les samedis soir, à neuf heures trente, la piste de danse faisait place à un spectacle de *lip-sync* donné par des sosies de Boy George, Michael Jackson, Cyndi Lauper et la *drag queen* Divine, mon numéro préféré. Eux, on ne les voyait jamais à la télévision, ni nulle part ailleurs dans le bloc de l'Est, sauf donc – le mot s'était donné – dans le sous-sol de cette discothèque, une fois par semaine, grâce aux maquillages et aux perruques créés par ma mère. Elle s'acquittait de son boulot d'esthéticienne plus haut sur le boulevard, près de la place Karl-Marx, dans un salon de beauté où je passais mes jours de congé, mais où l'épilation des jambes à la cire chaude me captivait quand même moins que le spectacle d'une boîte de nuit. Cela dit, je n'avais pas à me plaindre. (J'ai eu une enfance heureuse.)

La ville semble plus propre que jamais. La grisaille qui se déposait jadis sur les murs et les esprits s'est dissipée, on dirait. La cime des arbres est plus haute, la population s'est embourgeoisée, il y a davantage de touristes, de clochards aussi, faut dire, mais l'aspect général des lieux, l'ambiance, l'énergie du Körút semblent être sauvegardés malgré les guerres, les révolutions, les changements de régime et de gouvernement, malgré mon émigration. Quelqu'un qui, avant de prendre son café, serait sorti sur ce balcon cinquante ou cent vingt-cinq ans plus tôt, après avoir écarté les rideaux, remonté les stores, ouvert les portes-fenêtres, aurait été happé par une vue et une énergie semblables à celles qui se présentent à moi ce matin.

* * *

La sonnerie de mon téléphone interrompt ma contemplation matinale. C'est Petya, qui me dit d'emblée :

« Je suis en bas, dans la fourgonnette blanche.

– Lève la tête ! lui dis-je. Tu vois les géants au balcon, au-dessus du portail ?

– Tu es celui du milieu, non ? » rétorque-t-il en me faisant un signe de la main.

Petya, mon meilleur ami d'enfance. Je suis heureux qu'ils soient, lui et son ironie, comme prévu, au rendez-vous.

Mes premières amitiés, je les dois à ma mère, qui trouvait bien pratique, bien mignon de voir sa progéniture socialiser avec les enfants de son entourage. Ces derniers, pour la plupart, je les ai perdus de vue assez vite, oubliés même. Les amitiés suivantes ont été déterminées par les lieux que je fréquentais, comme pour tout le monde. L'école bien sûr, puis les clubs de sport, les camps de vacances, les fêtes, le boulot.

Je serais incapable de relater l'événement précis qui aurait officialisé notre lien, à Petya et à moi. Au mieux, j'ai le vague souvenir d'un moment, quelque part au milieu de la deuxième année, où j'ai acquis la ferme conviction – au détour d'une blague qu'on trouvait tous les deux drôle, ou de l'intervention de l'un de nous en faveur de l'autre, ou durant une de nos aventures entre les tours de la rue Kárpát – que Petya resterait mon ami *à jamais.*

Pas plus que je n'ai de souvenir net d'une anecdote originelle, je ne saurais nommer les passions, intérêts ou ennemis communs qui auraient noué cette amitié. Certes, on aimait tous les deux les ordinateurs (il en avait un), les parties de foot l'après-midi, le cinéma, la kermesse annuelle des pionniers, l'illusion de faire les quatre cents coups après l'école, mais, au fond, c'était pareil avec tous nos copains. Notre intérêt commun, si on peut le considérer comme tel, était de survivre au rythme imposé par une vie scolaire plutôt stricte, mais là encore, nous n'étions pas différents des autres élèves. Des ennemis communs, nous n'en avions pas vraiment, à part peut-être M. Bodrogi, le prof de gym qui nous tapait sur le crâne avec son trousseau de clés, ou cet abruti de Faragó, qui nous tapait sur les nerfs. Bête et méchant, il m'avait déjà dénoncé à la directrice pour une balle de ping-pong piquée dans la remise du gymnase, frustré d'un de mes smashs reçus dans les couilles.

Celui-ci n'en valait certainement pas la peine. Il m'avait cherché depuis le jour un de la première année jusqu'au dernier de la cinquième, quand j'ai annoncé mon départ pour l'Amérique. Comme un coureur médiocre qui dépasse un concurrent blessé, il avait déclaré triomphalement, devant tout le monde, de sa voix nasillarde, être ravi que la classe et le pays soient bientôt débarrassés de moi *pour toujours*, et que ce n'était certainement pas trop tôt. Et quand il a appris que mon émigration n'était rendue possible que grâce au mariage de ma mère avec un citoyen canadien, il l'a traitée de pute. C'est un des rares coups de poing que je regrette de ne pas avoir donnés dans ma vie. Il faut dire que de coup de poing, je n'en ai jamais donné ni reçu. (Tout compte fait, j'ai eu une vie facile.)

Petya ne m'a jamais tapé sur les nerfs, nous ne nous sommes jamais dit de vacheries, nous avons toujours embarqué volontiers dans les plans foireux de l'autre sans jamais le regretter. Il n'y a jamais eu non plus entre nous cet esprit compétitif qui rend les relations lassantes. À bien y penser, si nous sommes devenus des amis, et que nous le sommes restés, c'est pour ce simple plaisir partagé que nous avons toujours eu d'être ensemble et de nous retrouver malgré le temps qui fuit. Elle a le défaut d'être banale, mais c'est la plus juste explication de cette amitié durable.

Petya gesticule depuis le trottoir. Il m'indique de le rejoindre sur une terrasse de l'autre côté du Körút. « Café Kino, ça s'appelle », crie-t-il à travers le tohu-bohu du boulevard.

Il s'est installé à l'extérieur, sous l'auvent, et m'a attendu avant de commander. J'ai à peine le temps de m'asseoir que le serveur me tend un menu énumérant une dizaine de choix de cafés aux noms italiens.

« Celui qui équivaut à un café au lait », dis-je, blagueur, et le garçon m'informe qu'il m'apportera un *latte.*

Petya commande un chocolat chaud.

« Tu ne bois toujours pas de café ?

– Pas depuis la fin de l'école primaire. »

Je le regarde, interrogateur.

« Tu te souviens, on nous servait chaque matin du café au lait à l'école ? Du lait au café, ce serait plus exact. »

Nos phrases débutent souvent par ces mots – *tu te souviens ?* – et la plupart du temps la réponse est oui, mais là, j'hésite.

« Ça me dit vaguement quelque chose. Peut-être parce que je choisissais la boisson au caramel.

– Je détestais ça », me dit-il en grimaçant.

Le serveur revient avec notre commande et dépose à côté de nos tasses un tract annonçant la programmation de la semaine au cinéma jouxtant le café.

« Il y a une salle de projection à l'intérieur ? je demande.

– Il y en avait une dans notre temps aussi : le Cinéma des Conseils, ça s'appelait. En l'honneur de la glorieuse révolution bolchevique de 1919 », m'informe Petya, fier de son érudition, reprenant une de ces formules pompeuses qu'on nous balançait année après année lors des célébrations nationales.

Mais cette salle de cinéma ne me dit rien.

« Nous ne venions jamais ici, n'est-ce pas ?

– Bien sûr que non, à ce jour on ne joue ici que des films d'auteur hongrois.

– Ça explique que je ne m'en souviens pas.

– Nous, on allait au Duna, un peu plus loin, rue Hollán.

– Ça, crois-tu vraiment que je pourrais l'oublier ? lui dis-je d'un air faussement vexé. On y a vu tous les films de l'Ouest, les Bud Spencer, les Belmondo, les films américains.

– C'est là qu'on a vu *La Guerre des étoiles*, tu te souviens ?

– Je me souviens que nous sommes restés cachés dans la salle sous les sièges pour le voir une seconde fois.

– J'avais oublié que c'était pour *Star Wars*.

– Tu y vas encore ?

– Au Duna ? Il a malheureusement fermé, mais je n'ai jamais cessé d'aller au cinéma. Avec mon ex-femme, je venais même voir des films d'auteurs hongrois ici. Ça ne l'a pas empêchée de me quitter. Mais je vais surtout dans les complexes multisalles voir les suites de *Star Wars* en bouffant du pop-corn. C'est l'avantage d'avoir des enfants.

– De ça, j'ai pas mal décroché.

– Des enfants ?

– Ça, c'est une question plus compliquée. Je parlais de ces sagas interminables de science-fiction.

– Tu te souviens de la figurine de Yoda que tu m'as offerte avant ton départ pour le Canada ? »

De cela, on se souvient tous les deux.

* * *

La figurine du vénérable personnage de *La Guerre des étoiles*, offerte à Petya avant mon départ, était une de mes possessions les plus précieuses. On ne trouvait pas ces jouets facilement de notre côté du rideau de fer, et même quand on en voyait dans une vitrine, l'acheter relevait d'un luxe qu'on ne m'accordait jamais – à Petya, qui était quand même fils d'ingénieur, un peu plus souvent. J'ai reçu mon Yoda en cadeau dans un de ces colis envoyés par l'amie ouest-allemande de ma mère deux fois l'an, à Noël et à Pâques, après son ménage du printemps. La boîte était remplie des anciens jouets et vêtements de son fils, d'habits neufs pour ma sœur, ainsi que de Nescafé et de vieux magazines de couture *Burda* pour ma mère, et quand on était particulièrement chanceux, de pots de Nutella. Petya possédait déjà plusieurs de ces figurines, au point où il pouvait prétendre être un collectionneur, ambition que nous ne partagions pas. Je n'étais pas surpris qu'une addition aussi prestigieuse à sa collection fasse son bonheur, même s'il manquait à Yoda la moitié de son sabre laser. Il m'a tout de suite rassuré : « Mon père lui en fabriquera un neuf. »

Ma mère exhibait une fierté inédite les mois précédant notre départ, convaincue – à raison, je crois – que notre émigration était perçue comme une réussite en soi. Pour une fois, c'est elle que tout le monde jalousait et non l'inverse. Et au diable les mauvaises langues ! Même à la caissière de l'épicerie, elle a fini par annoncer la nouvelle : « Je me suis mariée, je pars en Amérique avec mes enfants. »

Presque tous les jours, nous recevions des amis à la maison, invités à faire leurs adieux, laissant soir après soir nos armoires et nos bibliothèques de plus en plus vides. Elle était heureuse de pouvoir faire table rase du passé. Ma sœur et moi devions l'imiter.

Nous avons reçu la consigne de n'apporter au Canada que le strict minimum, car dans ce pays, « il y a absolument tout ». Nous n'avions le droit d'emporter que nos vêtements et nos livres préférés. Je n'ai pas réussi à négocier avec ma mère l'empaquetage de mon extraordinaire collection de trains électriques (que nous avons plutôt rendue à son précédent propriétaire, tout comme mon vélo), ni mon ballon de foot en cuir véritable (que j'ai laissé au voisin), ni ma boîte à chaussures remplie de voiturettes Matchbox qui, pourtant, essayais-je de raisonner ma mère, venaient d'Allemagne de l'Ouest. J'ai réussi à dissimuler dans nos valises quelques petits jouets et autres trésors d'enfant – comme cette paire de raquettes de tennis en plastique, un cadeau de mon père. Mon Yoda dans sa tunique blanche, haut de douze centimètres, avec sa moitié de sabre laser, aurait pu se glisser dans la cargaison sans attirer l'attention, ce qui laisse penser que mon cadeau d'adieu impliquait un certain sacrifice de ma part, et conséquemment, on pourrait qualifier mon geste de généreux, à la mesure de l'événement et de notre amitié.

De son côté, Petya m'a offert comme cadeau d'adieu une lettre. Une lettre qu'il avait pliée en forme d'animal. Une tête d'animal, mais je ne me rappelle pas lequel. Il avait attendu un moment après l'école, à l'écart de témoins, pour me la remettre cérémonieusement. « Parce que tu t'en vas pour toujours », m'a-t-il dit avec une gêne que je ne lui connaissais pas. Sur sa proposition, nous avons déchiré l'origami en deux. C'est un truc qu'on avait vu dans une série télé tchécoslovaque. « Chacun devra garder sa moitié, a-t-il expliqué, et nous pourrons ainsi – dans le futur, quand nous serons vieux – nous assurer de l'identité de l'autre, du moment que les deux parties s'emboîtent. »

Petya m'avait aussi offert un livre sur les grands explorateurs, un peu ennuyeux, acheté par sa mère, que j'ai eu le droit d'emporter avec moi. Il l'avait dédicacé tout simplement « avec amitié », d'une écriture scolaire des plus soignées. Ça s'appelait *Le Livre des découvertes*. Je l'ai encore.

Je ne m'identifiais pas trop à ces aventuriers qui arpentent des contrées lointaines sur les cinq continents à la recherche de l'inconnu. Moi, je me satisfaisais amplement du monde connu, à tout le moins du rythme lent et naturel avec lequel les nouveautés se présentaient à moi. Au mieux, je voulais aller en Amérique pour profiter de ses richesses, pour cette promesse d'y trouver « tout » : ordinateurs, Walkman, voitures de sport, gratte-ciel, jouets électroniques, Nesquik, hamburgers. Et encore là, ce n'était pas tellement de jouir de tout cela dont j'avais si hâte que de m'en vanter auprès des copains restés derrière.

Contrairement au *Livre des découvertes*, cette moitié de lettre pliée en origami, je ne l'ai plus depuis longtemps. Elle a été jetée à la poubelle à mon insu quelques jours après mon arrivée au Canada par le nouveau mari de ma mère. « Ça t'apprendra à laisser traîner tes affaires », m'a-t-il dit avant de se moquer des larmes d'un garçon de onze ans versées pour un morceau de papier déchiré. J'ai su dès lors que ma mère allait, pour une seconde fois, rater son mariage, mais l'incident m'a surtout appris qu'il y a des choses qui ne se remplacent pas.

Durant les années suivantes, à mesure que je découvrais le Nouveau Monde, il m'est apparu qu'il ne suffit pas de fouler des territoires inconnus pour en tirer profit ou quelque histoire fabuleuse. Il faut affronter les créatures qui les habitent, apprivoiser faune et flore, prudemment, trouver ses repères sans toujours chercher à regarder en arrière.

Cela dit, un talisman n'aurait peut-être pas été superflu.

* * *

« Cette lettre déchirée en deux, ça ne me dit rien, mais le Yoda, je l'ai encore quelque part. J'ai donné le reste de la collection à mes filles. T'imagines comme elles étaient impressionnées, en plus ça vaut une fortune aujourd'hui ! »

Le téléphone de Petya, posé sur la table, vibre et sonne simultanément. Il jette un coup d'œil sur son appareil et m'informe, avec une lassitude subite, qu'il est neuf heures moins dix et que les commandes commencent à arriver.

« Ça rappelle la cloche du matin qui annonce le début des cours. »

Petya ignore ma métaphore. Des yeux, il cherche le serveur et soudain, un peu nerveusement, comme s'il venait de réaliser qu'après quasiment une heure de conversation, il n'avait pas posé de question digne d'intérêt, il opte pour la plus fondamentale :

« En fait, dis-moi, en quel honneur es-tu de retour à la maison ? »

Je balaie le Körút du regard, encore plus animé qu'à mon réveil, puis j'examine le fond de ma tasse vide.

« Je te laisse du temps pour y penser », dit Petya en se levant, et il entre dans le café pour régler l'addition, avant que je puisse protester.

Les mots employés me désarçonnent autant que le fond de la question. Elle est curieuse, cette manière de dire « à la maison » pour signifier « dans son pays natal », et je me demande si l'expression s'applique à mes retours en Hongrie. Mais si la question me surprend, c'est surtout parce que – parti de Montréal sur un coup de tête – je ne me l'étais pas encore posée.

Exceptionnellement, j'ai obtenu deux semaines de congé durant l'automne et j'ai eu l'idée de consulter les promotions de basse saison sur un site de voyages en ligne. J'avais depuis des mois les mots *évasion*, *liberté*, *changement d'air* à la bouche. Comme je suis récemment séparé, le choix de la destination me revenait entièrement, ce qui était plus déboussolant qu'autre chose. Avec Marianne, nous en aurions discuté des semaines, serions allés à la librairie Ulysse rue Saint-Denis, j'aurais dit : « L'Islande, il faudrait vraiment y aller un jour », elle m'aurait répondu : « Oui, et retourner en Asie du Sud-Est, tu en penses quoi ? Ou la Biennale de Venise, toi qui aimes te prendre pour un artiste ? Et si on faisait juste louer un chalet avec jacuzzi dans les Laurentides ? » J'avais l'idée d'aller dans un tout-inclus des Caraïbes pour une fois, lire sous un cocotier ces livres qui s'accumulent sur ma table de chevet ; ou d'aller me la jouer à Paris, manger une entrecôte dans Saint-Germain avec un vieux copain ; ou, pourquoi pas, découvrir une ville pas trop loin, Chicago peut-être ; ou encore faire cette randonnée en bivouac dans les Alpes suisses qu'on m'avait vantée récemment dans une soirée entre amis. J'aurais pu aussi me forcer et aller à Toronto voir ma mère et ma sœur, jouer au Tonton-Marrant avec ma nièce.

L'aller-retour Montréal-Budapest est apparu « en vedette » à l'écran, probablement parce que les algorithmes, comme tout mon entourage, connaissent mes origines. Savaient-ils que je n'y étais pas allé depuis douze ans, depuis les funérailles de mon père ? Le billet était des plus abordables, tout comme cette chambre avec balcon donnant sur le Körút. Après vingt-cinq minutes, j'ai reçu la confirmation d'achat et de réservation. *À moi la planète, et voilà que je rentre au bercail !* Il me restait quelques affaires à régler avant le départ, quarante-huit heures plus tard : acheter une petite valise, demander à ma voisine d'arroser mes plantes en mon absence, écrire des courriels pour annoncer mon arrivée en Hongrie, boucler mes bagages. Et aussi faire le ménage pour trouver un appartement accueillant à mon retour à la maison dix jours plus tard. Me poser des questions existentielles sur les raisons, profondes et superficielles, conscientes et inconscientes, qui m'attiraient vers mon pays natal, trente ans après mon émigration, ne figurait pas sur la liste de mes tâches.

Au retour de Petya, je tente cette réponse, sans conviction : « Pour voir si j'y suis encore. »

Je réalise que ce sont exactement les mots de ma mère quand elle veut justifier un énième retour en Hongrie.

Les yeux et les pouces sur son téléphone, en train d'organiser ses rendez-vous de la journée, Petya lève la tête, cherchant la question qu'il m'a posée deux minutes plus tôt. Après un moment, il me lance :

« Si tu n'as pas mieux à faire, monte dans le camion, je pourrais me prévaloir d'un copilote de ta trempe. »

Je n'ai rien de mieux à faire. Un tour de ma ville natale ? Si ça se trouve, j'y suis encore.

Chapitre 2

LES GARS DE LA RUE KÁRPÁT

En observant Petya conduire, je me souviens à quel point, plus que le cinéma, il aimait jadis les voitures. Il pouvait décrire dans le détail les caractéristiques techniques des modèles de fabrication soviétique, tchécoslovaque, est-allemande et roumaine. Il en savait presque autant sur ceux venus de l'Ouest, surgissant parfois dans la rue Kárpát, mais qu'on voyait surtout à l'écran dans des films italiens, français, ouest-allemands ou américains.

Son père lui a appris à conduire dès que ses pieds ont pu toucher les pédales de son Trabant 601. À quatorze ans, au lac de Velence, on faisait le tour du village à bord d'une Lada VAZ-2104. Et pendant l'été de nos dix-huit ans, c'est dans une Renault Fuego Turbo, prêtée par une marraine insouciante, que nous avons roulé jusqu'en Allemagne pour visiter les musées de Porsche et de Mercedes-Benz, ses marques préférées. À ce moment-là, mon intérêt pour les autos était déjà, et à jamais, remisé, tout comme ma collection de Matchbox. Mais l'idée impromptue de traverser la moitié de l'Europe avec Petya suffisait pour que je monte sans hésiter dans la Fuego, côté passager. *L'important, ce n'est pas la destination, c'est le voyage*, ça, je le savais déjà. Mais plus encore, avais-je l'intuition, l'important, par-dessus tout, est le compagnon de route.

« Ce sera comme dans *L'Aventure, c'est l'aventure* », m'avait-il promis dans son français qui ne lui sert encore aujourd'hui qu'à citer des titres de film.

Les faits saillants de notre périple Budapest-Stuttgart n'avaient eu que peu à voir avec les tribulations mafieuses de Lino Ventura et de ses acolytes. Mais nous étions, comme eux, animés par cette liberté originelle qui accompagne toute aventure réussie entre copains. Les nuits d'orage sous une tente de fortune, un record de vitesse de cent soixante kilomètres-heure sur l'Autobahn, la tentative ratée d'aborder deux Autrichiennes dans une piscine à vagues, la fois où nous étions certains d'avoir croisé le chanteur des Scorpions dans les toilettes d'un Shell et, pour conclure notre périple de deux mille kilomètres en six jours, un léger accrochage en garant la Fuego dans la rue Kárpát sous les yeux de la marraine de Petya constituaient un matériel insuffisant pour Hollywood, tout juste bon pour la Berlinale, mais inépuisable pour nous faire encore rigoler des décennies plus tard.

« Ça reste un des plus beaux souvenirs de ma vie », me dit Petya quand j'évoque ce voyage.

Souvenir unique et marquant de mon côté aussi, mais j'ai l'impression, un peu triste, que c'est objectivement plus vrai pour Petya que pour moi. Mais de toute façon, à quoi bon – à considérer que cela soit possible – comptabiliser, comparer et classer les moments, joyeux ou mauvais, d'une vie ?

Je finis par répondre : « Pour moi aussi. »

Petya navigue dans la ville avec une nonchalance qui pourrait être interprétée comme de l'apathie. Je n'en suis pas tout à fait certain. Le coude posé sur la vitre baissée, il bloque le volant avec sa cuisse, tandis que de sa main droite il tient son téléphone portable qu'il ne dépose ni pour klaxonner, ni même pour changer les vitesses – manœuvre qu'il exécute de la main gauche.

Il me raconte être toujours livreur, comme la dernière fois que nous nous sommes vus, mais que désormais il travaille à son compte. Il répète plusieurs fois : « Sans patron ».

« À l'époque, je travaillais pour une grosse compagnie qui traitait ses livreurs comme de la merde. Ils pouvaient m'appeler à toute heure et, les fins de semaine, m'envoyer au bout du monde, et si je refusais une course, le téléphone cessait de sonner pendant des jours. Je n'en pouvais plus. Ça m'a sûrement coûté mon mariage. Mais c'est seulement quand mon frère a fait une dépression que je me suis raisonné. Il a lâché un boulot d'ingénieur après des années de travail abrutissant. Avant que je pète les plombs à mon tour, je lui ai proposé de me rejoindre dans le camionnage, mais en créant notre propre compagnie avec nos propres règles. *Qu'est-ce qu'il fout, ce cycliste à la con ? Non mais, tasse-toi, bon sang !*

« Nous desservons une douzaine de petites entreprises. Tout s'organise sur ce téléphone. On ne prend pas de commande les soirs ou les fins de semaine et on ne sort pas de la ville, sauf si c'est vraiment payant. On garde les opérations au plus simple et, autant que possible, je reste de bonne humeur pour les soirs et les fins de semaine où j'ai mes filles. Et puis j'essaye de ne pas trop me détruire le dos. »

Pendant qu'on charge et décharge le camion, je remarque la démarche lourde et inégale de Petya, trahissant des années de travail physique auquel cet élève studieux, à l'esprit vif, n'était pas prédestiné. À la sortie du *gimnázium*, lors du boom économique des années 1990 qui a suivi la chute du régime communiste, il a profité d'emplois commodes et payants chez des concessionnaires automobiles qui ouvraient à chaque coin de rue, et n'a finalement jamais entamé d'études supérieures. Je reconnais néanmoins son sens de l'organisation, sa fiabilité, sur laquelle j'ai toujours pu compter. Et aussi une certaine impatience. *Bon sang, mets tes clignotants si tu veux tourner, non mais, quel touriste, ce gars !*

« Mon frère conduit le camion de quinze mètres cubes, moi cette fourgonnette. Ma belle-sœur s'est ajoutée à l'équipe il y a trois ans, elle livre des petits colis avec sa Golf. Quand nous sommes débordés, mon père nous aide avec son Audi A4, un cadeau que nous lui avons offert l'an dernier pour ses soixante-dix ans ; nous l'avons eue d'occasion. Ma mère, qui, tu t'en souviens peut-être, était comptable, s'occupe de la paperasse. Mes parents n'ont jamais été aussi contents de travailler que depuis leur retraite. Et le revenu d'appoint n'est pas de refus. Comme tu vois, nous nous sommes retrouvés avec une entreprise familiale sans l'avoir planifié.

– Et au final, ça roule ?

– On s'en sort. Disons que ma vie, c'est plus *Le Grand Embouteillage* que *L'Équipée du Cannonball*, mais je ne vais pas me plaindre. C'est drôle à dire à mon âge, mais je travaille surtout pour avoir une retraite décente. Tu comprends que je ne compte pas sur le ministère des Pensions pour ça. Évidemment, je voudrais aussi léguer quelque chose de tangible à mes filles. D'où mes investissements dans l'immobilier. Rien d'extravagant. J'ai deux modestes appartements, celui où j'habite et celui de mon ex-femme. En plus de celui de mes parents dont j'hériterai en partie, le temps venu. J'aimerais en acheter un autre, mais les prix sont devenus fous à cause des investisseurs étrangers. Et de tous ces appartements transformés pour accueillir des touristes.

– Des touristes comme moi ?

– Je me demandais justement pourquoi tu ne loges pas, comme d'habitude, dans votre appartement du Körút ? Vous le louez aussi à des touristes ?

– Malheureusement non. On l'a vendu à la va-vite il y a quelques années. Ma sœur avait besoin d'argent quand elle a décidé de retourner vivre au Canada avec sa petite famille.

– Je ne vous félicite pas, ça doit valoir le double, aujourd'hui !

– Ne m'en parle pas. C'était mon seul héritage.

– Dans un emplacement de rêve, un quartier chic, le parfait pied-à-terre…

– Je trouvais surtout chouette de revoir l'endroit où j'ai grandi.

– Moi, j'ai cette chance une fois par semaine, les dimanches après-midi. Mes parents habitent encore la rue Kárpát. »

Nous roulons sur l'avenue Rákoczi, dans le VIIIe arrondissement, avant de tourner sur un boulevard bordé d'arbres, d'édifices élégants à notre droite et d'une muraille de brique rouge à notre gauche. Ce tronçon de rue contraste avec les larges artères minéralisées des grands boulevards de Pest. Le lieu m'est familier.

« Où sommes-nous ?

– L'avenue de Fiume, en souvenir de la glorieuse époque où nous avions accès à la mer.

– Ça me disait quelque chose, c'était ici les funérailles de mon père.

– Oui, le cimetière national est juste derrière. Je peux t'y déposer, si tu veux. Et je reviens te chercher plus tard.

– Il n'a pas de tombe, en fait. Il a été incinéré.

– Et l'urne ?

– Il n'y en a pas non plus. Ses cendres ont été répandues vite fait, sur la pelouse du cimetière.

– C'était la formule la moins chère, je présume.

– Je regrette de ne pas avoir proposé de garder ses cendres. Je connais l'endroit parfait où elles auraient pu être dispersées. Près de sa maison de campagne, qu'il a vendue pour une bouchée de pain quelques années avant de mourir. Lui aussi, il avait besoin d'argent…

– C'était où ?

– Dans les hauteurs du lac Balaton.

– Paix à son âme, mais je ne le félicite pas non plus.

– C'était un vieux pressoir, au milieu de nulle part, dans un lieu magnifique. J'y ai passé les étés de mon enfance.

– Dans ce coin-là aussi l'immobilier s'est enflammé, et pas seulement dans les villages au bord de l'eau. Les terrains dans les monts viticoles valent une fortune. Autrichiens, Français, Russes, même des Américains achètent tout ce qu'ils peuvent. Ça aurait pu être un joli plan de retraite pour toi.

– Je ne me serais pas lancé dans la culture de la vigne, mais je serais curieux de revoir la maison. J'ai de bons souvenirs là-haut… »

Je me surprends du ton mélancolique de ma dernière phrase. Petya l'a remarqué, je crois, car après une pause marquée il me répond, comme s'il voulait me rassurer :

« Avec l'orgie de construction, l'endroit risque d'être méconnaissable, tu sais, et il se pourrait bien que la maison n'y soit plus.

– À y penser, j'aimerais bien aller voir.

– En tout cas, notre appartement de la rue Kárpát n'a pas bougé, même si la vie autour a bien changé, tu verras.

– Quand tu veux !

– Ce soir ? Quand ils ont su que tu étais en ville, mes parents m'ont sommé de t'inviter. »

Sans me donner le temps de répondre, Petya compose le numéro de ses parents pour confirmer notre venue après la journée de travail.

« Et on pourrait aussi y convoquer les Gars. »

* * *

Les Gars, c'étaient les amis de l'école primaire. Un noyau de six garçons, mais qui au gré du temps, des occasions et du jeu des alliances pouvait doubler. Les Gars de la rue Kárpát, comme on aimait s'appeler avant que les filles se greffent au groupe. Une bande forgée par huit années à partager la vie quotidienne d'une même classe, entre l'âge de six et quatorze ans – certains se connaissaient depuis la garderie. Huit années scolaires, en plus de toutes les activités parascolaires plus ou moins obligatoires qui soudaient l'esprit de corps d'une jeunesse socialiste : colonies de vacances, brigades de pionniers, journées communautaires. Une bande tissée d'autant plus serré que tout le monde, ou presque, était voisin, habitant l'imposante cité de la rue Kárpát.

La cité a été bâtie sur les terrains d'anciennes usines à la faveur du cinquième plan quinquennal lancé dans les années 1970 par le gouvernement Kádár. Il s'agissait d'un de ces ensembles résidentiels planifiés à grande échelle, érigés par centaines en Hongrie et dans les autres pays du bloc de l'Est pour répondre à la spectaculaire poussée démographique des baby-boomers dont nous étions la progéniture.

Les tours en forme de L de dix étages, en panneaux de béton préfabriqués, encadrent des stationnements, des terrains de jeux, des espaces verts et commerciaux dans un aménagement urbain savamment planifié. Les unités modernes de deux à quatre pièces, entre quarante-cinq et cinquante-cinq mètres carrés, pourvues de l'eau chaude et du chauffage central, livrées avec électroménagers, revêtements de murs et de planchers – et même rideaux aux fenêtres. Cela, à un loyer des plus abordables et, pour les plus riches, avec la possibilité d'en devenir propriétaires. La cadence des constructions ne suffisait pas à satisfaire à la demande, et ce n'est qu'au bout de plusieurs années d'attente que le commun des mortels pouvait espérer emménager dans un de ces logements, sans toutefois avoir la certitude que son choix de quartier serait respecté. La cité de la rue Kárpát était particulièrement convoitée parce que située non pas dans un quartier excentré ou à la périphérie d'une ville industrielle, mais au bord du Danube, en face de l'île Marguerite, en prolongement du chic quartier d'Újlipótváros – là où j'habitais.

En face des tours de béton, de l'autre côté de la rue Kárpát, se trouvait notre école. Elle portait le nom d'un héros du bolchevisme hongrois pendu par les staliniens en 1949 puis réhabilité dix ans plus tard par les communistes. Mais l'édifice était peint d'un bleu si vif que tout le monde l'appelait simplement l'« École bleue », nom qui a été officialisé après le changement de régime, au début des années 1990. Toute l'école – les élèves, le personnel, les profs – habitait un des mille deux cents appartements de la rue Kárpát. Tout le monde, sauf moi.

De mon unicité, je tirais de la vanité tout en revendiquant une appartenance à la rue Kárpát. La volonté de marquer sa singularité doit être exprimée avec retenue et humilité, j'avais déjà saisi cela. Jeu d'équilibre délicat, d'autant plus que je n'habitais pas *n'importe où*, tel que Mamie et ma mère me l'ont souvent rappelé. Quartier historique des intellectuels, vedettes, écrivains et autres bourgeois aux professions libérales, Újlipótváros n'était pas tout à fait à l'image de cette multitude embétonnée de la rue Kárpát, nouvellement montée dans la capitale. Notre immeuble de cinq étages, à l'entrée du pont Marguerite, s'enorgueillissait d'une façade art nouveau et d'une cour intérieure. Notre appartement n'incitait pas davantage à la modestie : plafonds hauts, moulures et parquet de chêne, persiennes, meubles anciens, dont un ensemble de style Louis XV, auquel il manquait un canapé, aimait rappeler ma mère, subtilisé par mon père pour une raison qui m'a toujours échappé. Mamie et ma mère auraient certainement préféré que je fréquente l'école du quartier, rue Radnóti, en compagnie des enfants d'amis et de voisins. Je ne connaissais pas non plus la raison de cette anomalie.

Les avantages des appartements de la rue Kárpát me sautaient pourtant aux yeux : ascenseurs modernes, cages d'escalier propres, mobilier en mélamine aux angles droits, électroménagers neufs, robinets qui ne fuient pas, chauffage qui chauffe, fenêtres qui ferment, planchers qui ne grincent pas, papier peint sans déchirures. Et bien sûr, l'école juste en face et les copains, la porte à côté. Petya habitait au numéro 52, Laci au 48, Zoli au 14, András au 22, Attila au 66. On faisait la tournée des immeubles, on appuyait sur l'interphone : « On est en bas, descends ! » Et quand l'ami n'avait pas de devoirs, de corvées ménagères, de grands-parents en visite, il répondait : « Attendez-moi, j'arrive ! » Mieux encore, quand les parents n'étaient pas à la maison, il disait : « Montez ! »

C'est souvent chez Petya que nous nous retrouvions. Son père avait un Commodore 64 et il y avait toujours du jus de pomme dans le frigo, parfois du salami et des poivrons doux. Et quand ses parents rentraient trop tôt, nous ne nous précipitions pas sur l'interrupteur de l'ordinateur en cachant nos collations en panique et en faisant semblant d'être plongés dans nos cahiers d'école. Ses parents semblaient même rassurés que nous ne soyons pas en train de flâner dans la cité à fabriquer on ne sait quoi.

À la fin des classes, le quartier grouillait de petites bandes d'écoliers, dont la nôtre. Entre la dernière cloche et l'appel du souper, nous avions, selon le jour de la semaine, parfois jusqu'à deux heures à tuer.

Notre parcours commençait sur le terrain en gravier derrière l'école, où on allait jouer au foot jusqu'à ce que les plus vieux nous en chassent. On allait ensuite au Junior, restaurant-école au coin de la rue Dráva où je commandais invariablement un schnitzel au porc pané avec des patates en purée pour dix-huit forints. En sortant, direction la pâtisserie ; j'y achetais un éclair au chocolat ou une boule de crème glacée avec les deux forints restant à mon budget quotidien.

Les activités suivantes ne dépendaient que de notre volonté et de notre imagination. Quand on en avait peu, on sonnait chez un ami, on allait embêter les filles au parc ou narguer un groupe d'ados qui fumait sous les porches, à l'abri des regards. Autrement, les idées pour passer le temps fusaient. « Hé, les gars ! Mon grand frère a une nouvelle bicyclette, allons voir ! » Et le grand frère nous laissait la monter. « On m'a dit qu'au dixième du 34, le loquet est brisé. » Et on allait marcher sur les toits. « J'ai subtilisé une balle de ping-pong dans la remise du gymnase, allons jouer au parc. » Et je gagnais souvent. « J'ai vu une BMW garée devant le numéro 18 ce matin, on va voir si elle y est encore. » Et elle y était. « Dans la vitrine du magasin au coin de la rue Csanádi, il y a un nouveau modèle d'ordinateur ! » Et le proprio nous laissait entrer pour voir. « On devrait retourner chez les jeunesses communistes pour demander des épinglettes. » Et quand on disait à la dame au gros chignon qu'on venait au nom des pionniers de l'école, elle nous en donnait. « Dans la cave de ma grand-mère, il y a une tonne de papier journal, on va tout porter au centre de récup ! » Et une heure plus tard, nous nous étions enrichis de trente fillérs le kilo. Il arrivait aussi que la dame au gros chignon nous envoie paître, tout comme le grand frère et le proprio du magasin d'ordinateurs, ou qu'on ne trouve ni papier à récupérer, ni BMW, ni balle de ping-pong. Mais, pour moi, le temps était toujours bien rempli.

À défaut de pouvoir arrêter le temps, je m'efforçais de ne pas regarder ma montre. M'apparaissait alors chaque soir le désavantage suprême – l'injustice manifeste ! – de ne pas habiter la cité de la rue Kárpát. Il me fallait toujours rentrer avant les autres, lâcher la manette du Commodore 64 sans finir la partie, abandonner une aventure en plein milieu, pour n'apprendre que le lendemain si elle avait échoué ou réussi. Alors, je me moquais bien du quartier de mes aïeules, de la bonne réputation du Körút, de notre immeuble art nouveau à la façade décrépite, de notre appartement vétuste aux meubles démodés, au parquet de chêne éraflé, et je ne voulais rien savoir de nos voisins acteurs, écrivains, médecins et avocats. Chaque soir, durant les vingt minutes du trajet menant à la maison, je me demandais – n'admettant aucune autre réponse que la brutalité du destin – pourquoi moi, entre tous, je ne pouvais pas habiter comme tout le monde un de ces appartements en panneaux de béton préfabriqués de la rue Kárpát. Pourquoi je devais encore attendre le trolleybus, faire quatre arrêts, ou marcher tout aussi longtemps pour, à la fin, subir immanquablement les réprimandes de ma mère, qui déplorait que je sois encore rentré après le coucher du soleil et que maintenant mon assiette était froide, que je n'aurais de nouveau pas le temps de prendre mon bain – et jamais elle ne me croyait lorsque je lui jurais que, si j'arrivais en retard, c'était parce que je faisais mes devoirs avec les copains.

Au-delà des distinctions géographiques et esthétiques, de classe sociale même, ma vie et celle des copains, comme celle d'à peu près tous les enfants hongrois, étaient drôlement semblables, réglées par un même curriculum scolaire, une programmation télé limitée aux deux chaînes nationales, des produits de consommation uniformes et des loisirs peu variés. Cet univers aux contours clairs, à l'horizon défini, me rassurait. Il m'a réservé relativement peu de surprises jusqu'à mes onze ans, jusqu'à ce que ma mère, de retour d'un voyage au Canada où elle était allée « rendre visite à des amis », annonce à ma grande sœur et moi que nous y déménagerions quelques mois plus tard *pour toute la vie.*

Si je m'expliquais mal les deux kilomètres qui me séparaient de l'École bleue et de la rue Kárpát, je comprenais encore moins pourquoi il fallait en ajouter sept mille. Et si je souffrais des vingt minutes de bonheur amputées chaque soir, il me paraissait évident que je souffrirais d'être coupé de la compagnie des copains *pour toujours.*

J'essayais de gagner du temps. Si au moins on pouvait attendre la fin de l'année scolaire et des vacances d'été, disais-je à ma mère comme à tout cet entourage trop content pour moi et notre avenir. J'invoquais la grande fête des pionniers que je manquerais le 1er mai et le voyage à Prague qu'on préparait depuis l'année dernière ; le camping prévu avec les Gars au lac de Velence et le spectacle de fin d'année où je devais monter sur scène pour déclamer un poème d'Attila József. J'invoquais aussi cette semaine dans les hauteurs du lac Balaton, à la maison de mon père, comme il me l'avait promis.

Les adultes me raisonnaient : en Amérique, j'en ferais, du camping, du vrai, comme les Indiens ; là-bas j'apprendrais d'autres poèmes, en français et en anglais, même s'ils n'ont pas de vrais poètes, et je recevrais une carte postale de Prague, signée par toute la classe ; et la fête des pionniers, pas de doute, serait d'un ennui, comme les années précédentes. « Quant aux promesses de ton père… »

Après mon arrivée à Montréal, je repensais souvent à ces vingt minutes perdues quotidiennement durant toutes ces années. J'ai eu le temps de les compter et de les recompter, sur le chemin du retour de l'école, dans le brouhaha des langues incompréhensibles, assis sur la banquette de l'autobus jaune qui me déposait chaque après-midi – à seize heures vingt-cinq pile – devant notre joli duplex de l'avenue Victoria. Mais je pensais surtout à ces après-classes de la rue Kárpát qui avaient lieu sans moi, je le savais bien. Néanmoins, les curiosités du Nouveau Monde, ses attraits, ses défis, ses possibilités ont fini par, lentement, non pas me faire renier l'Ancien, mais simplement accepter ce qu'on m'avait peut-être dit, mais que je n'étais pas prêt à entendre : le temps peut aussi être un baume pour le mal du pays.

* * *

Mes premiers retours en Hongrie prolongeaient, d'une certaine façon, ma vie d'avant. Pendant les vacances d'été, je me joignais à mes anciens camarades pour faire du camping ou aller au cinéma, à la piscine, dans une pizzéria. Nous continuions, adolescents, nos innocents quatre cents coups d'enfants. Je n'avais en fin de compte pas tout raté. À l'entrée dans l'âge adulte, mes retours se sont espacés. Entre-temps, le groupe s'est plus ou moins disloqué au gré des déménagements, des choix d'études et de carrières, de quelques embrouilles vite réglées, mais mes séjours au pays sont restés à ce jour des prétextes pour organiser nos retrouvailles.

Lors de mon dernier retour, il y a douze ans, nous nous sommes donné rendez-vous dans un *romkocsma*, un de ces *bars-ruines* implantés dans la cour intérieure d'immeubles abandonnés. Lieu et ambiance sympathiques – nous étions assis dans la carcasse d'une Trabant –, mais peu évocateurs de notre passé. Je le déplorais sans le dire. Je suis content qu'on se retrouve aujourd'hui rue Kárpát.

« On va passer devant l'École bleue avant de monter chez mes parents », me dit Petya pendant qu'on décharge la dernière livraison de la journée.

Avant même que je puisse dire que j'allais justement le proposer, il ajoute d'une voix surjouée, imitant un avertissement de début de film : « Les images que vous allez voir peuvent heurter votre sensibilité. »

Il a bien fait de me prévenir. De la rue, on voit des grillages de construction recouverts de toile de vinyle, comme un rideau tiré vite fait pour cacher le désordre à la visite. Il faut sortir de la fourgonnette et regarder entre les barreaux pour constater l'inimaginable : le bâtiment bleu n'y est plus. Un cratère aux lignes droites a remplacé notre ancienne école. On reconnaît les formes du pavillon principal et du gymnase.

J'aimerais sauter par-dessus la clôture, ramasser un morceau du revêtement bleu pour l'exposer, à mon retour à Montréal, dans mon cabinet de curiosités. Mais la destruction est totale. Il ne reste de notre école qu'un tas de poussière incolore au fond d'un trou.

À mon tour de sortir une référence cinématographique :

« Tu te souviens de la fin de *Cinéma Paradiso*, quand – comment il s'appelle ? – le personnage principal retourne dans son village natal ?

– Salvatore !

– Oui. Et il arrive juste à temps pour assister à la démolition du cinéma où il a passé son enfance.

– Quelle scène à tirer les larmes ! T'as l'impression de vivre la même chose ?

– Pas loin. Les larmes en moins. »

Petya m'explique qu'il n'y a plus assez d'enfants entre les panneaux de béton pour remplir l'école. Et qu'il n'y en a pas plus dans le reste du pays.

« La Hongrie est aux prises avec un grave déclin démographique. Il n'y a pas d'immigration et les jeunes quittent le pays en nombre record. Nous sommes au moins champions du monde dans quelque chose.

– Les enfants de la rue Kárpát vont donc à l'école de la rue Radnóti ?

– Entre autres. Aujourd'hui, les parents ne sont plus obligés d'inscrire leurs enfants à l'école du district. C'est le libre marché, n'oublie pas !

– Il y avait certainement des exceptions dans notre temps aussi, sinon, on ne se serait jamais rencontrés.

– Je n'ai jamais compris pourquoi tu n'allais pas au Radnóti, tu habitais sur le Körút, pourtant.

– Je ne l'ai compris que des années plus tard. À cause de l'affaire de ma demi-sœur. Tu connais l'histoire, non ?

– Comment pourrait-on l'oublier ? Ça ferait un bon film. Quel numéro, ton père, vraiment ! »

Un roman aussi, peut-être.

Chapitre 3
RETROUVAILLES

D'habitude, les lieux de notre enfance paraissent petits quand on les revisite des années plus tard. Mais l'appartement de quarante-huit mètres carrés des parents de Petya a l'air, au contraire, plus grand que dans mes souvenirs. Maintenant que le trois-pièces est occupé par un couple de retraités, il est difficile d'imaginer qu'une famille de quatre y a habité pendant vingt ans. La grande pièce, sans le sofa-lit sur lequel dormaient les parents, peut aujourd'hui pleinement remplir sa fonction de séjour. L'armoire en formica imitation bois, qui couvrait à l'époque un mur entier, a fait place à une simple étagère. Je me souviens de l'ancien meuble parce qu'il contenait plusieurs des richesses que je croyais à jamais inaccessibles : une chaîne hi-fi, un téléviseur Videoton Color Star et le premier magnétoscope Betacam que j'aie vu de ma vie. Mais c'est dans le coin opposé, sur un bureau encombré de câbles et de paperasse, que trônait l'objet phare de la pièce, sinon de la rue Kárpát : le Commodore 64. Aujourd'hui, il a été remplacé par un MacBook Pro posé au milieu d'un pupitre vide aux lignes épurées. Hormis quelques détails – bibelots de voyage, nappe brodée aux motifs floraux, portraits de famille au mur –, l'appartement ressemble à une page de catalogue IKEA au centre duquel les parents de Petya m'invitent gentiment à m'asseoir, en attendant l'arrivée des invités.

Cette réception improvisée les rend fébriles. Ils apportent des chaises du balcon et de la cuisine pour les placer autour de la table basse du salon, qu'ils recouvrent, après maintes allées et venues, de biscuits, de minibretzels et de jus de pomme. On dirait une fête d'enfants. Le père de Petya ajoute tout de même une bouteille de vin, « parce qu'il faut bien les célébrer, ces retrouvailles ».

L'interphone retentit toutes les cinq minutes et, en l'espace d'une demi-heure, la bande est réunie au complet. Nous sommes huit. Cette ponctualité, cette présence à une réunion organisée au pied levé étonnent d'autant plus que nous sommes, tout de même, un lundi soir, qu'ils ont tous des enfants et qu'aucun d'eux n'habite plus la cité de la rue Kárpát. « Il y a encore cet abruti de Faragó qui habite au numéro 16 », souligne un des copains. « Avec ses parents », ajoute un autre avec un sourire narquois, et nous éclatons de rire.

Il y a aussi ceux qui ont quitté la Hongrie, puis ceux qui l'ont quittée et qui sont revenus. L'Autriche, les Pays-Bas, l'Allemagne, l'Angleterre. Des histoires de succès relatifs : un mariage heureux avec un étranger ou une étrangère, un travail honnête, des enfants qui parlent d'autres langues. Des déceptions aussi, tout aussi relatives. Là non plus, rien qui n'aurait pu arriver à ceux qui sont restés : précarité financière, divorce, avenir bouché. La vie, quoi. « Ils ont bien fait de quitter ce pays de merde », disent les uns. « La vie merdique n'a pas de patrie », leur rétorquent les autres.

Hospitalité oblige, dans l'inévitable sujet de discussion à propos de « qui-devient-quoi », j'ai priorité. Sans ordre particulier, je parle de mon emploi « très correct », de mon appartement « commode et bien situé », de ma mère « toujours en vie », de ma grande sœur « qui se débrouille ». Je dis même quelques mots faussement désabusés sur cette Amérique où « le salami ne pousse pas sur les arbres », sans convaincre. Je trouve le portrait dressé bien terne, loin de refléter la situation somme toute confortable de ma famille, sans parler de ma vie plutôt enviable, agrémentée de passe-temps, de voyages, d'amitiés et de relations heureuses, malgré ma rupture récente, dont je ne glisse pas mot.

Petya, qui durant notre journée de travail a eu droit à une version plus précise de mon quotidien, lance au groupe :

« Notre ami est devenu écrivain, vous savez ! »

J'explique, avec une modestie qui m'honore, que « bon, oui, je suis un écrivain dans la mesure où j'ai écrit *un* livre ».

« Ça parle de mon immigration. Ça raconte mon parcours, le choc culturel de l'immigrant que j'étais – que je suis – qui a fini par s'adapter à la nouvelle patrie qui l'a adopté. » Soucieux de mon public, j'ajoute : « Sans pour autant renier mon identité hongroise. »

Je gesticule avec grandiloquence, bien calé dans le fauteuil. On m'écoute avec attention.

« Je trouve surtout fou que tu écrives en français, intervient une des copines.

– Ça peut sembler bizarre, je sais, mais c'est plus facile pour moi, c'est quand même la langue que je pratique depuis maintenant trente ans. Aujourd'hui, écrire un texto en hongrois me déroute.

– Je confirme », dit Petya avec son sourire en coin.

Et je précise, toujours dans mon rôle d'écrivain du jour :

« Et en même temps, le français ne m'est jamais aussi naturel qu'une langue maternelle, mes maladresses et mes faiblesses sont légion, même à l'oral. Sur papier aussi, j'ai l'impression d'écrire avec un accent. »

Je cherche à dire « langue viscérale », mais je ne trouve pas le mot hongrois.

La mère de Petya, qui se tient en retrait avec son mari, tous les deux assis sur des chaises pliantes et n'osant déranger, jusqu'à maintenant, la fête d'enfants, me pose cette question digne d'une émission littéraire et qu'on ne m'a jamais posée, y compris dans des émissions littéraires :

« L'écriture, ça t'est venu comment ? »

Pour ramener la discussion sur nos expériences communes, j'improvise une réponse qui me surprend moi-même : « Ça a sûrement commencé avec le cahier d'écriture de Mme Bukovszki. »

Et j'ajoute une révélation qui étonne la galerie franchement davantage que mon destin d'écrivain :

« J'ai encore un de ces cahiers indigo. »

On se souvient tous de cette femme qui nous a enseigné « Langue et littérature » durant des années. De cette belle femme au visage délicat, aux cheveux châtains lui tombant juste sous les oreilles. D'elle en robe d'été, peu importe la saison, debout devant la classe, la balayant du regard avec des yeux perçants – regard qu'on était obligés de soutenir –, qui attendait, les fesses appuyées contre son bureau, qu'un silence absolu s'installe avant d'annoncer : « Alors, maintenant, sortez vos cahiers d'écriture. »

Pendant qu'on s'exécutait, fouillant, angoissés, notre pupitre, Mme Bukovszki écrivait sur le tableau noir le titre de notre composition.

« Sujet imposé, une page ni plus ni moins, dans une heure je ramasse les propres. Et que je n'entende personne émettre le moindre son ! »

Chacun se souvient de ces épreuves. Des innombrables pages qu'on remplissait du récit de nos vacances estivales, du cadeau reçu à Noël, du métier que nous voudrions faire quand nous serions grands, de notre dernière lecture, ou sur ce qu'était, selon nous, une école parfaite ou un père idéal.

Tous les élèves, bons et mauvais, redoutaient ces séances d'écriture. Elles demandaient un effort considérable, le résultat était noté sévèrement et la récompense – perverse – était de voir sa copie être lue devant toute la classe de la voix théâtrale de Mme Bukovszki. Mais on lui pardonnait.

Il est rare que les élèves d'une classe aient une opinion unanime sur un prof, particulièrement une opinion positive, mais Mme Bukovszki, je ne pense pas me tromper, nous l'aimions tous. Elle n'était pas moins exigeante que ses collègues, mais elle s'adressait à nous avec respect, et nous engageait dans des activités, scolaires et parascolaires, qu'on aimait, ou du moins, qu'on ne pouvait qualifier de nulles. Elle encensait nos bons coups, sans exagérer. Quant aux réprimandes, elle les administrait à voix basse, en tête à tête, en nous appelant par notre prénom, avec une bienveillance à laquelle nous n'étions pas habitués. On aurait dit qu'elle connaissait mieux que quiconque la profondeur de nos âmes.

« Tu sais que Mme Bukovszki est morte ? »

Non, je ne le savais pas. Morte de chagrin d'une mise à la retraite prématurée, disent les uns. D'autres blâment ses cocktails de médicaments et d'alcool. Le suicide pouvait aussi être expliqué par une bipolarité persistante de type 2. Me revient alors le souvenir d'anciennes retrouvailles, l'hiver de nos vingt ans, où nous étions allés lui rendre visite à l'asile psychiatrique. Elle était ravie de nous voir. « Follement ravie », avait-elle dit en souriant. Elle portait une robe d'été.

Pour assister à ses funérailles, une dizaine d'anciens élèves avaient fait le voyage jusqu'à son village natal. J'aurais aimé être des leurs. Du moins aurais-je aimé qu'on pense à m'en informer.

J'observe mes anciens camarades, les tempes grisonnantes, les têtes dégarnies, les kilos en trop, les pattes-d'oie au coin des yeux. Mais je m'étonne de ce qui ne change pas, malgré le passage du temps : la gestuelle, les mimiques, les postures, l'intonation de la voix, l'éclat du rire. Je pourrais encore les reconnaître entre mille. En chacun d'eux, je revois l'enfant que j'ai connu.

J'écoute ces histoires qu'on se raconte d'une fois à l'autre, comme des vétérans de guerre. Souvenirs de moins en moins précis, ou au contraire trop précis, fossilisés à jamais, fixés dans une anecdote qui n'a plus besoin d'être racontée au complet pour produire son effet. Et qu'on peut raconter, même si on n'y était pas. « Vous vous souvenez du voyage à Prague, quand l'autocar a reculé sur les valises de toute la classe ? » Je réponds « oui » avec le groupe, hilare. Je suis le seul à me souvenir que je n'étais pas de cette excursion.

* * *

Dans le stationnement, au pied du 52, rue Kárpát, chacun s'offre pour me ramener en voiture jusqu'au Körút. Je décline obstinément les invitations. « Je suis en vacances, dis-je. Personne ne m'attend, ni femme ni enfant. » L'un des copains lâche un « chanceux » bien senti, suivi de rires approbateurs.

« T'es sûr ? On peut te ramener, me propose Petya une dernière fois.

– Arrête donc, c'est à peine vingt minutes de marche. »

À mi-chemin, je comprends que cela me prendra le double. Je longe la rue Kárpát en direction du Körút au rythme d'un enfant qu'on n'attend pas avec un souper, un bain chaud ou des réprimandes. La cité de béton baigne dans un calme plat. Plus de queue devant les cabines téléphoniques, pas d'adolescents fumant sous les arcades, pas d'enfants qui traînent encore au parc, pas d'amoureux qui s'embrassent sur un banc. Seulement un mouvement de fond, des allées et venues d'habitants qui ne remarquent plus tout ce qui a changé depuis le temps : l'École bleue disparue, les dernières usines remplacées par des tours modernes, le siège social des jeunesses communistes transformé en banque, le bitume désormais couvert d'arbres verdoyants, toutes ces voitures importées de l'Ouest au lieu des Trabant, Lada, Wartburg et Dacia.

Même calme de fin de soirée, là où la rue Kárpát devient la rue Hollán, là où s'ouvre le parc Szent István, l'ancien terrain de jeux de ma mère, lieu de rencontre de son adolescence. La pâtisserie Fischer, toujours là, sur le trottoir opposé, là où je venais avec Mamie déguster mon carré Rákóczi hebdomadaire. Plus loin, un restaurant végane, là où devait se trouver la boutique d'ordinateurs à la vitrine trop rarement renouvelée.

Je passe devant l'école de la rue Radnóti où je ne suis pas allé et, presque en face, l'appartement d'enfance de ma demi-sœur, où j'allais de temps en temps. Même quand mon père n'y habitait plus, sur l'insistance d'Anikó, sa deuxième femme. Elle nous préparait des rôties au saindoux, du cacao et un bain de mousse dans une baignoire tellement grande que les trois enfants de mon père pouvaient s'y laver en même temps.

Mon téléphone vibre dans ma poche au moment où je passe devant l'ancien cinéma Duna.

« C'est Petya.

– Tu ne m'as pas dit que le Duna est devenu le Budapest Jazz Club.

– Dis-moi, tu repars quand exactement ?

– Dans huit jours, pourquoi ?

– Parfait ! La veille, c'est congé national, mon ex prend les enfants, on pourrait refaire un petit *road trip*, juste toi et moi.

– Pour aller où ?

– Que dirais-tu du Balaton ?

– Au lac Balaton, en octobre ?

– Mais pour retrouver la maison de ton père ! Le mien nous prêtera l'Audi, tu vas voir comme elle roule bien. »

Je réponds un vague « oui, oui » sans trop réfléchir, et d'un même élan j'ai le réflexe de faire baisser ses attentes.

« Tu sais qu'il va falloir se fier à mes souvenirs pour retrouver l'endroit ? »

Je voudrais mettre des mots sur ma crainte de retrouver la maison dans le même état que l'École bleue, mais Petya lance, sans appel, comme une promesse :

« L'aventure, c'est l'aventure ! »

Chapitre 4
VACANCES

Sur papier, la maison appartenait à Klára, la troisième femme de mon père. Un héritage dont elle ne savait que faire avant qu'il entre dans sa vie. Lui le sut tout de suite.

Juchée sur la crête d'une colline viticole au nord du lac Balaton, il s'agissait en fait d'une maison de vigneron construite au début du XIXe siècle et oubliée depuis des décennies sur les hauteurs d'un village reculé. Aucune route n'y menait, il n'y avait pas d'électricité, de téléphone, d'eau courante ou d'espace habitable. Mais mon père avait bien vu que les désavantages de la maison – son inaccessibilité, sa rusticité – étaient, pour qui sait marier savoir-faire et savoir-être, des atouts. Pour une fois dans sa vie, il n'était pas impossible qu'il réussisse un mariage.

La première fois que j'y suis allé, j'avais huit ans. C'était pendant le voyage de noces de mon père avec Klára, justement. Elle n'avait appris que la veille du départ que son nouveau mari avait choisi l'été de leur union pour enfin réaliser sa promesse d'emmener ses trois enfants en vacances.

Pour s'y rendre, il fallait prendre le train jusqu'à Balatonfüred, un autocar jusqu'au village, et ensuite marcher.

Longtemps. Nous devions d'abord sortir du village et rejoindre les champs, longer un chemin bordé de peupliers, avant d'entamer une interminable montée entre les vignes sous un soleil de plomb. Je me souviens de mon père chargé d'une bouteille de propane, sifflotant, la sueur au front ; de ma grande sœur, exaspérée avant même d'attaquer la colline ; de ma demi-sœur avec qui je goûte et recrache le riesling trop aigre en rigolant ; de Klára qui impose la cadence et qui dit en hésitant « c'est par ici, non, c'est par là » ; mais surtout, je me souviens du moment où enfin un pignon triangulaire est apparu au milieu des broussailles, coiffant une maison de pierres à moitié enfouie sous terre.

Devant notre étonnement, Papa nous a expliqué que les caves à vins dans la région avaient la particularité d'être bâties à flanc de colline, « pour garder les tonneaux bien au frais ». Il nous a ensuite fait visiter le pressoir, sur le côté de la maison, ainsi que la cave humide. C'est dans le pressoir que nous avons dormi tous les cinq durant ce voyage de noces des plus mémorables. « La prochaine fois, on dormira au grenier, nous a promis mon père. Il suffira de le débarrasser du bric-à-brac accumulé depuis des siècles et de retaper le toit, mais avant tout : percer une porte dans le pignon pour qu'on puisse accéder à l'étage par l'extérieur. »

À mon réveil, le lendemain matin, mon père était déjà au travail. Torse nu, armé d'une masse, il s'attaquait au triangle de brique qui sortait de la terre. J'ai alors noté l'étonnante évidence : le grenier de cette maison est au rez-de-chaussée. Mon père a éclaté de rire et a déclaré : « Tu es génial, mon fils. »

Au premier regard, ce grenier n'était qu'un entrepôt débordant. « Certainement pas une salle de jeux pour les enfants, nous sermonnait Klára. C'est plein de clous et Dieu sait ce qui peut vous tomber sur la tête. » Mon père a levé les yeux, j'ai fait comme lui. Il n'y avait rien là-haut de bien dangereux. Au contraire, sous l'épaisse poussière et les toiles d'araignées, nous devinions cent trésors insoupçonnés qui deviendraient, m'expliquait mon père, des éléments de décoration.

Les environs de la maison ne réservaient pas moins de mystères. J'allais les explorer, souvent seul. Ma demi-sœur, trop intrépide, sans considération pour mon droit d'aînesse, n'écoutait pas mes directives, et ma grande sœur avait toujours mieux à faire, à l'abri du soleil. J'arpentais le boisé et les chemins entre les ceps des heures durant à la recherche d'aventures dignes de Tom Sawyer, aventures que limitait uniquement ma peur de rencontrer un sanglier ou de rater les repas.

« Il va finir par se perdre et ne retrouvera plus la maison, s'inquiétait Klára.

– Une brebis égarée, ça rentre toujours au bercail », répondait mon père, l'index levé, le sourire franc. Et il avait raison.

Durant cette petite semaine, j'ai enregistré mille détails : les fourmis qui dévorent un morceau de salami, les hérissons qui piquent, les couleuvres qui font peur, les latrines puantes dans les buissons, les fruits qu'on n'a qu'à cueillir, dont les cerises pour le concours de « celui-qui-crache-le-noyau-le-plus-loin », que j'ai gagné une fois ! J'aimais aussi regarder mon père s'échiner sur cette porte de grenier jusqu'à ce qu'il me dise : « Aide-moi donc, mon fils, tant qu'à me regarder ! » Et j'étais content, car il me montrait comment. Je me rappelle les milliers d'étoiles dans le ciel, parfois filantes, et mon père qui me prenait dans ses bras, après avoir récité des poèmes tard dans la nuit autour du feu de camp, pour aller me déposer dans son lit.

Au retour des vacances, j'ai déballé tout ça à ma mère qui, de son côté, mesurait bien la compétition déloyale dont elle était à nouveau victime. Mais là, vraiment, elle ne trouvait rien à redire.

« Pourvu que ce ne soit pas la dernière fois », a-t-elle quand même laissé échapper.

La fois suivante, j'y suis retourné sans mes sœurs. La métamorphose du lieu était spectaculaire. En quelques années, mon père avait réparé le réparable, rénové le rénovable, restauré le restaurable. Il avait remplacé les bardeaux du toit, colmaté les fissures dans la maçonnerie, débroussaillé le terrain, tracé des sentiers, construit un four extérieur et, comme promis, aménagé une chambre au grenier. Il avait percé une ouverture dans le toit pour y insérer un joli balcon, d'où on pouvait apercevoir au loin – « là-bas, vois-tu, mon fils ? » –, entre monts et vallées, un petit morceau triangulaire du lac Balaton. « Il est à nous et à personne d'autre, mon fils. »

Il avait orné les murs de la maison avec tous les bouts de bois, morceaux de ferraille, outils rouillés, roues de carrosse, cerceaux de tonneaux, fers à cheval, lampes à huile qu'il avait trouvés dans le grenier ou dans les parages et qui me donnaient l'occasion de lui demander « à quoi ça sert, ce truc ? » et à lui, celle de me l'apprendre. Grâce à un travail honnête et assidu, il avait transformé les lieux, de ses deux mains, non pas en une villa luxueuse, tant s'en faut, mais en un chalet d'été rudimentaire et confortable, au point où il n'est pas abusif d'affirmer que cette maison, *il l'a faite sienne.*

Bizarrement, il n'a laissé dépérir que les vignes du modeste domaine, au grand bonheur de la faune locale, cerfs, lièvres et corneilles, qui venaient vendanger dès l'aurore à la place du propriétaire. L'abandon du vignoble faisait aussi le bonheur des paysans des environs, qui offraient à mon père du vin pour trois fois rien – et même moins : sa bonne compagnie comme seule monnaie d'échange.

Le jour, j'allais gambader dans les bois, lire sur le balcon, puiser l'eau sur le versant nord, à quelques centaines de mètres (ma seule responsabilité quotidienne), et j'aidais mon père à besogner autour de cette maison qui recevait enfin l'amour dont elle avait besoin – ce qui était aussi mon cas, dans une certaine mesure. (Pendant ce temps-là, Klára faisait des mots croisés et assurait nos trois repas par jour, sinon, *on avait la paix.*) Parfois, au réveil, mais pas trop tôt, nous partions en randonnée à travers champs et villages. Nous prenions pour cible un clocher d'église au loin dont mon père détaillait, à l'arrivée, l'architecture et l'histoire. *Non, mon papa ne suivait pas le chemin tracé ; oui, mon papa, il savait tout.*

Tous les soirs, après le souper, nous faisions un feu entre la maison et l'horizon. Assis sur une chaise de camping, je promenais mon regard entre les flammes qui dansaient, les étoiles parfois filantes et l'index levé de mon père, qui déclamait poème après poème, la voix chantante, une bouteille de vin à ses pieds, jusqu'à ce qu'il trébuche sur ses vers, inverse les strophes, oublie l'envoi et finisse par lâcher un « putain de sa mère », suivi d'un « bonne nuit, mon fils », et par s'éloigner en titubant. Je restais encore un peu, espérant attraper une dernière étoile filante avant de conclure, à mon tour, que la journée avait été suffisamment remplie de poésie.

* * *

Bien des années plus tard, j'ai failli retourner dans cette maison avec mon père.

J'avais la fin vingtaine et je jouais les touristes en Europe, visitant des amis québécois expatriés ici et là. Sans l'avoir planifié, j'ai bifurqué vers la Hongrie, comme si ces retours sporadiques tous les trois ou quatre ans étaient programmés dans mon code génétique. J'ai appelé mon père le lendemain de mon arrivée. La coutume voulait qu'on se retrouve chez Klára et lui pour souper, et qu'après, *pour avoir la paix*, nous fassions, le temps d'une petite heure, une promenade dans son quartier. Nous nous assoyions à l'arrêt du tram et nous en laissions passer quelques-uns, question de discuter encore un peu.

Cette fois, le programme serait différent.

« Je suis à la maison pour quelques jours, Papa. Dis-moi quel soir vous irait pour un souper… »

Il a réfléchi quelques instants, avant de me répondre : « J'ai une bien meilleure idée, mon fils. »

Mon père ne m'a jamais appelé par le prénom archi-hongrois qu'il avait insisté pour me donner. À la place, il ajoutait « mon fils » à tout ce qu'il me disait. Ça m'a toujours plu.

« Demain, on va faire une petite excursion !

– Pour aller où, Papa ? ai-je demandé.

– Tu verras bien, mon fils. »

Avait-il un plan ou improvisait-il ? Ça s'était déjà vu.

L'idée d'une randonnée me plaisait, mais elle bouleversait le calendrier serré de mon séjour.

« On va loin, Papa ? C'est qu'après-demain je suis attendu à Szentendre… Je ne reste que quelques jours, tu sais.

– Tu t'inquiètes trop, mon fils, on croirait entendre ta mère. Sept heures à la gare du Nyugati ! »

Le bonheur franc qui émanait du combiné laissait espérer l'inespéré. Il avait peut-être un plan, après tout. Et peut-être pas n'importe lequel.

« Est-ce qu'on va au lac Balaton, Papa ? À la maison où le grenier est au… »

Il m'a coupé net.

« Tu es drôle, mon fils », a-t-il répondu, ce qui est généralement vrai, mais cette fois-ci, je ne l'avais pas fait exprès.

Après un court moment où je sentais son effort pour conserver un ton jovial, il m'a répondu, comme si de rien n'était :

« Elle est vendue, mon fils. »

Pour combler le silence à l'autre bout du fil, il a ajouté : « Ha ha, la maison où le grenier est au rez-de-chaussée, elle était géniale, celle-là. »

J'ai seulement eu la force de murmurer par-dessus son rire :

« Dommage, quand même.

– Il ne faut pas s'attacher aux choses du passé, mon fils », a-t-il lâché sur un ton qui se voulait philosophe.

Il ne pouvait croire un seul instant à ce qu'il venait de dire. Dans son état normal, il n'aurait jamais prononcé cette phrase, même sous la torture dans un camp de rééducation pour nostalgiques dangereux. Je savais que l'état de mon père se dégradait, que l'alcool dévorait sa vie, mais pas à ce point.

Je ne lui ai jamais demandé à qui la maison avait été vendue, ni pour combien. Je ne lui ai pas dit non plus que j'aurais bien aimé en être l'acheteur à défaut d'en être l'héritier. Que, longtemps, j'ai fantasmé à l'idée de m'y installer pour mes vieux jours, d'y *cultiver mon jardin*, d'apprendre à faire du vin et de baptiser le fruit de mon labeur d'un nom à la fois comique et lourd de sens.

Pour tout dire, c'est un peu comme ça que j'avais imaginé les dernières années de mon père. Et je suis certain que lui aussi. On ne prend pas soin d'une maison avec tant d'amour avec l'idée de s'en départir, sans états d'âme, avant même de l'avoir véritablement habitée.

En même temps, ne pas avoir connu mon père en vieillard, dans cette maison ou ailleurs, ne fait pas partie de mes regrets.

« Sept heures demain, donc, au Nyugati.

– À demain, Papa.

– Tu verras, je ne t'emmène pas n'importe où, mon fils », a dit mon père avant de raccrocher.

Il disait vrai.

Chapitre 5
LA DERNIÈRE PROMENADE

Nous sommes arrivés en même temps sous la façade de verre et de fer du Nyugati. Il était tout juste passé sept heures. Aux baisers joviaux de mon père parfumés de malt, j'ai déduit qu'il sortait du café de la gare – et qu'on y servait de l'alcool aux aurores. Encore, ou déjà ? me suis-je demandé.

Mon père portait un chapeau de pêcheur et un vieux treillis militaire trop grand pour lui, très certainement déniché dans une brocante. Moi, j'avais mon costume de l'époque, casquette-T-shirt-bermuda, et un sac à dos en toile verte que je trimbalais partout. J'y avais mis quelques vêtements au cas où notre excursion s'étirerait en soirée, voire jusqu'au lendemain, et surtout, mon nouvel appareil photo, un Minolta Dynax 5.

Ce Minolta remplaçait mon Nikon FM2 que je m'étais fait voler quelques semaines plus tôt dans un cambriolage. Autant ma déception était grande de perdre ce bon vieux compagnon, acheté d'occasion, avec lequel j'avais appris les rudiments de la photographie, autant j'étais content de pouvoir enfin me procurer un de ces reflex récents et électroniques, avec autofocus, mesure multizone, flash intégré, offrant le choix entre mode automatique et mode manuel, vendu avec un zoom 28-80 millimètres. À l'aube de la trentaine, l'achat de cet appareil représentait le plus grand montant que j'aie jamais déboursé pour un objet.

J'en étais encore à l'apprivoiser, à expérimenter ses nombreuses fonctions. J'avais hâte d'en voir le résultat de retour à Montréal. En attendant, les bobines de vingt-quatre poses s'accumulaient au fond de mon sac à dos. Mais surtout, j'avais hâte de montrer le Minolta à mon père. Parce que mon père est photographe.

« Mon père est photographe. » J'ai toujours aimé dire ces mots quand on me demandait son métier. Et je précisais toujours *photographe de publicité* pour établir que non, quand même, il n'était pas photographe de mariage ou de portraits de famille dans un centre commercial, non, mon père était pour ainsi dire un artiste.

En vérité, mon père a pratiqué son métier il y a trop longtemps pour que j'aie gardé le souvenir de lui au travail. Une mince pile de coupures de magazines, que je conserve à ce jour, atteste néanmoins de son occupation d'antan. De son portfolio, ma photo préférée est celle où je lui sers de modèle et qui a remporté le plus grand succès de sa courte carrière. La publicité vante une populaire boisson gazeuse à la cerise. J'ai trois ans et suis assis sur une caisse de bouteilles, je porte un chandail rouge à rayures et des chaussettes assorties et je bois joyeusement l'élixir en m'en renversant partout. Et, pour le coup, je suis adorable. Le slogan va droit au but : *Cette année, buvons du Márka.*

L'affiche décorait ma chambre d'adolescent. Quand elle s'y aventurait, ma mère jetait toujours un regard désapprobateur sur la photo. C'est que, comme d'habitude, elle n'avait récolté de l'affaire ni compensation pour le travail de son enfant, ni paiement de pension alimentaire, mais uniquement le fardeau de passer des heures à laver mon pantalon et mon chandail – mes plus beaux, bien sûr –, à jamais maculés de boisson rouge cerise. « Ils venaient d'Allemagne de l'Ouest ! » maugréait-elle encore.

La seule image que j'aie de mon père en train d'*exercer* son métier est une photo de lui, prise sur le vif, qui ornait également le mur de mon adolescence. Je l'aime particulièrement. On le voit se pencher au-dessus de son Praktica monté d'un objectif Carl Zeiss 35 millimètres. Il a la pose de l'homme de métier, de l'horloger portant à l'oreille une montre qui s'est arrêtée, du cordonnier tâtant une semelle pour en constater l'usure, du menuisier qui choisit avec minutie l'outil avant de se mettre à l'ouvrage : il a ce regard expert de l'artisan *qui sait faire.* Bref, cette image est la seule que j'avais de mon père avec un appareil photo entre les mains avant notre dernière promenade.

* * *

Le train a suivi vers le nord la rive droite du Danube. La lumière blanche du matin piquait les yeux de mon père, qui baladait son regard entre le visage de son fils et les paysages de son pays.

Il les a ouverts grand, les yeux, quand j'ai sorti le Minolta de mon sac pour le charger d'un film.

« Fais-moi voir cette machine, mon fils », m'a-t-il dit aussitôt, m'arrachant presque l'appareil des mains.

Il l'a examiné sous tous les angles, appuyant sur les boutons, regardant dans le viseur où je suis apparu, d'abord en plan large, assis sur la banquette rouge face à lui, puis – après un coup sur la molette de zoom – en gros plan, le visage penaud. Une gêne absurde m'a envahi. Machinalement, j'ai commencé à énumérer les défauts de cet appareil milieu de gamme, en plastique, *made in Malaysia.* J'aurais préféré lui montrer mon vieux Nikon japonais, au design classique, avec son boîtier noir tout en métal dont l'obturateur émettait ce clic-clac caractéristique de la marque, si satisfaisant. J'aurais aimé qu'il me voie avec un appareil beaucoup plus respectable, me semblait-il, pour un fils de photographe. Mes réserves ne se sont toutefois jamais rendues à ses oreilles. Ç'aurait été comme dire à un enfant qui déballe un cadeau de ne pas abîmer le papier d'emballage. Il était fasciné par ce concentré de technologie qui lui était tombé entre les mains. Il admirait la légèreté de l'appareil, l'avancement automatique de la pellicule, le zoom polyvalent, l'autofocus réactif. Il a répété plusieurs fois à quel point l'objet était beau. Même le chargement motorisé du film l'a impressionné, loin des tracasseries d'antan.

« Pas mal, cette petite machine, vraiment pas mal. Tu vas voir, tu ne l'as pas apportée pour rien, mon fils. »

Nous sommes descendus dans la ville de Vác, juste avant que le fleuve bifurque vers l'ouest. « D'ici, nous prendrons un autocar », m'a annoncé mon père en pointant vers les véhicules garés non loin. Ces bus jaunes qui arpentent les coins reculés du pays me rappellent invariablement celui qui nous amenait jadis dans les collines du lac Balaton. Mais je n'ai pas évoqué ce souvenir ni aucun autre ce jour-là. (Avec mon père, j'ai toujours cherché à profiter du présent.)

Nous avons traversé une campagne ponctuée de hameaux reliés par des rubans d'asphalte rongé. Le genre d'endroits où je me demande toujours qui peut bien habiter là. Le bus s'arrêtait de temps à autre, laissant monter et descendre quelques rares passagers chargés de sacs de nylon remplis de provisions. Notre duo de randonneurs du dimanche détonnait dans cette ambiance rurale où chacun semble toujours avoir une destination précise.

Après une demi-heure de route cahoteuse, mon père a enfin déclaré avec grandiloquence : « Nous y voilà, mon fils ! », comme si, en descendant de l'autobus, allait se révéler à nous le Grand Canyon ou le Colisée de Rome.

Le village ressemblait à tant d'autres d'Europe centrale : l'église au milieu, des maisons au toit pentu, des animaux de basse-cour, des rues poussiéreuses sans trottoirs portant des noms d'hommes de guerre et de lettres. L'endroit bénéficiait, il fallait le reconnaître, d'un site admirable : encadré d'une forêt dense d'un côté et de champs de tournesols de l'autre. « Ça, mon fils, c'est du vrai pays ! » a déclaré mon père, lui qui n'a habité sa vie durant qu'une métropole.

Cette bourgade avait son charme, certes, mais fallait-il vraiment se taper deux heures de route pour vivre une telle expérience du terroir ? Les lieux où le temps semble s'être arrêté ne me déplaisent pas, au contraire, mais je soupçonnais mon père de vouloir y passer la nuit, risquant de compromettre mon plan d'aller voir ma marraine et mon parrain à Szentendre le lendemain.

« Le dernier bus repart à dix-huit heures, Papa, ai-je cru bon de préciser.

– Tu t'inquiètes trop pour l'avenir, mon fils », m'a-t-il répondu, le sourire aux lèvres.

À première vue, l'offre touristique du village se limitait à une buvette, sans nom et sans clients. Typique, elle aussi. Des chaises appuyées contre le mur à l'extérieur, une porte ouverte en permanence, un bruit de ventilateur à l'intérieur avec quelques tables carrées, des tabourets en bois, un comptoir en mélamine et un moustachu à notre service. J'ai commandé un café au lait, mon père une chope de bière. Le cadran Pepsi-Cola sur le mur indiquait neuf heures trente.

Une fois à table, mon père a retiré son chapeau de pêcheur, dévoilant ses cheveux poivre et sel et ses tempes dégarnies. Il portait une barbe grise de plusieurs semaines. Il avait alors la fin cinquantaine et cette image de lui avec un Praktica entre les mains était bien loin. Tout comme celle de notre seul portrait commun, pris dans son studio vingt-cinq ans plus tôt. Sur cette photo de jeune père de famille, il a les cheveux soigneusement peignés sur le côté droit, la moustache taillée en chevron, la peau lisse, les yeux lumineux. « Robert de Niro avec la moustache de Tom Selleck », m'avait fait remarquer une amie un jour, et j'avais espéré qu'elle trouverait dans mes traits une trace de cet ADN photogénique.

C'est son regard qui avait le plus tristement changé depuis la dernière fois que nous nous étions vus, quatre ans plus tôt. Les cheveux blanchissent et tombent, la peau se ride, la voix s'enroue, la posture s'affaisse, le corps ralentit peu à peu. Mais des yeux qui perdent leur éclat, ce n'est pas un effet inévitable de l'âge, me disais-je.

Il lui restait toutefois de cette éloquence passée ce plaisir non pas tant à raconter des histoires qu'à m'expliquer des choses, seul rôle paternel qu'il aura rempli à la satisfaction des attentes familiales et sociétales. Du moins, lors de nos rares rencontres. Ce jour-là, il était lancé sur l'histoire militaire de la famille après que j'eus fait un commentaire sur l'improbable uniforme qu'il portait.

« Ça a beau être du camouflage, Papa, tu ne passes pas inaperçu ! »

Son rire a empli la buvette, accompagné du mien.

Depuis son enfance, alors qu'il collectionnait les soldats de plomb, mon père se passionnait pour les antiquités militaires – quoiqu'il se soit spécialisé dans les accessoires de tabac, et plus encore les coupe-cigares. Il avait chez lui des épées d'époques diverses, des képis, d'antiques décorations, des figurines de Napoléon, et sa bibliothèque contenait, à part les classiques de la poésie hongroise, presque exclusivement des livres d'histoire et des biographies d'hommes de guerre.

Ses deux grands-pères avaient été militaires de carrière, accumulant tous deux les médailles lors de la Première Guerre, l'un sur le front roumain, l'autre sur le front italien, me racontait-il. Il commençait chacune de ses phrases par « Tu sais, mon fils » en levant l'index, et moi je répondais « Oui, oui, Papa » pour qu'il sache que je n'ignorais pas totalement notre glorieuse histoire familiale.

« Tu sais, mon fils, que mon grand-père paternel, ton arrière-grand-père, avait six cents hommes sous son commandement, il a été adoubé chevalier, il était décoré de tout ce que tu veux, mon fils, jusqu'à la Croix d'honneur de Marie-Thérèse...

– Reçue de la main de Sa Majesté ?

– Mais non, mon fils, la vieille pétasse était morte depuis belle lurette ! Et de toute façon, elle avait mieux à faire à Vienne que de venir se balader sur le front pour épingler les breloques à l'uniforme de bouseux. »

En tout cas, notre ancêtre avait dû en bouffer, du Roumain, me disait-il, car une troupe de scouts hongrois en Transylvanie porte encore son nom aujourd'hui. Quant au second grand-père, il était des douze batailles de l'Isonzo, dans le quatrième régiment d'infanterie de l'armée austro-hongroise, défendant avec bravoure la ligne de démarcation entre Doberdo et le Monte San Michele, membre d'une unité d'élite comme opérateur de lance-flammes et de gaz toxiques, sa spécialité, dont l'usage fut déterminant sur le champ de bataille. Il s'était même porté volontaire pour combattre le péril rouge vingt ans plus tard, mais le ministère de la Défense l'avait avisé, dans une missive qui lui avait fendu le cœur à jamais, que sa participation à cette lutte finale serait impossible à son âge. Il avait soixante-trois ans.

Malgré les efforts conjugués de mes bisaïeuls, l'issue de la Grande Guerre a été catastrophique pour leur patrie, ça aussi, mon père l'a largement souligné : démantèlement de l'Empire austro-hongrois, mais surtout, perte des deux tiers de cette Hongrie historique qui a rendu apatrides deux millions de magyarophones, dont les membres de notre famille.

« Tu sais ce qu'on dit, mon fils : la Grande Hongrie est un pays céleste... »

J'ai complété l'adage du tac au tac : « ... la Hongrie tronquée est un pays funeste. »

Il m'a félicité.

Son père aussi était militaire, mais durant la Seconde Guerre. Plus par obligation que par patriotisme – ça, c'est Grand-Mère qui me l'a dit. Pendant que son régiment était stationné dans le nord-est du pays en attendant les ordres de l'état-major, sa seule préoccupation était l'élaboration de stratagèmes pour retrouver sa fiancée au village voisin où elle s'était installée. Ce fut l'été de l'amour dans cette Europe en flammes de 1944, au moins entre les murs de chaux d'une petite maison de la grande plaine hongroise. Le plus glorieux fait d'armes de mon grand-père aura été d'obtenir une permission extraordinaire de quarante-huit heures pour monter dans la capitale afin de célébrer son mariage. Quand il est revenu de Budapest l'alliance au doigt, le lendemain d'une ardente nuit de noces, le régiment était parti – sans lui – sur le front de l'Est.

« Que veux-tu, mon fils, ton grand-père a raté la guerre !

– Et toi, Papa, c'est vrai que t'as jeûné des mois et perdu assez de poids pour être dispensé du service militaire ?

– Deux semaines ont suffi, mon fils, j'étais aussi maigrichon que toi. »

Son rire gras a encore une fois fait vibrer la taverne.

Dans les minutes qui ont suivi, il m'a avoué ne pas s'être complètement sauvé du devoir patriotique et qu'il avait dû consentir à faire un service civique de quelques mois. Un guide d'instruction pour le remplacement des chenilles d'un char d'assaut soviétique – illustré de ses photographies – aura été, au bout du compte, la contribution de mon père à la défense nationale. Contribution qui va en diminuant, dans la famille, d'une génération à l'autre, et ce n'est pas moi qui vais m'en plaindre.

« On a bien picolé, cet été-là, mon fils ! » a-t-il conclu, et son rire a encore retenti.

J'avais fini mon café au lait vers le milieu de la Première Guerre mondiale. Dans le verre de mon père, il restait un fond de bière chaude qu'il n'a avalé qu'au moment de l'armistice de 1945, avec une moue de dégoût. Il était dix heures trente.

En sortant de la buvette, nous avons entamé une randonnée dans la forêt jouxtant le village côté nord-est. Une petite heure plus tard, un chemin balisé sous la fraîcheur des arbres et, ensuite, le long d'un ruisseau nous a ramenés, à notre surprise, à notre point de départ. Le hasard fait bien les choses, nous avions soif et la buvette était toujours là. Mon père a commandé une bière, j'ai opté pour une bouteille de Márka à la cerise. Moi, ça faisait longtemps. Nous avons tout bu sans nous asseoir. Le thermomètre au mur indiquait trente-sept degrés.

Cette fois-ci, en sortant de la buvette, nous avons emprunté les rues irrégulières du village qui se déployaient devant nous. Mon père m'a demandé de lui prêter l'appareil photo, et je lui en ai aussitôt expliqué le fonctionnement tandis qu'il l'accrochait à son cou : « Tu appuies sur le déclencheur d'abord à mi-course pour la mise au point, comme ça, ensuite tu recadres et, quand c'est bon, tu l'enfonces pour prendre la photo. »

Encouragé par l'attention d'apprenti qu'il a manifestée pendant un bref moment, j'ai commencé à lui montrer différentes fonctions du Minolta – « Ça, Papa, c'est le mode paysage, il y a aussi un mode portrait… » –, mais il a coupé court à mes explications : « Ouvre-moi le diaphragme à f/11, je vais faire le reste, mon fils. »

Et c'est ce qu'il a fait. Les coudes contre le corps, la main gauche sous l'objectif, la droite sur le boîtier et l'index sur le déclencheur, il avait l'air d'un véritable reporter de guerre en vacances. Nous marchions mollement. Les rues étaient calmes. Des villageois s'affairaient ici et là. Seuls les chiens, excités par notre passage, nous offraient de l'attention quand mon père s'approchait des clôtures pour prendre des photos. Nous étions les seuls étrangers dans les environs, et les seuls à se balader sans but précis. Du moins, c'est ce que j'ai d'abord cru.

En attendant, mon père cherchait le sujet idéal. Obéissant à son instinct, il s'approchait d'une cible, mesurait la distance, la lumière, soignait la composition avant d'appuyer sur le déclencheur. La rotation du zoom comme les cliquetis des boutons semblaient rappeler à ses doigts et ses oreilles des sensations agréables. Après chaque prise, il disait quelque chose comme « ça va être joli, ça » ou « celle-là sera pas mal, mon fils ». De temps à autre, il me demandait d'ajuster la focale et il s'élançait de nouveau, le Minolta en main, la chemise militaire déboutonnée, laissant apparaître dans toute sa splendeur son ventre rond de buveur.

Le voyant reprendre ses moyens, j'ai pensé lui proposer une idée folle : « Écoute, Papa, que dirais-tu de ça : on débarque dans les bureaux de Márka et on propose de refaire leur fameuse pub *trente ans plus tard.* J'enfile un chandail rouge cerise à rayures et les mêmes chaussettes, je m'assois sur une caisse de bouteilles, je fais un sourire adorable pendant que tu joues à l'artiste derrière l'appareil photo. Et voilà, nous devenons riches et célèbres. Le slogan est tout trouvé : *Cette année encore, buvons du Márka !*

J'ai remis les bonnes idées à plus tard. Ce n'était pas le moment de le déranger. Mon père était investi d'une mission : prendre en photo les vieilles maisons paysannes. Il s'attardait tout particulièrement à leurs éléments caractéristiques, à leurs détails : toits en céramique, roues de carrosses et vieux outils accrochés aux murs de stuc, portails en fer forgé, fenêtres à carreaux, murs lézardés – sujets inertes et immobiles, alors que moi, si j'avais eu l'appareil en main, j'aurais photographié le mouvant, les êtres qui habitent et animent le paysage. J'aurais pris en photo ce vieux facteur sur sa bécane, ces enfants tziganes en caleçon blanc au bord du canal, ces femmes placotant au coin d'une rue, trop jeunes pour porter des fichus et qui en portaient quand même, cette ancêtre tout droit sortie d'un conte des frères Grimm, fagots de bois sur le dos, ces adolescents avachis au pied d'un monument à la gloire de soldats morts, ou encore ce garçon tristounet avec sa casquette des Yankees qui attendait l'autobus. Et aussi, ce drôle de touriste en treillis militaire et coiffé d'un chapeau de pêcheur, le ventre à l'air, qui gambadait avec un Minolta Dynax 5, son fils le regardant faire, faute de pouvoir l'immortaliser.

Mais là, sous le soleil assassin, je n'avais pas l'énergie pour régler la question de l'interdépendance entre le vivant et l'immatériel, de ce qui relie les êtres les uns aux autres dans un espace donné de manière si naturelle qu'on dira que ce lieu – ce village, ce quartier, ce parc, ce café, cette maison – possède une âme. Non, je voulais boire de l'eau et, pour l'unique fois de la journée, mon père aussi.

Un puits sur un coin de rue a exaucé nos vœux, et nous avons, à tour de rôle, bu dans nos mains et mis la tête sous le jet glacial pendant que l'autre actionnait la pompe. Je nous aurais bien pris en photo.

La cloche de l'église a sonné midi, puis une heure. Rien ne semblait pouvoir arrêter l'élan de mon père. Nous nous sommes éloignés du village, marchant le long d'une route étroite. Quelque cinq cents mètres plus loin, il a pointé le doigt vers le clocher d'une église qui venait d'apparaître, avec la satisfaction du capitaine qui montre la terre promise à son moussaillon.

« Voilà où ton père t'emmène, mon fils. »

Il m'a dit ça sur un ton qui appelait l'ébahissement, que j'ai mimé à sa satisfaction. J'ai dit : « Ça va être joli, ça ! »

Alors que notre cible se dévoilait progressivement, je me demandais encore ce que notre destination avait de si spécial. C'était une église assez simple à première vue, trapue, ceinturée d'un haut mur de pierres d'un ovale imparfait. L'édifice avait les dimensions d'une chapelle et faisait, au plus, vingt mètres de long.

« Ça, vois-tu, mon fils, c'est un des plus grands chefs-d'œuvre de l'architecture romane de notre pays. » Après cette déclaration, il s'est affaissé au pied d'un chêne.

J'ai dû concéder que, malgré sa taille modeste, le bâtiment dégageait quelque chose de majestueux. Tranquillement, j'ai fait le tour de l'église, l'ai regardée de loin et de près, ai constaté que les deux entrées étaient verrouillées, puis j'ai rejoint mon père sur la pelouse, où il s'était couché les bras en croix, son chapeau de pêcheur recouvrant son visage, le Minolta sur la poitrine.

« Il aurait fallu demander les clés à la mairie, ai-je dit, c'est écrit sur la porte. » Mais cette information n'a provoqué aucune réaction de sa part.

Je me suis couché à côté de mon père pour la sieste, me servant de son épaule comme oreiller. J'ai somnolé au rythme de ses ronflements jusqu'à son réveil. Il s'est assis d'un coup, aidé d'un bâillement proche du rugissement, et il a aussitôt poursuivi ses explications comme si on n'avait pas fermé les yeux pendant la dernière demi-heure.

« Cette église a été construite au début du XIIIe siècle, mon fils, elle porte le nom du premier roi de la Hongrie, tu sais qui c'est, j'espère ! »

Je le savais depuis toujours.

Szent István a donné son nom au tronçon du Körút où j'ai grandi, au parc de mon quartier, à la basilique de Budapest et aux feux d'artifice au-dessus du Danube à la fête nationale du 20 août, « date de la canonisation de notre homme », ai-je expliqué en bon élève, célébré pour avoir christianisé les Magyars, marquant de ce geste la naissance de la Hongrie. Mon père m'a félicité.

« *Ez az én fiam !* Ça, c'est mon fils ! »

Nous nous sommes levés pour examiner l'édifice. Tout en activant le Minolta, mon père m'a montré les arcs en plein cintre des fenêtres, « élément typique de ce style architectural ». Il m'a fait remarquer que le chœur était parfaitement orienté vers l'est, et l'entrée du sanctuaire parfaitement orientée vers le sud : « Ça en prenait, du savoir-faire ! » Il m'a raconté la légende derrière les dix-neuf têtes sculptées qui ornent la frise, celles d'envahisseurs mongols « qui ont vachement regretté leur passage ici ». Un seul s'en est sauvé, d'où l'espace vide laissé pour la tête du fuyard. « Il ne s'est jamais pointé, le Tatar de mes deux, comme tu peux le constater, mon fils ! »

On avait littéralement fait le tour plusieurs fois ; il a pris quelques clichés de plus. Je commençais à avoir faim et soif, mais il voulait me montrer ce que je croyais avoir vu à satiété : les murs de l'église.

« Ça, c'est de la pierre de taille, vois-tu, mon fils. C'est d'origine. C'est du trachyte transporté ici depuis des carrières de Bohême. Chaque pierre devait être taillée avec précision pour obtenir des faces qui pourraient ensuite s'imbriquer l'une dans l'autre avec du mortier. Il s'agit d'un travail de maître absolument extraordinaire, mon fils. Regarde ces pans dressés aux arêtes vives, regarde la finesse des joints de la maçonnerie… »

J'ai bien regardé, et il fallait donner raison à mon père : les arêtes, les joints, les coupes possédaient effectivement une belle régularité. Puis j'ai pensé à ce maçon qui avait travaillé à cet endroit même, il y a huit cents ans. Non pas à ce qui occupait ses mains, mais à ce qui pouvait bien occuper son esprit. Pensait-il une seconde qu'un père et son fils rendraient hommage à son travail, reconnaîtraient la virtuosité de ses gestes, huit siècles plus tard ? À quoi pouvait-il bien penser, au juste, quand il venait ici, jour après jour, assembler des pierres une après l'autre, durant des mois, voire des années ? Pensait-il à sa femme, ses parents, sa maîtresse ? Pensait-il à ses dettes ou à la fête du marché, le dimanche ? Pensait-il à ses enfants ? Son fils était-il dans ses pattes ? Lui lançait-il un « aide-moi donc, tant qu'à me regarder » ? Et son fils, était-il content quand son père lui montrait comment ?

Puis, par ailleurs, avaient-ils chaud, avaient-ils soif, avaient-ils faim ?

« Papa, il n'y a pas un resto ou quelque chose, dans le coin ? On n'a rien mangé de la journée.

– Pour manger et boire, mon fils, je connais la meilleure place dans les environs. »

Chapitre 6
LE FILS D'AMÉRIQUE

Nous sommes repartis de l'église en direction d'un secteur du village qu'on n'avait pas encore exploré. « On pourrait passer voir un vieux copain », m'a dit mon père comme s'il venait d'y penser.

Une Volvo vieillotte garée devant la clôture indiquait la présence de notre hôte. « Il s'appelle Máté », m'a glissé mon père, avant de crier son nom, d'actionner la clochette et de pousser la porte grillagée sans attendre de réponse. Un étroit chemin caillouteux nous a menés à une vieille maison au fond du jardin. De là, on ne voyait ni la rue, ni les voisins, ni d'ailleurs ce mystérieux copain à qui nous rendions visite à l'improviste.

« Je me suis dit que j'allais montrer ce qu'est la civilisation à mon fils venu d'Amérique, a crié mon père vers la maison aux fenêtres et aux portes tout ouvertes.

– Je reconnais cette voix », a répondu quelqu'un, de l'intérieur.

Un homme d'une soixantaine d'années est sorti, torse nu, quelques secondes après avoir appris mon existence, avais-je l'impression. Nous étions quittes. Il m'a pris par les épaules pour vérifier, à travers de grosses lunettes métalliques, si j'étais bien le fils de mon père et, ravi de constater l'indéniable air de famille – cheveux et yeux bruns, sourcils épais, bouche fine, gabarit de jockey –, il a déclaré :

« Enchanté, le fils de l'autre, que puis-je offrir à manger et à boire ?

– Que le meilleur, nous restons des gens du peuple », a répondu mon père pour nous deux.

L'homme est reparti à l'intérieur et nous nous sommes installés à une grande table en bois, à l'ombre d'un cerisier. Mon père a retiré sa chemise militaire, mais a gardé le Minolta au cou. Il s'est assis sur un des bancs, m'a regardé d'un œil satisfait et a déclaré triomphalement :

« Tu vois, mon fils, je ne t'amène pas n'importe où !

– J'ai du vin et du soda. Vous pouvez les mélanger pour faire des *fröccs* », a dit l'ami en revenant.

J'ai opté pour le mélange, comme mon père, mais dans des proportions inverses.

Notre hôte a fait un deuxième aller-retour et a couvert la nappe à carreaux de charcuteries, de poivrons, de tomates et de pain avant de s'asseoir à côté de mon père. J'ai tranché de quoi distribuer les premières bouchées et me suis servi aussitôt pendant que les deux hommes trinquaient et vidaient leurs verres.

« Pour le dessert, il y a les cerises au-dessus de nos têtes, elles sont bien juteuses ces jours-ci. J'en fais aussi de la pálinka, de l'excellente, vous allez voir !

– J'ai montré l'église à mon fils », a dit mon père. Après une pause, il a ajouté, comme s'il donnait des nouvelles d'une amie perdue de vue : « Elle est toujours debout, la vieille.

– Tu ris, mais elle a exigé de gros travaux l'an dernier, la moitié du budget du village y est passée. Les fondations s'affaissent dangereusement. Aujourd'hui, on n'y tient que des funérailles et la messe de la Szent István. »

La première bouteille de blanc épuisée, Máté nous en a apporté une nouvelle et s'est intéressé à moi. Il m'a posé des questions sur ma vie – études, occupations, statut matrimonial. J'ai offert des réponses évasives – l'université, c'est derrière moi, je travaille dans un ministère, je sors avec une fille depuis quelques années, une Canadienne, oui, une Canadienne française plus précisément, très belle bien sûr, non, nous ne sommes pas fiancés. Des projets ? On verra.

Je cherchais quand même à faire bonne figure. J'ai, par exemple, insisté sur mes lectures, dans la courte liste de mes passe-temps. Mes réponses ont permis à mon père d'en connaître un peu plus sur ma vie, même si je n'y tenais pas tant que ça – et mon expérience me disait que lui non plus. Depuis longtemps, ma vie se déroulait dans un univers trop lointain, trop étranger au sien. Les quelques lettres que je lui avais adressées après mon immigration n'avaient pas reçu de réponses et j'en étais resté là côté correspondance. De toute façon, je ne savais pas trop quoi écrire d'intéressant. Je lui demandais s'il avait regardé la victoire de Becker contre Lendl à Wimbledon, s'il avait entendu la détonation de Tchernobyl, s'il avait enfin installé des latrines convenables à la maison du lac Balaton. Sur ma nouvelle vie, je racontais cette classe d'immigrants avec des Noirs, des Chinois et même une belle Yougoslave dont le nom voulait dire « étoile », où on ne nous enseignait rien, sauf le français.

J'avais parlé de ce magasin hongrois coin Prince-Arthur et Saint-Laurent, où on vendait des livres d'occasion, dont les aventures de Rejtö que je venais de découvrir ; raconté qu'à l'épicerie on te donnait les sacs en plastique gratis, avec le sourire ; qu'il y avait des écureuils partout, qu'ils mangeaient dans la main ; que notre télé diffusait plus de vingt chaînes, dont une entièrement consacrée aux sports et une autre, à des vidéoclips ; que j'avais enfin ma chambre à moi ; qu'on avait une ruelle derrière la maison où je jouais au hockey – en bottines ! – avec mes voisins arabes. J'ajoutais que ma sœur allait bien, sans me demander si c'était vrai ; rien sur ma mère et pas un mot sur son mari, évidemment, ni qu'il possédait une Pontiac bleu foncé, ni qu'il était le dernier des imbéciles.

Pouvais-je espérer que mon père devinerait, en lisant entre les lignes, que le parc avec les écureuils, la ruelle avec les Arabes, les livres achetés rue Prince-Arthur que je lisais sous la couverture, tard dans la nuit, étaient autant de lieux où je m'évadais de cet appartement où il y avait tout – une chambre à moi, du Nesquik, des bananes, une télé couleur avec du hockey et des vidéoclips – mais où je n'avais le droit de rien toucher sans en demander la permission et sans dire merci, où je n'avais pas le droit de me plaindre et surtout pas d'évoquer *mon pays* sous un éclairage favorable – encore moins de critiquer le nouveau – sans me faire dire que je ne connaissais pas ma chance, sans me faire dire : « Et si t'es pas content ici, tu n'as qu'à demander un billet de retour à ton père. »

Pourtant, poussé par l'instinct de survie, je m'adaptais de bon gré à mon pays d'accueil. À ma classe d'immigrants, à mon quartier plein d'érables, avec ses duplex de brique rouge et son parc doté d'un terrain de baseball, au chemin Queen-Mary avec ses bagels, son dépanneur. Au fond, c'est dans notre appartement que je me sentais le moins désiré, le moins à ma place, le plus étranger. Bref, pouvais-je vraiment espérer que mon père devinerait, à sept mille kilomètres de Montréal, ce qui échappait à ma mère dans la pièce d'à côté, derrière la porte claquée ?

Je n'en ai jamais trop voulu à mon père pour cette correspondance inexistante. Ce n'était pas comme si je brillais, après ma découverte de l'Amérique, par l'assiduité de mes lettres à Petya, à ma demi-sœur, à mes cousins, à mes grands-mères. Par paresse, au premier rang, mais aussi dans l'espoir vain d'une aventure ou d'un accomplissement qui serait enfin digne de mention. N'était-ce pas la même chose pour mon père ?

« Sache, mon fils, que tu as devant toi un écrivain », a dit mon père, cherchant à faire bonne impression à son tour, par procuration.

L'ami a précisé qu'il se voyait surtout comme éditeur. Il avait même déjà eu sa propre maison d'édition avant de déclarer faillite « à cause du système », mais, c'est vrai, il avait lui-même publié une poignée de livres « à la qualité et à l'impact modestes ».

« Un écrivain hongrois, ça n'écrit pas de la merde, mon fils, est intervenu mon père en levant l'index. Notre pays a quand même donné naissance aux plus grands poètes du monde entier, sache-le, mon fils !

– Disons que j'essaye d'écrire du purin de qualité, a poursuivi Máté, sans lever l'index, avant de clarifier son propos. Je veux que mes écrits fertilisent suffisamment la terre, vois-tu, jeune homme, pour aider, du moins pour ne pas nuire, à l'éclosion de chefs-d'œuvre autour. »

Sur ces mots, dans lesquels il semblait se citer lui-même, il s'est levé et a disparu dans la maison.

« L'ennui, mon fils, c'est que la beauté de notre langue est intraduisible, les étrangers ne pourront jamais apprécier le génie de nos poètes. »

Máté est revenu avec un petit livre qu'il m'a remis avec désinvolture, avec gêne presque : « C'est mon dernier, jeune homme, si jamais tu cherches une lecture pour la route… »

La route, justement. « Il ne faudrait pas rater notre dernier bus », ai-je dit sans provoquer de réaction. J'ai regardé ma montre, il était presque seize heures.

Le soleil glissait doucement au-dessus du cerisier, faisant danser les taches de lumière sur les torses grisonnants des deux hommes. Mon père portait le Minolta au cou comme un athlète sa médaille.

Il était maintenant question d'argent. Sur l'insistance de son ami, mon père a lâché, de mauvaise grâce, qu'il gagnait sa vie – « si on peut dire ça, avec quelques centaines de forints la semaine » – comme vigile de centre commercial en banlieue, *derrière le cul du diable.* « En gros, j'indique au bon peuple la direction du guichet automatique et des toilettes, a-t-il dit en haussant les épaules. Faut bien que quelqu'un se préoccupe de ses besoins de base ! »

L'information était nouvelle pour l'ami, sans qu'elle l'étonne particulièrement. Elle l'était bien sûr pour moi aussi. Chaque fois que je le revoyais, mon père me remettait une carte de visite toute neuve indiquant des noms de métiers et d'entreprises abscons – manager de ci, chargé de ça, designer de cela. Ce jour-là, il ne m'en a pas donné, car pour une fois il avait un vrai travail.

La conversation a dévié ici et là, de plus en plus chaotique au fur et à mesure que les bouteilles se vidaient. Je ne disais presque plus rien. J'étais de plus en plus préoccupé par le bus de dix-huit heures et le train qu'il fallait ensuite prendre pour rentrer à Budapest et, plus encore, par mon rendez-vous le lendemain matin à Szentendre.

Mes rappels à l'ordre étaient écartés à coups de « tu t'inquiètes trop, mon fils ».

Je me suis levé de table pour cueillir des cerises. Du haut de l'escabeau, j'entendais mon père évoquer la possibilité de déménager au village. Tout venait de s'éclaircir. C'était donc ça, le véritable objectif de notre excursion, prévue avant même que mon père sache que j'étais au pays : sonder le terrain pour s'installer dans une maison de campagne aux alentours, à défaut d'avoir encore la sienne. Je n'étais pas scandalisé de sa manigance. Même que, sur le coup, l'idée me plaisait. Pourquoi pas ? me suis-je dit. Je le voyais bien vivre dans cet environnement champêtre hors du temps. Máté, par contre, avait la lucidité de noter les faiblesses du projet. Il a longuement souligné que les maisons dans la région n'étaient pas données, la location rare, pour ne pas dire inexistante, que tout était loin d'ici, surtout sans voiture. « Où vas-tu travailler ? De quoi vas-tu vivre ? Et ta femme ? » Il s'agissait de questions légitimes, sans aucun doute, mais j'ai senti que, aussi agréable puisse être la compagnie de son vieil ami à l'occasion, il n'avait surtout pas envie de le voir débarquer à l'improviste chez lui chaque fois que celui-ci avait faim et soif.

J'ai mangé des cerises, assis au sommet de l'escabeau en bois. Entre la cime des arbres, je voyais l'église du village d'un côté et, à ma gauche, celle qu'on avait visitée plus tôt. Comme moi, le soleil pensait déjà au lendemain.

À la table des deux hommes, la pálinka avait maintenant remplacé le vin, et la bonne humeur de mon père avait fait place à une mélancolie douloureuse. Il parlait avec lenteur. Il s'efforçait encore de lever l'index au début de ses phrases. Il nommait tout ce qui pourrit l'existence : les profiteurs, les parvenus, les traîtres et le putain d'argent, bien sûr. Le manque d'argent, en tout cas. Il ne semblait plus s'adresser à son ami et encore moins à son fils. « Ah ! Et les femmes, n'en parlons même pas ! »

Il en a parlé quand même, mais sa tirade, je ne l'écoutais plus.

Accoudé à la table, il agrippait son chapeau de pêcheur dans une main, comme une bouée qui lui aurait permis de garder la tête hors de l'eau. Ses yeux mi-clos fixaient les verres, les bouteilles, les assiettes vides devant lui. Je trouvais qu'il avait triste allure depuis la dernière heure. Maintenant, je le trouvais triste tout court.

Pour engager le départ, je me suis levé, avec conviction cette fois. J'ai emballé une poignée de cerises dans une serviette de papier que j'ai rangée dans mon sac. J'ai mis ma casquette. Du dossier de la chaise, j'ai décroché la chemise de mon père, qu'il a regardée de longues secondes pendant que je la lui tendais. Il cherchait à identifier l'objet.

« Nous partons, Papa ! ai-je dit avec un aplomb qui nous a tous surpris.

– Vous reviendrez », est intervenu Máté, compréhensif, pendant que je guidais les mains de mon père dans les bras de sa chemise.

Pour la forme, il a dit « tu t'inquiètes trop, mon fils » et s'est levé en s'appuyant sur moi.

Quand le bus a démarré, mon père dormait déjà. J'ai regardé quelque temps la campagne hongroise défiler à travers la vitre grise. J'ai ouvert le livre que Máté m'avait offert. Le titre m'a plu : *Mon petit village.* Il me l'avait dédicacé : « Au fils d'Amérique, en souvenir d'un après-midi de juillet. »

À la gare de Vác, je me suis chargé d'acheter les billets. Sur la carte régionale affichée dans le hall, j'ai noté que Szentendre n'était qu'à une vingtaine de kilomètres plus au sud, quoique sur l'autre rive. La dame au guichet m'a expliqué que je devais traverser la ville à pied, prendre le ferry et ensuite un autobus, mais que « ça se faisait très bien ».

« Un billet pour Budapest, s'il vous plaît. Plein tarif. »

J'ai retrouvé mon père au comptoir du café de la gare au moment où il descendait deux décis d'eau-de-vie. Le liquide transparent l'a assommé pour de bon. Il m'a pris par l'épaule et nous avons titubé jusqu'au quai. J'ai eu de la difficulté à le faire monter dans le train et à l'installer sur la banquette. Dire que quelques heures plus tôt je voulais lui proposer de reprendre son métier de photographe publicitaire ! Bizarrement, c'est la seule pensée qui m'a traversé l'esprit.

J'ai déposé le billet de mon père sur la tablette devant lui, bien à la vue du contrôleur. Doucement, j'ai secoué son épaule. « Papa, je ne prends pas le train avec toi, finalement. Je vais aller à Szentendre ce soir. Tu m'entends ? » ai-je insisté en levant un peu la voix. Il a laissé voir quelques instants ses iris vitreux, puis il a marmonné quelque chose. J'ai juste compris que ça se terminait par « mon fils ».

J'ai traversé Vác en moins de dix minutes. J'essayais, en vain, de ne pas trop penser à mon père, me demandant si on allait le réveiller au terminus, s'il allait être capable, *dans cet état*, de prendre le métro et ensuite le tram pour rentrer chez lui. N'aurait-il pas été préférable – la moindre des choses, même – que je le raccompagne ? Pour me déculpabiliser, pour me rassurer, je me disais qu'il avait l'habitude de ces retours nocturnes sur trois pattes. Et qu'une brebis égarée, ça rentre toujours au bercail, même ivre morte. La vérité est que j'étais soulagé de ne pas en avoir la responsabilité.

Le ferry levait l'ancre la minute après mon arrivée à bord. J'étais le seul passager sur le pont, les quelques autres étant restés dans leurs voitures et camionnettes. Je regardais vers le coude du Danube, au nord. Vers l'abbaye d'Esztergom, lieu du couronnement de Szent István, le jour de Noël de l'an Mil exactement, aurais-je pu dire pour impressionner mon père par mon érudition.

Le vent était léger, l'air humide. Le soleil couchant projetait sur l'eau un pont d'or. J'ai ouvert mon sac pour sortir mon appareil photo. Il n'était ni dans la poche principale ni dans celle du devant. Je les ai frénétiquement fouillées une deuxième puis une troisième fois, même si j'en étais maintenant certain : j'avais oublié mon appareil dans le train, suspendu au cou de mon père.

Au fond du sac, j'ai au moins retrouvé les cerises cueillies plus tôt. Appuyé contre le garde-corps, j'ai craché les noyaux au loin. L'eau verdâtre du fleuve en a avalé une douzaine avant que le traversier accoste sur la rive opposée.

Je n'ai plus jamais revu mon Minolta Dynax 5. Ni mon père.

Chapitre 7

L'HÉRITIER

Je suis de retour au Kino pour mon café au lait. Le programme de mon séjour inscrit dans mon téléphone dresse la liste de mes ancrages dans mon pays natal. Je coche « les Gars ». Il reste : ma cousine et mon cousin, ma tante, ma marraine et mon parrain de Szentendre, Gábor, l'ami de ma mère (pour une histoire d'argent) et mon amour de jeunesse. Avec cette proposition de Petya hier soir, sortie de nulle part, j'ajoute : « Balaton ». Il faudrait aussi rendre visite à Mamie et Papou, me dis-je, et j'inscris « cimetière » à la liste. Contrairement à ces derniers, et pour les mêmes raisons que son fils, Grand-Mère n'a pas de sépulture.

La dernière fois que je l'ai vue, c'était le lendemain des funérailles de mon père. Officiellement, ma visite avait pour but de récupérer ce que, depuis mon enfance, je savais être mon héritage de plein droit : la collection de coupe-cigares de mon père.

Elle habitait une ville-jardin, bâtie après la crise de 1929, dans un arrondissement excentré de Buda. Les rues étroites du quartier y sont bordées d'arbres matures et de maisons en rangée de trois étages, avec six logements chacune. Avec leur revêtement blanc crème qui s'effrite, elles possèdent un charme certain : entrées en arche, fleurs aux balcons et jardins avec framboisiers, châtaigniers, rossignols et chats en liberté. Le cadre idéal pour une grand-mère, me suis-je toujours dit, depuis qu'elle y a emménagé vingt ans plus tôt.

La quiétude du quartier se prolongeait dans son deux-pièces où régnait un équilibre calculé entre l'ordre et le désordre, entre le trop-plein et le juste-assez. Le décor acajou agathachristiesque semblait encombré à première vue, mais en réalité chaque objet, plante, photo, livre, revue, avait sa place bien précise sur la commode, dans la bibliothèque, sur les étagères, la table basse ou l'appui des fenêtres. Des tapis de tailles multiples recouvraient le parquet dans un jeu de Tetris parfaitement exécuté, tandis que des photographies, gravures, peintures ornaient les murs sans respecter les règles de la symétrie et des proportions, sans logique apparente, et pourtant chaque élément participait à l'harmonie du lieu. Au-dessus de son lit, qui, le jour, servait de divan, un dessin rappelant *L'Origine du monde* de Courbet apposé à côté des photos de famille étonnait, mais à bien y penser, cela n'avait rien d'insensé. Et il va sans dire que tout était d'une irréprochable propreté, même si Grand-Mère s'excusait sans cesse des poils laissés par les chats du jardin qui ne respectaient pas toujours les lieux de repos désignés par les napperons brodés. En somme, le genre d'endroit où on a envie de passer un après-midi de dimanche avec sa grand-mère.

L'habitude voulait que j'arrive à midi pour le dîner et que je reparte avant le souper, pour m'éviter de rentrer de nuit. Piètre cuisinière, ma grand-mère n'offrait qu'un seul plat à ses rares invités, dont la variante demandait une précision préalable. C'est d'ailleurs la seule raison pour laquelle nous nous sommes jamais téléphoné (par l'intermédiaire de Mme Ilonka, sa voisine, car les appartements ne possédaient pas tous une ligne téléphonique).

« Avec le poulet pané, tu voudrais des pois verts, du riz, ou les deux mélangés, en *rizibizi* ?

– Vous pouvez me les mélanger, Grand-Mère. »

Je l'appelais Grand-Mère et je la vouvoyais. Je ne sais pas d'où venaient ces manières qu'elle m'avait déjà proposé de délaisser. Il ne s'agissait pas d'un usage local ni familial. (Il ne me serait jamais venu à l'esprit de ne pas tutoyer Mamie, mon autre grand-mère.) En tout cas, ces manières amplifiaient mon agréable impression de me retrouver, rue Karcag, transporté au début du siècle dernier.

Grand-Mère aimait me montrer de vieilles photos ou ses collages de fleurs séchées dont elle m'offrait, à la fin de chacune de mes visites, un échantillon encadré. Sa grande passion, c'était l'astronomie. Elle suivait assidûment les missions de la NASA et aimait m'entretenir des dernières avancées scientifiques. Son métier de dessinatrice industrielle, elle ne l'a pratiqué que quelques années (la guerre, le communisme, son divorce…), mais elle s'était au départ destinée à l'astrophysique. Une carrière avortée « parce que je n'étais pas bonne en mathématiques », disait-elle chaque fois, un regret dans la voix.

En signe de solidarité familiale, je répondais toujours :

« Vous savez, Grand-Mère, moi aussi, j'ai toujours été nul en maths. »

Nous avions un ordre du jour de sujets de conversation que nous abordions sans presse et sans sauter du coq à l'âne. Elle n'était pas une conteuse-née, mais parlait avec éloquence et précision. Ses récits étaient factuels, se tenaient à l'essentiel et elle n'en fournissait les détails que sur demande. Elle ne cherchait ni à susciter l'émotion ni à se mettre au cœur de ses histoires – ni comme victime ni comme héroïne. (Et pourtant.)

Comme il se doit, on commençait avec ses questions concernant mes études, mon travail, mes passe-temps, ma situation matrimoniale, sans jamais oublier la santé de ma mère qu'elle saluait *avant toute chose.* Ensuite venait la partie principale : mes questions sur l'avant, le pendant, le lendemain de la guerre, sur l'histoire familiale et ses figures marquantes.

Elle venait d'une famille d'intellectuels, de professeurs, d'éditeurs, d'écrivains. Le personnage le plus accompli de la lignée est sans contredit son grand-père. Né en Transylvanie au milieu du XIXe siècle dans une famille saxonne magyarisée, parlant huit langues, marié à une femme aux origines incertaines, également universitaire, il est considéré comme un des pères de l'ethnographie en Europe centrale. Les anecdotes sur sa vie trépidante pouvaient remplir à elles seules une moitié d'après-midi.

On le décrivait comme « le dernier des polymathes, le premier des bohèmes », me relatait-elle fièrement. L'homme s'est fait connaître pour ses séjours au sein de communautés nomades, se faisant passer pour un bagnard en fuite. Ses travaux sur les minorités allemandes, sicules, arméniennes, juives et surtout tziganes ont eu une grande influence à cette époque durant laquelle on cherchait – pour le meilleur et pour le pire – à découper aux ciseaux la mosaïque multilingue, multiconfessionnelle et multiethnique qui composait alors les villes et villages de l'Autriche-Hongrie.

De ses travaux il reste des milliers de pages savantes dont ma grand-mère ne possédait qu'une infime portion qu'elle sortait avec précaution de sa bibliothèque de notaire pour me les montrer. (Il arrivait que nous tombions avec bonheur sur des fleurs séchées oubliées entre les pages.) La majeure partie du legs est préservée à la bibliothèque de l'université de Szeged, ville qui lui accorde à ce jour une tombe honorifique. « Ce n'est pas rien », soulignait Grand-Mère.

Professeur d'université, fondateur de la Société ethnographique hongroise, pionnier du tourisme anthropologique, directeur et éditeur de revues scientifiques, secrétaire général du Gypsy Lore Society basé au Royaume-Uni, il cumulait les honneurs qui, qu'on le veuille ou non – mais qui ne voudrait pas ? –, rejaillissaient sur les descendants que nous étions. Le titre que je jalousais le plus, c'était celui de possesseur d'un laissez-passer gratuit à vie aux bains thermaux de l'île Marguerite, que lui avait remis le propriétaire en personne, devenu son ami, grand passionné de folklore, Son Altesse impériale et royale, l'archiduc Joseph Charles de Habsbourg-Lorraine. Laissez-passer hélas non échangeable, non monnayable et non transférable aux générations futures. Choisir son héritage est un luxe.

« *Ez volt* », c'était comme ça, disait Grand-Mère en guise de point final à ses récits et comme signal de mon départ.

« Le soir commence à tomber », observait-elle pendant ces au revoir qui, avec les années, ont pris la forme, à peine plus grave, d'adieux. Ainsi se concluaient ces visites chez Grand-Mère, toujours riches, toujours sereines, que nous disions chaque fois vouloir recommencer dans un futur pas trop lointain. À l'exception de la toute dernière fois.

* * *

Dès que j'ai tourné le coin de la rue Karcag, j'ai su que mon rendez-vous avec Grand-Mère ne serait pas comme d'habitude. Elle ne guettait pas mon arrivée à la fenêtre. Des sans-abri avaient planté leur tente sur le terrain vague en face de sa maison. Les fleurs au balcon étaient fanées. Pour la première fois, je ne me sentais pas le bienvenu chez elle. Déjà la veille, à la fin des funérailles de mon père, j'avais bien senti qu'elle ne souhaitait pas me recevoir, mais n'osait pas s'y opposer.

Pour ce qui m'attendait chez Grand-Mère, ma grande sœur m'avait prévenu : « C'est la catastrophe là-bas, tu vas voir. »

Mon père et Klára s'étaient fait saisir leur appartement du XIIe arrondissement, ça, j'en avais eu vent, tout comme pour la maison du lac Balaton. Et j'étais au courant, comme tout le monde, que la consommation d'alcool de mon père les entraînait, Klára et lui, dans une descente aux enfers. Ce que je ne savais pas, et que je n'aurais jamais imaginé, ou que je ne voulais pas imaginer, c'est que l'enfer arriverait si tôt et, de surcroît, dans le deux-pièces de Grand-Mère.

« Ils y ont emménagé il y a deux ans, avec leur chien et tout leur attirail. Il n'y avait pas vraiment d'autre façon de régler le problème », avait expliqué ma sœur en mimant des guillemets avec les doigts au moment de prononcer le mot *problème*.

Grand-Mère avait-elle proposé elle-même cette cohabitation ? Ou se l'était-elle fait imposer ? Avaient-ils vraiment d'autres choix, de part et d'autre ? Questions vaines que je me suis gardé de poser. De toute façon, de solution au *problème*, je n'en aurais pas eu d'autre. Et la vérité, c'est que j'étais content d'être tenu dans l'ignorance de tout ça.

Quand Grand-Mère a ouvert sa porte, j'ai vu, à son regard, à ses épaules ployées, à quel point l'ordre fragile qui gouvernait sa vie, entretenu depuis toutes ces années avec tant de soin, avait sombré irrémédiablement. Matelas au sol, boîtes et valises ouvertes çà et là, appareils électroniques, livres empilés, fauteuils et autres meubles bloquaient le passage, sauf pour les chats qui appréciaient visiblement les possibilités qu'offrait ce chaos.

Elle s'est excusée du désordre avant même de m'embrasser, et n'a pas arrêté jusqu'à mon départ. Départ qu'elle voulait aussi prompt que possible.

« Klára va rentrer bientôt », a-t-elle dit plusieurs fois comme s'il s'agissait d'une information sans importance.

De notre rituel, rien n'a tenu. Elle ne m'a pas préparé de poulet pané et de *rizibizi*, n'a pas sorti les livres de son grand-père, ne m'a pas montré de photos de famille, ne m'a pas parlé des dernières images du télescope Hubble, n'a pas sorti son herbier, et je pense qu'elle n'a même pas demandé si ma mère allait bien.

Elle m'a tout de suite conduit dans la chambre, à travers un passage labyrinthique, pour me montrer la collection d'accessoires de tabac de mon père qu'elle avait rassemblés pour moi sur son lit et qui suscitaient l'intérêt de deux chatons tigrés. J'ai tout de suite reconnu les pièces vedettes de la collection, que mon père disposait jadis chez lui sur des étagères qu'il leur fabriquait sur mesure. Il aimait les montrer à la visite, expliquer leur fonctionnement, en spécifier les matériaux et le pays de provenance, raconter chez quel antiquaire ou dans quel marché aux puces il les avait dénichées. Et il ne manquait jamais de préciser, fier de son effet, que le plus souvent il croquait le bout de ses cigares à pleines dents plutôt que d'utiliser un de ces précieux objets. « Je reste un homme du peuple, après tout ! » disait-il à qui voulait l'entendre.

Je n'ai pas sauté sur le butin. Je prenais une pièce, puis la déposais, en prenais une autre, l'examinais et la déposais également, à la manière d'un client entré dans un magasin pour flâner, sans intention de passer à la caisse.

« Ce coupe-cigares en bois de cerf est impressionnant, n'est-ce pas, Grand-Mère ? Le mécanisme de celui-ci est astucieux. Et cette pipe est vraiment jolie avec la tête d'éléphant. C'est de l'acajou, vous pensez ? Il y en a une grande variété de formes et de matériaux, c'est remarquable…

– J'ai du papier journal pour les emballer… »

Je sortais des excuses l'une après l'autre devant cette collection, qui avait perdu sa raison d'être en l'absence de son collectionneur et qui se révélait, au milieu de ce désespoir, pour ce qu'elle avait toujours été : un ramassis de bouts de bois.

« Prends tout, répétait Grand-Mère, me tendant un sac en plastique.

– Ça ne rentrera pas dans ma valise… Je vais en laisser à mon cousin…

– Tout ça est à toi.

– Je prendrai ce qui reste la prochaine fois… »

Elle savait que je disais n'importe quoi, mais n'a plus insisté. Épuisée, elle s'est assise sur son lit, à la joie d'un chat gris qui s'est tout de suite installé sur ses maigres cuisses.

« Elle, c'est la maman des petits tigrés », a-t-elle précisé.

Un quatrième chat, noir, est apparu, qui voulait aussi sa place sur les genoux de la seule occupante légitime des lieux.

« Lui, c'est le papa. »

J'ai lâché les morceaux de mon héritage pour m'asseoir sur le canapé à côté de Grand-Mère et l'assister dans le flattage des félins. Nous sommes restés ainsi un long moment, entourés de cette famille de chats. Il devait être midi. Les fenêtres et les rideaux étaient grand ouverts. Un lointain gazouillement montait à l'étage. L'air de la pièce restait immobile et la poussière suspendue sur les rais de lumière. Un soleil entrait de plein droit, sans savoir que dans l'antre de cet appartement il faisait plus sombre que jamais.

Dans cette lumière, j'ai pu observer la blancheur des cheveux de cette femme que j'avais toujours trouvée vieille, mais qui, maintenant, l'était vraiment, avec ses rides creusées, ses yeux mi-clos, ses mains sèches et tremblantes. Mains que j'effleurais de temps en temps pour ensuite les caresser doucement. Les chats ne m'en ont pas voulu.

Le retour de Klára a rompu notre ultime moment de calme. On l'entendait du hall crier après le chien :

« Ici, j'ai dit ! »

Elle a déposé ses sacs d'épicerie dans l'entrée avec hargne, comme si elle leur en voulait.

« Te voilà ! » a lancé Klára en guise de salutations.

J'ai répondu avec un « salut » gêné.

« Il attend ton père sur le trottoir en regardant vers la taverne, a-t-elle dit, le pied dans la porte. Ton père, ô l'homme au grand cœur, qu'est-ce qu'il lui a pris de recueillir ce bâtard ? Il ne nous manquait plus que ça. »

« Te voilà ! » a répété Klára, mais en direction du chien, cette fois-ci.

La voix stridente, suivie de l'arrivée en trombe de la bête, ont fait fuir les chats jusqu'au balcon arrière. Grand-Mère est restée immobile et a fermé les yeux. J'ai lâché sa main.

Durant l'heure qui a suivi, Klára allait et venait dans l'appartement, déplaçant des objets d'un tas vers un autre, sans aucun but apparent, lancée pendant tout ce temps dans un bavardage interminable que Grand-Mère et moi subissions, assis sur son lit, sans bouger.

« C'est une bande de voleurs, ces putains de croque-morts, ils voulaient nous faire payer leurs fleurs pourries, c'était pourtant inclus dans le forfait, je leur ai bien montré le contrat. Et ta sœur, c'était quoi ce manteau multicolore aux funérailles, hein ? Elle était déguisée en perroquet ou quoi ? Après le cimetière, je suis encore passée à l'arrondissement pour changer les noms sur le bail, c'est des connards pas possibles, ça leur prend je ne sais combien de papiers, je n'ai pas juste ça à faire. Ton père, je n'ai aucune idée où il a bien pu fourrer ses papiers d'identité, je ne les ai pas vus depuis des années, là j'ai encore retrouvé une pile d'enveloppes jamais ouvertes. Tu sais que ton père n'a jamais ouvert une putain d'enveloppe de sa putain de vie, pas une seule ? Et je dois encore récupérer sa dernière paie, à l'autre bout de la ville, je ne sais pas comment je vais m'y prendre, ses patrons ne l'ont pas assez humilié de son vivant, ils veulent encore le faire chier après sa mort. »

Au début, j'ai voulu l'interrompre pour déplorer la cupidité des croque-morts, pour défendre les choix vestimentaires de ma sœur, pour demander une précision. (L'appartement était à qui au juste ? Papa travaillait-il toujours comme vigile de centre commercial ? Il n'ouvrait pas les lettres officielles, voulait-elle dire, ou vraiment *aucun* courrier ?) Le temps que je formule ma question, Klára déballait déjà une nouvelle doléance, jusqu'à ce que je réalise ce que Grand-Mère, assise immobile sur le bord de son lit, la plus lucide de nous trois, savait déjà : les allers-retours de Klára entre la chambre et la cuisine étaient autant d'occasions de s'envoyer un décilitre d'eau-de-vie dans le corps.

Ces jérémiades ont duré encore un long moment. Une demi-heure – une heure ? davantage ? – pendant laquelle j'ai adopté la posture de silence résigné de ma grand-mère et me suis remis à inspecter du bout des doigts les pièces de collection de mon père.

« Et cette flasque d'alcool que t'as dans la main, avec le nom de ton père gravé dessus, sais-tu de qui ça vient ? Pas de moi, oh que non, ça vient de cette autre pute alcoolique qu'il s'est ramassée à la taverne, sa dernière. C'est qui la conne, tu crois, qui a consolé ton père quand cette salope a crevé à l'automne, et qu'il braillait au pied de l'escalier, qui, tu penses ? Moi, bien sûr, comme toujours ! C'est aussi moi qui l'ai traîné dans la neige cet hiver sur le trottoir, quand son chien l'a retrouvé à deux coins d'ici, hein sale clébard ! Il allait crever dans la rue. Finalement, c'est ici dans le salon qu'il a perdu connaissance pour de bon, là, en plein milieu du tapis persan, vous vous en souvenez, a-t-elle dit en regardant Grand-Mère. Il tremblait, il a eu des convulsions, je n'avais jamais vu ça avant, la bave lui sortait de la bouche, lui collait à la barbe, il s'est complètement chié dessus. Et c'est qui, tu penses, qui l'a torché avant qu'on vienne le chercher ? Qui, tu penses ? Il gisait juste là dans son vomi et dans sa merde. Puis tout d'un coup, il a entrouvert les yeux, il voulait me dire quelque chose. Moi, j'ai très bien compris quoi… » Klára a pris une grande respiration, la première depuis de longues minutes. « Tu sais ce que ton père m'a dit ? Il a dit : "N'appelle pas l'ambulance." Mais j'ai appelé pareil, bordel, qu'est-ce que j'aurais pu faire d'autre ? Nous voulions tous que ça finisse. »

Klára a cherché mon regard, celui de Grand-Mère, du chien, sans en trouver aucun, et s'est laissée tomber dans le fauteuil.

Maintenant que je connaissais les derniers mots de mon père, de même que sa dernière volonté, je me suis levé sans rien dire. De sa collection, j'ai fini par prendre les quelques coupe-cigares et pipes que je trouvais originaux, j'ai même pris la flasque avec notre nom gravé sur le métal et l'odeur de son ultime gorgée enfermée dedans. J'ai laissé le reste. De toute façon, mon projet n'a jamais été d'ouvrir un centre d'interprétation d'accessoires de tabagie et encore moins un musée en l'honneur de mon paternel. Chez moi, mon cabinet de curiosités commençait à être rempli, là où il faudrait, un jour, laisser de la place aux babioles de ma mère aussi.

Même si elle était soulagée que je parte, Grand-Mère m'a retenu un moment dans l'entrée. Ses yeux étaient mouillés, elle était appuyée contre le mur.

« Il y a autre chose, j'ai presque oublié, *avec tout ça* », a-t-elle dit, et elle a péniblement fait quelques pas vers une commode qui encombrait le passage.

Je croyais qu'elle voulait m'offrir un collage de fleurs séchées. Je n'aurais pas été déçu. Elle a sorti du dernier tiroir un porte-documents.

« Ce sont les photos de votre dernière promenade. Ton père en a fait un joli collage sur des cartons de couleurs. Il en a mis du temps, a-t-elle dit, la voix altérée par l'émotion.

Ça me rappelait quand, petit garçon, il faisait ses bricolages, assis sur le tapis du salon durant des heures. »

De la chambre, Klára a crié quelque chose. Je ne savais pas si ça s'adressait à moi ou si c'était pour le chien.

Je me suis approché. Elle a répété sur un ton plus doux : « Considère ça comme ton héritage, mon cher ! »

Elle m'a souri avec ce qui m'a paru être de la tristesse, et de l'affection aussi.

Je ne savais quoi lui répondre et je suis revenu vers Grand-Mère en prononçant un au revoir sans conviction.

« *Ez van* », c'est comme ça, a dit Grand-Mère quand j'ai franchi le seuil de sa maison *pour toujours*. Et elle s'est excusée une dernière fois pour le désordre.

* * *

L'atroce cohabitation entre Grand-Mère et Klára a perduré de longs mois après cette visite.

L'automne suivant, j'ai reçu un courriel de ma tante, en copie conforme avec mes sœurs et cousins. L'état de santé de Grand-Mère s'était brusquement détérioré. À sa dernière visite, rue Karcag, la tante avait détec té des signes de démence, mais c'était de la démence de Klára qu'il fallait s'inquiéter. Il était urgent de sortir Grand-Mère de là, quitte à céder l'appartement à sa bru. Elle expliquait avoir déniché, après mille recherches, une place décente dans un hospice place Bethlen, près de chez elle. « Il y a quinze patientes par chambre, les dernières rénovations remontent à la Grande Guerre, les soins ne sont ni meilleurs ni pires qu'ailleurs. Par contre, la pension de vieillesse de Grand-Mère couvre à peine la moitié des coûts. » Ma tante proposait que les cinq petits-enfants partagent entre eux la somme manquante. « Jusqu'à ce que… » Tout le monde a accepté, moi le premier. Encore une fois, j'étais content d'être loin de tout ça.

En décembre, j'ai appelé mon cousin pour prendre des nouvelles.

« Elle a de la visite tous les deux jours, on a même collé un petit calendrier au-dessus de son lit, pour le lui rappeler. C'est surtout ma mère qui y va, mais nous aussi, cousine et moi. Même ta demi-sœur est passée l'autre jour avec ses enfants qui arrivaient des États-Unis pour les vacances. Ils étaient traumatisés, t'imagines ! L'odeur de pisse mélangée à l'odeur de l'eau de Javel, tous ces vieillards qui gémissent ou fixent le néant…

– Je ne le serais pas moins.

– Et ce n'est pas le pire…

– Tu penses que je pourrais lui parler, lui souhaiter "Joyeux Noël" lors de ta prochaine visite ?

– Je ne sais pas si ça en vaut la peine, elle replace plus grand monde. Au téléphone, ça risque d'être laborieux, pour vrai.

– Toi, elle te reconnaît ?

– Ça prend toujours un moment. Le plus triste, c'est quand c'est moi qui ne la reconnais pas.

– Laisse tomber alors, je n'insiste pas pour l'appel.

– Imagine-toi, il y a un mois, elle a demandé des nouvelles de ses parents. C'est tombé sur moi. Quand j'ai dit qu'ils étaient morts depuis des décennies et calculé avec elle qu'ils auraient aujourd'hui plus de cent vingt ans, Grand-Mère s'est effondrée en larmes…

– Comme un enfant à qui on annonce que ses parents sont décédés.

– Ouais. Depuis deux semaines, elle demande des nouvelles de ton père. On a convenu de ne pas lui dire qu'il était mort. »

C'était peut-être le plus beau cadeau qu'on pouvait offrir à Grand-Mère pour son dernier Noël.

Chapitre 8

NOM DE FAMILLE

Mon arbre généalogique tient sur un tronc gracile que je soigne assez peu. Ses branches basses sont plutôt dégarnies. Ma mère est enfant unique, tout comme trois de mes grands-parents, tandis que le frère du quatrième est mort déporté avant d'avoir eu une descendance. Mon père et mon oncle ne sont plus de ce monde, mais à deux, ils ont engendré cinq enfants et quatre petits-enfants. De la fratrie, seuls mon cousin et ma cousine habitent encore en Hongrie. Ce matin, devant mon café au lait, je me demande si quiconque dans la ramure de cet arbre s'en désolerait.

Mon cousin m'a appelé à mon réveil. Nous nous sommes donné rendez-vous devant mon immeuble à onze heures et demie. De là, nous irons en voiture chez ma cousine (sa demi-sœur à lui) pour y passer l'après-midi tous les trois. Ça fait longtemps, depuis les funérailles de mon père, que nous ne nous sommes pas vus.

« Ce sera toute une réunion de famille, dis-je.

– N'oublie pas, chez nous, la qualité l'a toujours emporté sur la quantité. »

Abusant de viennoiseries et de caféine, je finis par passer l'avant-midi au Kino. Cet endroit me plaît. De sa terrasse ombragée, en retrait du Körút, j'ai une vue sur les allées et venues du boulevard sans en subir les désagréments. Parfait repaire pour humer l'ambiance bouillonnante de ce tronçon de rue, le premier que j'aie considéré comme mien.

Quand je suis en voyage, j'aime me glisser, le temps de quelques jours ou semaines, dans la peau des gens du coin. Prétention courante du touriste. Je sillonne les alentours de ma résidence, j'entre jour après jour dans les mêmes commerces et je me trouve un café ou un banc de parc où je me donne rendez-vous tous les matins. Se fondre dans un paysage est d'autant plus aisé quand on connaît ses couleurs et ses reliefs, quand on parle la langue du pays.

Je suis pourtant bientôt démasqué, alors que j'attends mon cousin sur le large trottoir devant mon immeuble, entre un parcomètre et une colonne Morris. Par un vieux sans-abri qui lui aussi a ses habitudes sur ce tronçon du Körút, qui y vit, y travaille même, depuis des années sûrement. Je l'ai vu faire la manche devant le restaurant d'à côté le soir de mon arrivée, et l'ai revu depuis mon balcon le lendemain matin, toujours posté au même endroit. Je l'ai aussi observé de la terrasse du Kino, hier comme aujourd'hui, aborder les passants et discuter tranquillement avec les commerçants.

L'homme m'aborde d'une voix bourrue mais chaleureuse :

« Dites-moi, monsieur, vous êtes hongrois ou étranger ? »

En temps normal, j'aurais cherché à me défiler, mais là, je ne vois pas d'issue. Et tant qu'à poireauter dans la rue, autant discuter avec celui dont c'est la demeure. C'est la moindre des politesses.

« Un peu des deux, monsieur. »

L'observateur invisible que je croyais être était lui-même observé depuis trois jours. L'homme de la rue me l'avoue d'emblée, avec une candeur étonnante. La nuit de mon arrivée, il m'a vu descendre du taxi avec ma valise et, le lendemain, m'a vu saluer Petya de mon balcon, en hongrois. Et avant de me voir siroter mon café tout l'avant-midi sur la terrasse du Kino, il m'a vu errer dans le quartier aux aurores.

« Vous vous promenez les mains vides et vous marchez le regard levé », fait-il remarquer, comme si c'était la preuve de mon statut d'étranger.

L'expérience lui a enseigné que les gens qui vont nulle part viennent de loin. Mais c'est le fait que je parle hongrois qui l'a intrigué, et c'est davantage pour assouvir sa curiosité que sa faim qu'il m'a abordé, m'assure-t-il.

« J'habite à l'étranger, monsieur. » Je m'empresse d'ajouter : « J'ai encore de la famille ici. »

Cette information le rassure sur mon « droit de sol ». Je reste distant, espérant que la conversation n'ira pas plus loin. Pas lui.

Il m'assaille de questions sur cette partie française du Canada où je dis habiter. Le Québec ne lui est pas tout à fait inconnu. Surprenant, car les contrées sans délégations à l'ONU et aux Jeux olympiques n'intéressent, hors frontières, que quelques anthropologues et autres esprits curieux. J'avoue ne pas avoir pensé que ceux-ci pouvaient prendre l'allure d'un sans-abri, d'autant plus qu'il a tous les attributs du pochard : barbe et cheveux hirsutes, visage éprouvé, vêtements défraîchis, dos voûté, haleine de bière. Il m'écoute parler avec passion de la Nouvelle-France devenue colonie britannique et ensuite province canadienne. Il se montre particulièrement intéressé par l'existence que mènent aujourd'hui les *Indiens d'Amérique.* J'en dresse les grandes lignes, mais ne lui dis pas que ceux que je croise vivent sur les trottoirs de Montréal.

« Vous en savez beaucoup.

– C'est quand même chez moi. »

Ma réponse spontanée le trouble, le fâche même. Il me regarde sévèrement et rétorque comme une vérité indiscutable : « On ne peut pas avoir deux patries, jeune homme ! » Pour appuyer son affirmation, il ajoute, levant le ton et l'index : « Ne connaissez-vous pas les mots du poète ? » Et sans attendre ma réponse, il entame le *Szózat*, ce poème national qu'on apprenait par cœur à l'école primaire :

À ta Patrie sois fidèle
Ô Magyar – sans défaillance –
Elle est ton berceau et ta tombe
Elle te couvre et te borde

Mon père aussi aimait ce poème. Il faisait partie du répertoire qu'il récitait, la nuit venue, autour du feu de camp, devant sa maison de campagne, le torse bombé, la voix solennelle.

Dans le vaste monde, hors d'ici,
Il n'est pas de place pour toi
Que le destin te bénisse ou te châtie
Il te faut y vivre et y mourir.

En m'entendant déclamer avec lui la dernière strophe, presque à l'unisson, l'homme esquisse un large sourire et me prend dans ses bras comme un vieux camarade qu'on croyait à jamais égaré. Ma fidélité défaillante à la Patrie m'est pardonnée.

Je jette un regard autour de moi, constatant avec soulagement que notre petit numéro n'a pas attiré de public, et je cherche des yeux la voiture de mon cousin qui accuse maintenant vingt bonnes minutes de retard. Le sans-abri, lui, lorgne l'entrée du restaurant. Il a l'air préoccupé.

« Les touristes vont arriver bientôt.

– Il y en a beaucoup par ici, n'est-ce pas ? dis-je avec un dédain forcé.

– Ils font mon affaire, les touristes, vous savez », me répond-il, heureux de mon invitation à poursuivre la conversation.

Il me raconte avoir fréquenté l'endroit dans les années 1970 et 1980. « Dans le temps, ça s'appelait le Berlin. » Il m'explique que c'était un resto-bar plutôt chic, prisé par la jeunesse dorée de Pest. Il évoque le passé, sans nostalgie, ni pour faire pitié, je crois, peut-être pour prouver qu'il est, malgré son triste sort, un homme estimable.

En l'écoutant, je ne peux m'empêcher de me demander comment il a pu finir *ainsi.* Les sans-abri souffrent de problèmes de dépendance, de santé mentale, d'isolement et puis de pauvreté évidemment, tout le monde sait ça, mais c'est le point de bascule qui m'intrigue. À quel moment le sort s'acharne-t-il sur quelqu'un au point de le pousser à l'humiliation de la mendicité, à la cruauté de la rue ? Si j'étais documentariste, je lui demanderais un truc du genre : c'était quand, votre première nuit dans la rue ? Mais je ne suis qu'un touriste nostalgique.

« Ça s'appelait le Berlin, dites-vous ? »

Cette fois, l'homme ne prend pas la peine de répondre et détourne le regard.

« Désolé, monsieur. J'ai du boulot. »

L'homme avance vers le *steakhouse* où un groupe de touristes, des Anglais, je crois, vient former une file d'attente. Il se place à une distance raisonnable, montre un visage sympathique ainsi qu'un carton où le mot *merci* est écrit, d'une main hésitante, en une dizaine de langues.

Je regarde l'heure. Il est midi. Mon cousin n'arrive toujours pas.

Le Berlin, ça me disait quelque chose et mon lien avec ce lieu me revient. J'y passais de temps à autre avec mon père pour saluer la serveuse au bar, qui nous offrait bière et jus d'orange à volonté. Elle s'appelait Anikó et elle était, à ce moment-là, la deuxième femme de mon père. Anikó, toujours joviale, jamais revêche, pas tout à fait comme les deux autres femmes qu'a eues mon père, la seule avec qui j'ai compris qu'on puisse désirer partager un verre à toute heure du jour, peut-être même les plus belles années de sa vie. Plus tard seulement, j'ai découvert que leur mariage relevait de la nécessité aussi, à cause de la naissance surprise de ma demi-sœur. L'union a duré six ans. Après leur divorce, je suis quelquefois retourné au Berlin pour voir Anikó. En compagnie de ma mère. Elle allait lui parler d'avocasseries, d'histoires de pension alimentaire, sans prendre le temps de s'asseoir au bar et sans que j'aie le droit d'accepter le jus d'orange offert par la maison, « parce qu'on n'a pas le temps ».

J'ai revu Anikó aux funérailles de mon père. À la fin de la cérémonie, elle m'a pris par la nuque et a mouillé mes joues de ses lèvres, avant d'y essuyer son rouge à lèvres de ses pouces dodus. Elle faisait pareil quand j'étais petit. Elle m'a raconté avoir rendu visite à mon père aux soins intensifs, plongé dans le coma éthylique dont il ne s'est jamais réveillé. Le soir de sa dernière cuite, il a souffert d'hypothermie, et les jours suivants, son foie, en raison de la cirrhose, n'absorbait pas les antiviraux, m'a-t-elle expliqué. « Il n'y avait plus rien à faire pour Papa. »

Anikó ne l'avait pas vu depuis de nombreuses années. Elle est retournée à l'hôpital le lendemain. Pour lui raser cette barbe qui pousse même quand le cerveau est éteint. « Je voulais qu'il soit beau jusqu'à la fin », m'a-t-elle confié, son mascara délavé par la tristesse. Je ne le lui ai pas demandé, mais elle lui a sûrement taillé la moustache en chevron, pour rappeler l'époque où il passait la voir au Berlin pour quelques bières et baisers volés au-dessus du comptoir.

Une Ford blanche s'arrête. La tête de mon cousin apparaît par la vitre baissée.

« Allez, grand frère, ton chauffeur est arrivé.

– Déjà ? »

Il a les cheveux bruns, en bataille, la bouche fine, le sourire en coin. Il balaie avec sa main le siège passager après avoir jeté papiers et sacs vers l'arrière. Nous nous faisons la bise, nous observons nos visages un instant, comme pour y reconnaître les traits que nous partageons, et il démarre, pressé par les klaxons d'un taxi derrière nous.

« Quarante minutes de retard, c'est pas mal, lui fais-je remarquer.

– Je m'améliore d'année en année. »

J'aime qu'il m'appelle « grand frère ». Et j'ai toujours aimé, quand nous étions enfants et adolescents, qu'il accorde à mon droit d'aînesse une certaine valeur. Je prenais mon rôle au sérieux, lui montrant, lui expliquant, lui racontant des choses importantes : reconnaître les pays sur un globe terrestre, en nommer les capitales ; donner un effet à la trajectoire d'une balle de ping-pong, essentiel au service ; comment approcher une fille ou comment couper la file d'attente des crêpes roulées aux bains Palatinus.

Quand j'ai constaté la fin de mon ascendant sur lui, j'ai été déçu. C'était deux jours après ma dernière promenade avec mon père.

On était assis au Csiga, bistrot bohème du VIIIe où il avait ses habitudes. Je lui avais raconté la journée éprouvante, la balade, la beuverie étapiste, l'appareil photo resté au cou de mon père, et comment je lui avais faussé compagnie, l'abandonnant dans le train, complètement ivre. Je n'avais franchement plus envie de le revoir *comme ça*, expliquais-je à mon cousin. Bref, j'ai fini par lui demander un service : je voulais qu'il m'accompagne chez mon père pour récupérer mon Minolta. La réponse de mon cousin m'a pris de court, je m'en souviens.

« Désolé, j'ai trop de choses à l'horaire, mais tu n'as pas besoin de moi, va le voir quand même. »

J'ai insisté :

« Viens donc ! Avec toi, ça serait moins lourd et même sympathique. Je ne pourrais plus supporter de le revoir dans cet état. »

Il a déposé sa pinte de bière. Et là, en prenant soin de me regarder dans les yeux, mais pas de peser ses mots, je crois, il m'a dit :

« Au moins, tu as un père. »

Pour une rare fois, sa bouche ne dessinait pas son fameux sourire.

Mon cousin m'a raconté qu'il rendait visite à mon père de temps à autre. Il s'armait d'une bouteille de pálinka qu'ils descendaient ensemble en quelques heures autour de la table de cuisine, au mépris des conséquences attendues dont j'avais eu un aperçu quelques jours plus tôt. Cela me réjouissait presque de l'apprendre. Se soûler dans la bonne humeur doit être assez rare dans la vie d'un ivrogne, d'autant plus avec un élixir de qualité, « substitut appréciable à ce poison frelaté que ton père ingurgite à longueur de journée », m'a expliqué mon cousin. Je les imaginais très bien, l'unique oncle avec l'unique neveu, attablés, discourant sur la vie – la maudissant, la moquant –, profitant des effets joyeux de l'alcool. C'est justement comme ça que je me figurais les soirées que j'aurais aimé passer avec le père de mon cousin s'il n'était pas mort bien avant que j'aie l'âge de boire. Moi aussi, j'aurais aimé avoir un oncle pour parler de poésie, de femmes, de tout et de rien, en trinquant après chaque verre rempli et avant chaque gorgée, juste comme ça, sans occasion, sans autre cérémonial.

« Avoir un oncle ivrogne, c'est pas pareil que d'avoir un père ivrogne, ai-je lancé après un moment de réflexion.

– T'as sûrement raison, mais peu importe, je n'ai pas le temps d'y aller avec toi. »

Et il a ajouté avec sérieux : « Je te dis, vas-y quand même. »

Je ne l'ai pas écouté.

* * *

Mon cousin est mathématicien. C'est sans contredit un legs de Grand-Mère, chez qui il a passé pratiquement tous les dimanches de son enfance. Ce petit-fils-là a eu droit à l'observatoire du mont Sváb, à l'encyclopédie des enfants illustrée et à une heure hebdomadaire devant la télé pour regarder *Delta*, l'émission scientifique de la chaîne nationale. Faute d'être devenu astrophysicien, comme elle l'espérait sans doute, il travaille aujourd'hui comme programmeur pour une compagnie norvégienne de télécommunications.

« Alors, le boulot ? »

Je regrette d'inaugurer nos retrouvailles avec une question si convenue.

« Disons qu'un singe doué et bien entraîné pourrait faire mon travail. »

Je comprends, avec soulagement, que le sujet ne l'intéresse pas davantage que moi.

Il me relance au sujet de ma nouvelle « carrière d'écrivain », comme il dit.

« Dans ton livre, tu racontes ta vie avant ou après ton immigration ?

– Celle d'après, surtout.

– Tu te reprendras dans le prochain.

– Attention à ce que tu souhaites.

– Tu pourrais raconter la glorieuse histoire de la branche paternelle de notre famille.

– À commencer par ton père, parce que le mien… »

Je ne termine pas ma phrase qui, de toute façon, n'allait nulle part et je lui renvoie la question :

« Et toi, ta carrière d'artiste ?

– Il faut mettre *carrière* entre guillemets. »

Mon cousin me décrit sa vie de musicien amateur dans ce groupe punk qu'il a fondé avec des copains il y a presque quinze ans. « Notre seule ambition est de nous éclater », précise-t-il. Sa spécialité est de « faire du bruit » avec une sorte de synthétiseur. Il écrit aussi des paroles.

« Notre plus grand succès s'appelle *Antimoderne.* Près de cent clics sur YouTube ! »

Comme j'insiste, il se met à scander :

Je raffole de l'immonde
À la mode, je dis non
j'aime la pourriture
j'aime la vomissure
comme la techno
comme la musique du monde

« Tu vois, un singe même doué et bien entraîné ne pourrait pas en faire autant.

– C'est que tu n'as pas entendu ce que ça donne sur scène.

– Il y aurait pire manière d'honorer notre patronyme. »

Nous avons toujours été fiers de notre nom de famille à l'orthographe ancienne, issu de la vieille aristocratie. De cet ancêtre mythique, théologien et juriste réputé, un des plus importants hommes d'État du pays au XVIe siècle, jusqu'à devenir grand palatin du royaume de Hongrie. On épluchait de vieilles encyclopédies et des livres d'histoire chez Grand-Mère, glanant de quoi hausser encore l'orgueil familial. « Écoute ça : il a conseillé Charles Quint, l'empereur du Saint-Empire, à la diète de Worms, en 1521. Oui, et il a même reçu les éloges du pape Clément VII pour sa rhétorique remarquable face à Luther. Mieux encore : il a écrit la loi du pays, qui lui a survécu pendant trois cents ans ! » Aujourd'hui encore, je me surprends à lire sur cet homme dont les manuels scolaires et la toponymie urbaine se sont souvenus jusqu'à la fin de la guerre. Son imposante statue, place des Franciscains, a été renversée de son piédestal le 1er mai 1945 pour couronner la fête des Travailleurs. « Une manifestation prolétaire festive », titrait le journal le lendemain. Je suis tombé récemment sur une coupure de presse numérisée qui rapportait l'événement : « Les ouvriers ont déboulonné la statue du patron principal du féodalisme hongrois, défenseur des privilèges de la noblesse, symbole des inégalités de classe. » Nous avions tout de même de quoi pavoiser.

La fanfaronnade était plus compliquée pour nos pères. Durant les années d'après-guerre, on était traité de bourgeois pour peu qu'on soit suspecté d'en posséder plus que le voisin. Mais ce patronyme était tout ce qu'il restait à ma famille de son passé glorieux et j'imagine mal mon père ne profitant pas de chaque occasion, dans la cour d'école et ailleurs, pour cultiver le mythe de sa noble filiation.

Des décennies plus tard, prenant le relais de nos pères, nous rêvassions à notre tour à nos origines aristocrates, mon cousin et moi. Nous nous imaginions découvrant un château princier dont nous serions les héritiers légitimes. Nous espérions recevoir une lettre cachetée à la cire, peut-être même livrée par un détachement de hussards, nous annonçant la bonne nouvelle. Et quand nos mères nous disaient d'oublier ça, qu'il était fort possible que nous n'ayons en commun avec le célèbre personnage que le nom, nous leur répondions qu'elles regretteraient un jour d'avoir été rabat-joie, mais que nous les laisserions entrer dans notre château quand même. « Au moins, vous êtes bien élevés, les garçons », disait l'une. « Je me demande d'où ça vient », disait l'autre.

Pour ce qui est de sa vie privée, mon cousin est toujours avec la même fille, depuis l'université, me rappelle-t-il, alors que nous sommes pris dans un bouchon de circulation sur l'avenue Béke. Le temps file, constatons-nous. Un heureux mariage, en plus. Avoir des enfants, hélas, ça n'a pas marché. Mais il affirme que ce n'est pas un drame. « Nous avons des salaires, des amis, des loisirs… »

Il n'a pas l'air absolument convaincu.

« Ce ne sont que nos sœurs qui assurent la reproduction de notre espèce, me fait-il remarquer.

– C'est ennuyeux pour l'avenir de notre nom de famille, surtout.

– Tu ne contribues pas non plus à le perpétuer, à ce que je comprends.

– Je ne l'ai pas prévu comme ça, tu sais. Avec mon ex, nous disions en vouloir, mais pour mille raisons, ce n'était jamais le bon moment. »

Mon cousin garde le silence, concentré sur la route, et je me surprends à lui raconter ma rupture.

« Nous reportions le projet de famille pour laisser de la place à nos autres projets, sans voir les années filer. Nous avons voyagé sur plusieurs continents, parfois pendant des mois, des aventures merveilleuses, en sac à dos, dans des contrées reculées. Il y avait des projets d'études et de carrière. Je m'étais mis à l'écriture. Chroniques, scénarios de film, documentaires, la plupart n'ont rien donné, mais nous avions une vie confortable, sans tracasseries, à manger au restaurant, à recevoir des amis, à sortir. Et à se dire que oui, bientôt ce sera autre chose, mais nous ne nous empêcherons pas de partager cette vie avec nos enfants. On se disait qu'on avait hâte tout en repoussant “notre projet”, comme on l’appelait. L’an dernier, nous avons cru le grand moment arrivé. Je jubilais en chemin vers la pharmacie pour acheter le test de grossesse, je blaguais, je sortais des prénoms loufoques pour notre futur enfant. Mais ma compagne ne disait rien, je la trouvais bizarre. Je ne sais pas comment te décrire ça. La minute d’attente, les yeux fixés sur le bâtonnet en plastique, a été la plus gravissime en neuf ans de relation. Au moment où le résultat négatif est apparu, elle a poussé un soupir et ne pouvait pas cacher sa joie – et moi, ma déception. Nous nous sommes tous deux étonnés de la réaction de l’autre, sans qu’on en discute. Quelques mois plus tard, nous nous sommes séparés, sans amertume, on disait. Ni regrets. Mais j’en ai quand même.

– Il n’est pas trop tard pour contribuer à notre arbre généalogique, tu sais.

– J’avoue que je plains nos neveux et nièces de porter des patronymes de roturiers. »

Chapitre 9

L'ENFANT DE LA PLACE

Depuis son enfance, ma cousine habite à Újpest, à la limite nord de la capitale. Nous n'allions chez elle, mes sœurs et moi, qu'à son anniversaire. Il coïncide avec la Saint-Nicolas. C'était bien, à cause des Bonshommes Hiver en chocolat et des bisous des copines de ma cousine, déjà adolescentes. Pour aller chez elle, il fallait descendre du métro à la dernière station – à l'étranger, pour ainsi dire. Je suis content d'y aller en voiture.

L'ancien village, sur la rive droite du Danube, devenu faubourg industriel, fort d'un important chantier maritime, a été rattaché à Budapest dans les années 1950. L'arrondissement hésite entre ses héritages citadin et rustique, comme un enfant rebelle dont on se demande s'il tient davantage du père ou de la mère. À travers le pare-brise de la Ford défile la succession bigarrée de tours en béton et de maisons de campagne où des espaces verts font face à des rues incolores, où des usines côtoient des maisons anciennes au toit en bardeaux et aux murs tagués. Nous sommes loin des circuits touristiques.

Dans le tintamarre urbain de ce mardi après-midi, mon regard se heurte aux innombrables enseignes commerciales. Elles surgissent partout, pas seulement sur les grandes artères et les places publiques, à la sortie du métro et aux arrêts de tram, mais aussi aux rez-de-chaussée des tours d'habitation, au milieu des trottoirs, et jusqu'aux no man's land des usines et sur la pelouse devant les maisons familiales. Poésie-*trash* capitaliste, ciment de l'éclectique, où l'universel avale le particulier puis le recrache en un magma confus et prosaïque, mais familier. Diszkont 24H, Optimus Gym, Invictus-Tattoo, László Barber Shop, Dórika-Szalon, Motostyling. Hu, Taboo-Fotó, Erste Bank ATM, Parfüméria, Mobil-Telefon Plusz, Autószerviz, Török Gyros, Új-Pub.

« Comment ça se fait que ta demi-sœur habite depuis toujours à Újpest ? »

Pendant qu'il immobilise la Ford à un feu rouge, mon cousin répond :

« Tu me demandes comment on se retrouve là d'où on vient ? Le hasard, non ?

– Bien sûr, comme pour tout le monde. Mais encore ? Ton père ne vient pas d'ici et la mère de ta demi-sœur non plus, je me trompe ?

– C'est ici qu'un logement a dû leur être attribué. Dans les années 1970, tu ne te plaignais pas quand la municipalité t'offrait un appartement flambant neuf, même si c'était à l'autre bout du monde. Puis il était plutôt bien, cet appart.

– Était ? Elle n'habite plus dans l'ancien appartement ?

– Non, non, elle s'est acheté une petite maison pas loin après la mort de sa mère, avec jardin et tout. Elle a aménagé son salon de coiffure au sous-sol. Ça doit faire dix ans. »

Je ne m'en souvenais pas, ou peut-être ne l'avais-je jamais su. Ni pour la mort de sa mère ni pour le déménagement. On ne se donne pas de nouvelles, ma cousine et moi, sinon à coups d'émojis sur Facebook. Pourtant, j'ai l'impression de bien la connaître, comme j'ai l'impression de connaître mon cousin ou mes amis hongrois. En réalité, je ne connais sa vie que dans ses grandes lignes : coiffeuse, divorcée, amatrice de mousseux et mère d'un garçon qui doit avoir dix-huit ou dix-neuf ans.

Nous garons la Ford devant l'enseigne Új-Hair plantée sur la pelouse. L'ancienne maison de campagne est franchement jolie, tout comme ma cousine, une analogie que je ne tarde pas à partager avec elle. Sur le seuil de la porte, elle me répond avec deux bises bien mouillées avant de déclarer :

« Je me disais justement que tu devrais venir me voir plus souvent ! »

Mon cousin doit, en plus des bises de sa demi-sœur, encaisser un sermon : « Même chose pour toi, et tu n'as pas l'excuse d'habiter à l'autre bout du monde.

– C'est quand même vingt minutes en voiture, sans parler du trafic », se défend mon cousin en s'essuyant les joues en même temps que moi.

L'intérieur de la maison est rénové, complètement dépouillé de son passé paysan. La cuisine, la salle à manger et le salon forment une seule pièce, pas très grande. Deux fenêtres donnent sur le jardin, la porte est entrouverte et laisse entrer une brise douce. La lumière remplit l'appartement, relayée par de grands miroirs rectangulaires posés contre le mur. Dehors, les feuilles restent accrochées aux branches des arbres. On ne dirait pas que nous sommes en plein mois d'octobre.

Mon cousin range au frigo la bouteille de Törley qu'il a apportée et en sort une autre, identique, déjà froide. Il semble quand même avoir ses habitudes ici.

Ma cousine place les coupes sur le comptoir et se tourne vers son demi-frère :

« Tu nous sortiras aussi l'assiette de salamis et de poivrons pour l'apéro. J'ai tout coupé d'avance. Les tomates et les olives sont déjà sur la table.

– Tu as fait le ménage, à ce que je vois, lui dit mon cousin, narquois.

– Juste pour toi, je me serais donné moins de peine, c'est sûr, mais là, nous avons de la grande visite. »

Tout est bien rangé, j'avais remarqué. Mais on sent que l'ordre ne tient qu'à un fil. Cent objets encombrent un décor aux couleurs pantone, rapportés moins de pays lointains que de magasins de décoration. Le sofa gris clair, tourné vers une télévision grand écran, encombré de coussins multicolores, semble avoir plus de vécu que tout le reste. Et puis, un peu partout, sur des étagères et sur les murs, des plaquettes en bois avec des citations en anglais, au lettrage stylisé : *Just be you. Enjoy the little things.*

Près de l'entrée, à côté de *Life is short but the world is wide*, je reconnais les fleurs séchées de Grand-Mère pressées dans de petits cadres vitrés. Ça me fait plaisir.

« Mon neveu est dans sa chambre ? demande mon cousin à ma cousine.

– Aux dernières nouvelles, oui. Il peut en émerger à tout moment, s'il a faim ou s'il y a un match à la télé.

– La dernière fois que je l'ai vu, il devait avoir cinq ou six ans, dis-je.

– Ça ne l'a pas marqué, me répond ma cousine. Ce matin, il m'a demandé de lui rappeler qui tu étais.

– Et qui suis-je ?

– Mon cousin d'Amérique. Je lui ai montré notre photo de famille pour l'aider à te replacer. Ta grande sœur à Toronto, ta demi-sœur en Californie, il les connaît, elles viennent en Hongrie plus souvent que toi.

– Ma demi-sœur vit en Floride, pas en Californie.

– Pour moi, c'est pareil. Au fait, vous vous parlez ?

– Rarement. Autour de Pâques pour nos anniversaires, et encore. Je lui promets chaque fois d'aller lui rendre visite. Elle aimerait bien que je me rapproche de ses enfants. Moi aussi, bien sûr. La dernière fois que nous nous sommes vus, c'était à Londres, quand elle vivait là-bas. J'avais dormi dans un appart pas possible qu'elle partageait avec une demi-douzaine de sans-papiers, comme elle, qui bossaient dans des cafés et des pubs. On s'était bien éclatés. Ça fait quinze ans.

– Tu vois, il y a pire que nous », conclut mon cousin tandis qu'il fait sauter le bouchon et remplit nos coupes avec une agilité naturelle.

Je lève mon verre en désignant une plaquette de bois posée sur le buffet. Je lis la citation à voix haute : « *Life is meant to be lived.* »

Ma cousine se tourne vers l'écriteau.

« Ça veut dire quoi ? J'oublie toujours.

– Qu'il est temps de boire », rétorque mon cousin.

Ma cousine prend une gorgée et sort la fameuse photo d'un tiroir de la commode. Je la reconnais tout de suite dans son cadre antique en bois rouge.

« Elle était accrochée chez Grand-Mère à côté de son canapé-lit.

– C'est une des seules choses que j'aie récupérées de son appartement après sa mort. »

Sur l'image en noir et blanc, ses cinq petits-enfants entourent Grand-Mère assise sur une chaise : grande sœur, demi-sœur, cousine, cousin et moi. Nous devons avoir entre six et douze ans. Un air de famille indéniable : chevelure abondante, visages allongés, symétriques et lèvres fines. Derrière nous, trois adultes. La mère de mon cousin, Klára, le regard trop sévère (même pour elle), et, à sa gauche, mon père, le moins figé du groupe. Il vient de déclencher le retardateur de son Praktica avant de se précipiter dans le cadre.

« C'est notre seule photo de famille, ajoute ma cousine.

– Il manque quand même pas mal de monde, fait remarquer mon cousin.

– Papa était déjà mort, dit ma cousine en regardant son demi-frère, et après ma mère n'allait plus trop chez Grand-Mère.

– Pas plus que les ex-femmes de mon père, que j'ajoute.

– On a un drôle d'air, dit mon cousin, qui se sert quelques tranches de salami.

– Personne ne sourit, fais-je remarquer.

– Elle a été prise juste après que tu as renversé le sapin de Noël, me rappelle ma cousine. Tu étais un garçon indomptable, presque autant que le mien.

– Je signale que j'ai reçu beaucoup de blâmes pour cet incident, mais entre nous, ma demi-sœur n'était pas sans faute.

– Elle n'est pas ici pour se défendre, mais elle a toujours affirmé que c'était toi, le vrai coupable, dit mon cousin, amusé de relancer l'antique polémique familiale.

– En tout cas, votre père n'a pas pris de parti, se souvient ma cousine, vous avez eu droit tous les deux à une bonne claque. »

L'enfant turbulent que j'étais a reçu son lot de gifles dans ce coin du monde où la chose était courante. De quelques-unes de ces claques, administrées par ma mère, je me rappelle encore, mais de celle-ci, qui serait venue de mon père, je n'en garde aucun souvenir. Pourtant, l'épisode de l'arbre de Noël qui bascule, tombe au ralenti et s'étale sur le plancher, le bruit des boules de verre qui éclatent sur la marqueterie, les chats qui déguerpissent, les cris de Klára qui nous intime de nous éloigner, Grand-Mère qui nous implore de ne pas marcher sur les tessons, ma tante qui essaye de redresser l'arbre, ma sœur et ma cousine, le visage caché dans les mains, mon cousin tapi sous leurs jupes, et puis ma demi-sœur qui, comme moi, est morte de rire – de tout cela, je m'en souviens encore. Mais du geste d'autorité paternelle qui aurait clos la scène, pas du tout.

« Dans mon souvenir, il n'y a pas eu mort d'homme, rappelle mon cousin.

– Je n'ai jamais frappé mon fils, il a pourtant fait bien pire », dit ma cousine.

La porte de la chambre du fond s'ouvre. Dans le cadre apparaît mon petit-cousin.

« N'en croyez pas un mot, c'est absolument faux !

– Si tu penses à la taloche que t'as reçue au poste de police cet été, tu l'avais amplement méritée, mon petit. »

Le jeune homme réplique par une moue désinvolte et syntonise un match de foot à la télé. Il salue les invités machinalement, sans s'approcher de la cuisine, et s'affaisse dans le sofa.

« Laisse », dis-je aussitôt à ma cousine qui, je le devine, s'apprête à relever l'impolitesse de son fils, et je rejoins celui-ci dans le salon. Je lui demande :

« C'est Újpest qui joue ?

– Non, c'est un match de la ligue allemande. »

Et pour remédier à mon ignorance flagrante, il ajoute avec un rictus : « Le meilleur indice, c'est la qualité du jeu. »

Le corps sculpté, il porte un survêtement de sport blanc, un T-shirt violet et une casquette trop grande pour sa tête, posée au-dessus d'un visage encore enfantin. De la cuisine, sa mère lui lance :

« Enlève tes pieds de la table. »

Le garçon obtempère au ralenti en me souriant.

« Tu es canadien, donc ?

– C'est en tout cas ce qui est écrit dans mon passeport.

– À ton âge, il parlait déjà trois langues ! intervient de nouveau ma cousine.

– Et à ton âge, tu en parles combien, Maman ?

– Moi, j'ai eu des cours de russe, ce n'est pas pareil. On nous a juste appris *L'Internationale.* »

Comme s'il n'attendait que ça, mon cousin entame le chant révolutionnaire, suivi par sa demi-sœur, mélangeant au hasard les vers hongrois et russes.

« Il a l'air bon, le mousseux, constate mon petit-cousin.

– Vous savez, je dis, il n'y a pas tant de mérite à apprendre la langue du pays où on habite, ce n'est pas comme si j'avais eu le choix. »

Ma réponse clôt l'intermède musical sans soulever de débat. Mes cousins reprennent leur discussion comme si de rien n'était et mon petit-cousin, sa position de sportif de salon, les pieds sur la table basse.

Je me tourne vers lui avec le sérieux de l'oncle lointain.

« Alors, tu fais quoi dans la vie ?

– Je viens de retourner à l'école après quelques années de pause bien méritées, me répond-il. Pour faire un apprentissage de coiffeur.

– Sur les traces de ta mère, donc.

– C'est au sous-sol que j'ai commencé à couper les cheveux des copains après l'heure de fermeture. J'aimais ça, je me débrouillais bien…

– Ils sont tous chauves, tes amis, pas compliqué comme coupe, l'interrompt sa mère.

– Sauf que maintenant, s'ils sont chauves, c'est grâce à moi. Et ils me payent, surtout !

– Tu y vas, aux matchs ? je lui demande en pointant le fanion d'Újpest planté dans un pot de fleurs séchées à côté du téléviseur.

– Je n'en ai pas manqué beaucoup depuis mes huit ans.

– Il se couche et se réveille en pensant à son équipe, intervient sa mère. Pour ça, il suit les traces de son père ! »

Après une pause pour relever un quiproquo d'arbitrage entre les deux équipes allemandes, le jeune homme reprend de lui-même notre échange, en me regardant cette fois dans les yeux :

« Au fond, je suis un hooligan. »

Il dit ça moins par fierté que par honnêteté, ai-je l'impression. Pour mettre les choses au clair.

« C'était ça, l'histoire du poste de police ?

– Ça a débordé après le dernier derby contre le Fradi. La routine, quoi.

– Il n'y a pas de quoi se marrer, mon fils ! »

Le Fradi, c'est l'ennemi héréditaire d'Újpest. L'équipe de Ferencváros jouit d'une popularité dans tout le pays et elle domine le football hongrois depuis à peu près toujours.

La rivalité entre les deux équipes de Budapest remonte au XIXe siècle. À l'époque, les partisans de Ferencváros étaient des bourgeois, tandis que leurs adversaires d'Újpest provenaient de la banlieue, des classes ouvrières. Qu'un membre de ma famille perpétue cette tradition du eux-contre-nous et se revendique d'une identité de hooligan me fascine. J'assaille le garçon de questions.

« Chaque match est une bataille, m'explique-t-il. Ça dégénère toujours un peu avec la police et les hooligans du camp adverse.

– Est-ce qu'il t'arrive de te battre ?

– Ne me fais pas honte ! crie sa mère.

– Ma spécialité, c'est la pyrotechnie, me dit-il sur le ton patient du pédagogue. La difficulté n'est pas tant de se procurer les pétards et les fusées que de les faire entrer dans les stades et de les allumer au bon moment, sans se faire pincer. Quand ça arrive, on s'en sort avec une amende, peut-être une soirée au commissariat. Ce que la police ne tolère pas, c'est le racisme, à cause de la Fifa et des médias qui s'en mêlent. En cas de méfait, la formation peut se voir annuler des matchs, être forcée de jouer sans public, des choses comme ça. On évite, donc, même s'il n'y a presque plus de joueurs hongrois dans l'équipe, encore moins des gars du quartier. De toute façon, le prochain Maradona naîtrait dans ma rue qu'il serait aussitôt acheté par Manchester ou le Real. Újpest est rempli de Serbes et d'Albanais, il y a même des Africains. Mais c'est pareil partout, même le Fradi ressemble à l'équipe de la Bosnie-Herzégovine. Attends…

Il s'interrompt pour allumer sa tablette électronique posée sur la table. Puis il coupe le son de la télé, se redresse et me montre une vidéo YouTube. On y voit les gradins agités par des partisans enfiévrés être d'un seul coup envahis par une fumée dense et violette, ajoutant à l'excitation de la foule.

« Ta dernière prouesse ? fais-je.

– Regarde, presque cinq cents vues déjà. C'est mon record. »

Je regarde la vidéo d'une quarantaine de secondes jusqu'à la fin. Derrière le but, sur une banderole géante, il est écrit :

LES JOUEURS, LES PROPRIÉTAIRES, LES LOGOS CHANGENT

LES PARTISANS RESTENT À VIE

« Vous manifestez pour quoi ?

– Ils manifestent toujours contre quelque chose, intervient sa mère, de la cuisine.

– Contre le changement de logo. »

Il me détaille la cause : l'équipe a été rachetée par un millionnaire belge qui s'ennuie. Pour moderniser l'image de l'équipe, pour « internationaliser » la marque, il a changé le logo de la formation en faisant disparaître son blason, l'ancre des anciens débardeurs d'Újpest, symbole de l'organisation depuis sa création, en 1885, date emblématique également biffée de l'écusson.

« C'est celui-ci, regarde. »

Mon petit-cousin relève son T-shirt jusqu'au cou. Il a le logo original tatoué sur le cœur.

« Je lui ai dit de ne pas exagérer les tatouages, lance sa mère.

– Les oligarques russes, les cheikhs arabes, les millionnaires américains ne s'intéressent pas à nous. Nous, on n'a droit qu'à un fils à papa belge.

– Vous avez raison de protester, dis-je. Franchement, il se prend pour qui, ce Belge, avec ses privilèges ? »

Mon petit-cousin éclate de rire et répète ma phrase d'une voix rythmée en appuyant sur chaque syllabe :

« Il-se-prend-pour-qui-ce-Belge ? Avec-ses-pri-vi-lèges ! »

Il gesticule des deux bras et débite la phrase plusieurs fois. Il s'arrête sec et conclut sur un ton sérieux : « Ça ferait une bonne chanson. »

J'apprends qu'il fait aussi du rap avec des copains. C'est lui qui écrit les textes. Il me montre un vidéoclip tourné dans une usine désaffectée pas loin de chez lui, filmé avec un téléphone portable. Décor rempli de tags, de béton et de testostérone. Aux paroles bourrées de slang, je comprends peu, mais je saisis l'essentiel : il emmerde à peu près tout – la bière belge notamment – sauf bien sûr Újpest. La chanson est intitulée *L'Enfant de la place.* Ce garçon a décidément du talent. Je suis content qu'on soit de la même famille.

« Tu devrais t'investir là-dedans, on dirait que tu n'es pas juste doué pour raser des têtes et faire flamber des stades. »

À son sourire en coin, presque gêné, je sens qu'il apprécie mon compliment.

J'ai envie d'ajouter qu'un poète est plus reluisant pour la famille qu'un hooligan ou que la littérature reste la manière civilisée, plus noble en tout cas, pour exprimer qui on est, moins douloureuse peut-être qu'une bastonnade d'après-match. À vrai dire, je n'en sais rien, je manque d'expérience dans l'une comme dans l'autre. Je lui épargne ma morale à deux sous. De toute façon, ma cousine nous appelle à table :

« C'est prêt, les gars ! Pour honorer nos invités, éteins la télé, mon fils. »

Chapitre 10

SANS FAMILLE

Notre photo de famille traîne encore sur le comptoir de la cuisine après le souper et le 1 à 1 du match allemand. Mon petit-cousin la tire vers lui. Il reconnaît presque tout le monde, même mon père, qui est déjà venu leur rendre visite, se souvient-il. « Il était sympa. » Il glisse son doigt vers Klára.

« Mais elle, c'est qui ? Sa tête me dit quelque chose.

– Tu ne l'as jamais rencontrée, lui dit ma cousine, c'était la femme de mon oncle.

– La dernière des femmes », précise mon cousin en souriant.

Je renchéris :

« Et non la moindre. »

Nous avons toujours aimé médire de Klára. Elle avait la personnalité désagréable d'une secrétaire d'école secondaire, d'autant plus que c'était son métier. Je l'imaginais bien, derrière son bureau, soupirant chaque fois qu'un retardataire se présentait sans billet justificatif, jouant à celle à qui on n'en passe pas une, rôle qu'elle était souvent contrainte de jouer à la maison aussi.

« A-t-elle des enfants ? » C'était la première question que tout le monde s'était posée à l'annonce de ses fiançailles avec mon père. Elle n'en avait pas et n'en avait jamais voulu. Une position accueillie avec soulagement par les ex-femmes de mon père. Pour mes sœurs et moi, la réponse soulevait une autre question : est-ce que quelqu'un qui ne veut pas d'enfants peut les aimer ?

Dans la famille, c'est moi qui me suis le mieux entendu avec elle, au bout du compte, sans doute grâce à ces longues journées que nous avons passées ensemble à cette maison de campagne perdue dans les collines au nord du lac Balaton.

« D'ailleurs, vous savez ce que Klára devient ?

– J'y pense pas souvent, je dois avouer, répond mon cousin. Ma mère n'a pas eu de ses nouvelles, je crois, elle m'en aurait parlé.

– Elle était dans un sale état la dernière fois que je suis passée à l'appartement de Grand-Mère, quand j'ai récupéré cette photo, justement, dit ma cousine.

– Ça doit faire quoi, au moins dix ans ? »

Mon petit-cousin, qui est retourné à son foot devant la télé, nous balance du sofa :

« Elle est devenue sans-abri.

– Tu sors ça d'où ? Tu ne la connais même pas !

– Ça m'est revenu. Tu ne te rappelles pas, Maman ? Elle était secrétaire à mon école, tu m'avais déjà dit qu'elle était vaguement de la famille ou quelque chose, tu comprends que je ne m'en vantais pas. En tout cas, après sa retraite, il y a quelques années, il y avait cette rumeur à cause d'une lettre qui circulait sur Internet.

– Et tu ne m'as rien dit, avec toutes les âneries que tu partages avec moi, tu ne m'as pas envoyé ça ? »

Il nous rejoint au comptoir de la cuisine en tapant quelque chose sur sa tablette.

« Voilà ! »

Nous nous penchons au-dessus de son écran pour lire la lettre ouverte, publiée il y a cinq ans dans un journal de quartier et signée par une certaine Ilonka P.

« N'est-ce pas l'ancienne voisine de Grand-Mère ? Vous vous souvenez, c'est elle qu'on appelait pour pouvoir lui parler au téléphone ? » dis-je, et n'ayant pour réponse que des marmonnements, je commence la lecture à mon tour.

Monsieur le maire d'arrondissement,

J'habite un des immeubles de la rue Karcag depuis 24 ans. Depuis quelques années, je m'occupe des sans-abri vivant dans le campement sauvage sur le terrain vague en face de chez moi.

Une voisine de mon immeuble, Mme Klára V., a été expulsée de son logement il y a maintenant un an et demi. Avant de prendre sa retraite, elle travaillait comme secrétaire d'un gimnázium *à Újpest. Elle occupait cet appartement comme sous-locataire avec son mari et sa belle-mère. Ces derniers sont décédés coup sur coup il y a plusieurs années et elle s'est retrouvée seule résidente des lieux, mais sans droit d'occupation. Depuis son expulsion, elle vit sous une tente. J'essaye comme je peux, avec mes petits moyens, de prendre soin d'elle, car elle n'a pas de famille.*

Le plus scandaleux, monsieur le maire, est ceci : l'appartement en question est toujours vacant.

J'aimerais vous demander : à quoi bon garder un logement vide pendant que son ancienne occupante est sans abri en face de son ancien immeuble ? Si au moins l'appartement était occupé par une personne dans le besoin, bien que contrariée, je me rangerais à la décision de l'arrondissement. Mais pas comme ça ! Tout simplement parce que je trouve cela inhumain !

Je souhaite que les autorités pensent à toutes les personnes qui souffrent et cherchent pour elles des solutions acceptables.

Cordialement,

Mme Ilonka P., retraitée

« Quelle tristesse ! » « Mon Dieu, mon Dieu ! » « Je ne peux pas le croire ! » Chacun de nous prononce quelques mots hébétés. Sauf mon petit-cousin, qui dit simplement : « Je te l'avais dit, Maman ! » Un silence s'installe pendant qu'on débarrasse la table. « Mon Dieu, mon Dieu ! » répète ma cousine de temps en temps. « Que veux-tu qu'on fasse ? » lui répond chaque fois mon cousin, rassurant.

Je ne dis rien. Mais je me demande si je n'ai pas aussi le devoir de « penser à toutes les personnes qui souffrent et de chercher pour elles des solutions acceptables ». Surtout si elles sont, même vaguement, même accidentellement, de la famille.

* * *

Du vieux punk rock fait vibrer la Ford de mon cousin sur le chemin du retour.

Je ressasse le projet d'aller retrouver Klára dans ce campement en face de l'ancien appartement de Grand-Mère. Je m'imagine lui faire la surprise, lui offrir ma compagnie pendant une petite heure, peut-être même partager avec elle un repas et un verre que j'aurais apportés. Lui raconter mon autre projet, celui de retrouver la maison de mon père, sa maison à elle, en fait. Peut-être pourrait-elle me dire comment m'y rendre ou si, comme je le crains, la maison a été rasée ou transformée au point d'être méconnaissable.

« Penses-tu que Mme Ilonka est toujours vivante ? Ta mère doit encore avoir son numéro. » Mon cousin baisse le volume de la radio.

« Pourquoi tu demandes ça ?

– Tu ne penses pas que ce serait bien d'aller retrouver Klára ? C'est quand même fou, cette histoire…

– Non. »

La réponse catégorique de mon cousin me surprend, mais j'insiste :

« Tu ne crois pas que ça pourrait… je ne sais pas… lui faire plaisir ?

– C'est ma mère qui risque de se retrouver avec ça sur le dos ensuite. Crois-moi, elle n'a pas besoin de ça. »

Je ne suis pas certain de comprendre. Ou juste assez : renouer avec Klára ne serait pas sans conséquence.

Après un long silence, mon cousin reprend :

« De toute façon, cette lettre est vieille de cinq ans, et vu l'état de Klára après la mort de ton père et de Grand-Mère…

– C'est vrai, elle aussi est sûrement morte aujourd'hui. »

J'ai dit ça pour clore le sujet, mais, en m'entendant prononcer ces mots, je m'en suis convaincu.

Le punk rock reprend sa place dans l'habitacle de la Ford jusqu'à notre arrivée.

Juste avant nos baisers d'adieu, mon cousin me rappelle cette évidence :

« N'oublie pas, toi, tu repars, nous, on reste. »

En descendant de la Ford, je revois le sans-abri du Körút assis sur l'asphalte, au bord du trottoir. La tête tombante, il tient sans conviction sa pancarte multilingue devant la foule de passants. Je pense à Klára. À mon père, aussi. Et je suis content que ça n'ait pas été « ça », son triste destin : faire la manche, vêtu de haillons, là où jadis il jouait les dandys.

Le sans-abri a retroussé son pantalon jusqu'aux genoux, laissant apparaître un écœurant ulcère. Je me demande si le spectacle d'une peau variqueuse ne contrecarre pas, chez son public cible, la sympathie suscitée par le mot *merci* écrit dans la langue du touriste. Je ne pense pas que mon père, ancien photographe publicitaire, aurait fait une telle faute de goût et je pense aussi qu'il aurait mis plus de soin dans la confection de la pancarte. Et je pense que celle-ci aurait eu une touche locale ; le *merci* écrit en hongrois seulement. De mes conseils de marketing, je ne fais pas part au sans-abri et je rentre dans mon immeuble furtivement, sans le saluer.

Je sais que je vais l'éviter les jours prochains. Et je sais maintenant que je n'irai pas à la recherche de Klára. Y a-t-il plus saugrenu que de parler d'une maison avec une sans-abri, qui de surcroît lui a déjà appartenu ?

Chapitre 11

LA MÈRE SUPPLÉANTE

Nous l'appelions, ma sœur et moi, *pótmama*, « mère suppléante ». Il ne faut pas croire à une trouvaille d'enfants délaissés, intrigant objet d'étude pour un psychanalyste : c'est littéralement ainsi qu'on appelle la nounou en hongrois.

Andréa est arrivée chez nous peu après le divorce de mes parents. Sa prédécesseure, la jeune femme qui auparavant gardait ma grande sœur à l'occasion, n'était plus disponible, tombée enceinte en même temps que ma mère. Un accident, disait-on, arrivé, comme tous les accidents, au pire moment.

Andréa avait tout de suite noté le numéro de téléphone inscrit sur l'annonce punaisée dans le hall d'entrée de sa résidence étudiante.

> Mère seule cherche nounou trois soirs/semaine et parfois les fins de semaine. Fille de quatre ans, bien élevée. Garçon, dix mois, pas encore propre. Rémunération honnête contre travail honnête. URGENT. Appeler le soir après huit heures.

La rémunération et l'horaire lui convenaient. Elle n'avait pas vingt ans, ne connaissait personne à Budapest. Elle arrivait d'un village du Sud pour étudier la physiothérapie. Une fois sa résidence payée, incluant le lit en dortoir et les repas, il ne restait rien à Andréa pour profiter des plaisirs de la capitale. Elle avait de l'expérience avec les enfants – avec un enfant, en fait, son petit frère, dont elle s'occupait depuis toujours, car son père était malade et sa mère travaillait. Andréa a expliqué tout ça à ma mère au téléphone, le soir même, et quand, le lendemain, elle est venue nous rendre visite sur le Körút, ma mère a tout de suite reconnu dans cette fille avenante et dégourdie la candidate idéale.

La jeune femme avait seulement omis de mentionner un détail : elle détestait les enfants. Elle s'était juré de ne jamais en avoir, et pour être certaine d'en être éloignée pour toujours, même dans sa vie professionnelle, elle se spécialisait dans la rééducation des personnes âgées.

Guidée par le sens du devoir, une débrouillardise hors pair et motivée par l'argent, bien sûr, Andréa a été non seulement à la hauteur des attentes, mais ma mère en parlait, quelques mois plus tard, comme de la perle rare sans qui elle n'y arriverait pas. Le salaire – fort honnête – prélevé sur la pension de vieillesse de Mamie valait chaque fillér, disait-elle.

À notre contact, durant ses six années de service chez nous, l'amour d'Andréa pour les enfants ne pouvait qu'augmenter. Du point de vue de ma sœur et moi, elle s'est révélée une mère suppléante remarquable, et nous trouvions même que, pour certaines tâches, elle surpassait la titulaire du rôle : sorties au parc Jászai sur demande, heure de coucher négociable et *tejbegríz* recouvert de coulis de framboises au menu. Sans parler de nos extraordinaires escapades à la campagne.

Andréa nous emmenait de temps à autre chez ses parents lorsque ma mère travaillait la fin de semaine, appelée en renfort comme maquilleuse pour des spectacles ou des tournages. Je ne garde que des bribes de souvenirs de cette enfance auprès d'Andréa – le reste m'a été raconté plus tard –, mais tous sont liés aux visites de son village natal : le voyage dans le train avec les toilettes qui puent, le chant du coq au réveil, les cigognes sur les cheminées et la cloche d'église actionnée par une corde épaisse avec laquelle j'ai pu, une fois, annoncer le jour du Seigneur.

Je n'avais qu'un seul reproche envers Andréa, celui de n'avoir jamais voulu me lire des histoires jusqu'au bout. Tâche dont elle se lassait après quelques pages, déposant le livre avant la fin, malgré la véhémence de mes supplications et sans égard à la tension dramatique du récit. De ce côté-là, mère titulaire et mère suppléante, c'était du pareil au même, sauf que cette dernière, toujours débrouillarde, avait trouvé une solution plus qu'acceptable, offerte à un prix modique. La Matáv, la compagnie de téléphonie nationale qui n'était pourtant pas réputée pour offrir des solutions, proposait un service sur mesure pour répondre à mon caprice d'enfant : la lecture de contes par téléphone. Chaque soir, elle diffusait une histoire préenregistrée : des classiques des frères Grimm et de Perrault, des trucs nordiques ou, le plus souvent, une histoire du folklore d'Europe centrale avec ses braves gaillards en quête d'amour et de fortune. Je n'en demandais pas tant. Andréa n'avait qu'à composer le numéro et me tendre le combiné pour avoir la paix pendant quinze minutes avant de me mettre au lit. Et voilà encore un dossier réglé en un tour de main par cette mère suppléante. Une fois pour toutes. Ou presque.

Jusqu'au jour où, après qu'Andréa m'a tendu le combiné, l'enregistrement du conte n'a pas démarré. Sur la ligne, j'entendais plutôt un étonnant chahut qui ne m'était visiblement pas destiné. Des discussions cacophoniques, de la musique, des rires, beaucoup de rires. Une défectuosité technique, dont la Matáv avait le secret, avait transformé le service de contes pour enfants en ligne de fête : tous ceux qui appelaient au numéro se voyaient automatiquement interconnectés, chaque appelant pouvant entendre tous les autres. Le mot s'est donné dans de petits cercles d'amis et le service de contes est devenu, en quelques jours, le lieu de rendez-vous de la jeunesse hongroise en mal de divertissement bon marché. Certains mettaient un disque de Illés ou des Rolling Stones, on racontait les dernières blagues, un type vendait des jeans, on parlait des concerts à ne pas manquer, les filles essayaient d'en savoir plus sur les gars en ligne et les gars, sur les filles. On se passait le combiné entre amis dans des dortoirs d'université, dans des cabines téléphoniques, dans les appartements, dans les casernes.

« Un peu de silence, tout le monde, on a une nouvelle connexion, je crois, écoutez bien, salut, est-ce que tu veux te présenter ? demandait quelqu'un.

– Euh, oui, salut, tout le monde, je m'appelle Andréa, je suis dans le XIIIe, j'étudie à la fac de physio, ce soir je garde des enfants…

– Le service des contes est interrompu, Andi, mais si tu veux des Levi's, il y a des originaux à vendre ! » a répondu une voix dans l'hilarité générale.

Exit mon quart d'heure de conte au téléphone ce soir-là, de même que les soirs suivants. Dès que possible, Andréa nous balançait au lit, espérant que la fête en ligne se poursuivrait. Elle espérait aussi réentendre la voix du plus sympa des garçons, en service militaire, qui a fini par lui proposer un rendez-vous – il serait en permission le vendredi. Andréa a fixé comme lieu de rencontre la place Jászai, devant les statues cubistes en granite gris de Karl Marx et de Friedrich Engels. La place étant surplombée par le tablier du pont Marguerite, elle pourrait, avant de le rejoindre, jauger son choix de loin, s'assurer que le physique du garçon correspondait à ce que sa voix laissait espérer. Comme elle était de garde, nous l'avons, ma sœur et moi, accompagnée à ce premier rencard après lui avoir tous deux émis des avis favorables sur son prétendant, qui poireautait en bas du pont, devant les auteurs du *Manifeste du Parti communiste.* J'étais particulièrement impressionné, paraît-il, par la moustache en fer à cheval du jeune homme élancé qui flottait dans son uniforme militaire. Et lui, par cette belle blonde au visage slave, tenant la main de deux enfants.

Pál s'est avéré être un jeune homme gentil et sérieux. Il avait plein de projets et de passe-temps. Aussitôt son service militaire terminé, il reprendrait ses études d'informatique et s'achèterait une mobylette d'occasion, probablement une Csepel, puis quitterait la capitale, où il avait grandi, pour un endroit plus tranquille, plus près de la nature, mais pas trop loin, quand même. C'est qu'il aimait aussi faire de la randonnée, racontait-il. Nous étions tous les trois sous son charme.

Dès lors, les balades en forêt ont remplacé nos sorties à la campagne. Andréa et Pál nous promenaient avec la fierté de jeunes parents, récoltant les félicitations d'inconnus pour leurs beaux enfants, si bien élevés.

J'aimais Pál d'autant plus qu'il me laissait remplir ses poches des nombreux trésors que je trouvais dans les bois, après avoir rempli les miennes. J'appréciais particulièrement les marrons sauvages, mais aussi les pommes de pin, les glands de chêne, les cailloux de différentes formes et couleurs. J'en ramassais chaque fois un échantillon imposant. Ma trouvaille préférée provenait d'un arbre dont même Pál ne connaissait pas le nom et qui donnait un fruit sec, rond et rigolo. Andréa, toujours inventive, l'avait surnommé « boule de neige verte ». À ma plus grande satisfaction, dit l'anecdote.

Les jeunes amoureux n'avaient pas seulement profité de notre présence, ils ont aussi, ai-je appris beaucoup plus tard, profité de notre absence, ma mère ayant donné à Andréa et Pál son autorisation de transformer notre appartement en garçonnière quand nous n'étions pas là. Entre-temps, la Matáv avait réussi, après quelques semaines, à siffler la fin de la récréation de la ligne en fête et à restaurer son service de lecture de contes pour enfants.

De fil en aiguille, comme il se doit, Andréa et Pál se marièrent, vécurent heureux et eurent beaucoup d'enfants. Peu après les fiançailles, Andréa nous a annoncé qu'elle devrait malheureusement quitter son poste de gardienne. D'un même souffle, elle a promis qu'on pourrait la revoir quand on voudrait, qu'on pourrait leur rendre visite sans s'annoncer.

Je nous imagine versant des larmes. Nous savions déjà que cette mère suppléante – comme la première – serait à jamais irremplaçable.

* * *

Andréa, Pál et leurs trois enfants habitent depuis à Szentendre, à vingt kilomètres au nord de Budapest. Avec le temps, nous avons convenu officieusement qu'ils seraient ma marraine et mon parrain.

Leurs enfants me considèrent comme une sorte de parrain aussi, sachant que sans ma passion d'antan pour les contes, leur existence serait pour le moins incertaine. Ce que je ne manque jamais de leur rappeler. Sans parler du fait – je le souligne à chacune de nos rencontres – que si j'avais été un enfant chiant, beaucoup moins mignon, Andréa serait restée sur sa position de ne jamais en mettre au monde.

Nous n'avons, comme promis, jamais rompu nos liens. Avec ma mère et ma grande sœur, nous avons gardé l'habitude de leur rendre visite durant mon enfance, et cette famille est restée l'inévitable arrêt de chacun de mes séjours en Hongrie. Visites d'autant plus agréables qu'ils habitent cette petite bourgade, fleuron du tourisme hongrois, avec ses rues pavées, ses maisons baroques, sa promenade au bord du Danube, ses galeries d'art et ses boutiques.

L'habitude voulait que toute la famille nous accueille à la gare, d'où nous partions nous promener à travers les rues et ruelles de la vieille ville, et que nous nous achetions un *lángos* crème-fromage avant de terminer la soirée chez eux, là où, autre incontournable de nos retrouvailles, nous nous remémorions le bon vieux temps. (D'aussi loin que je me souvienne, j'ai toujours été nostalgique.)

C'est dans cette maison de Szentendre que j'ai débarqué sans m'annoncer, il y a une quinzaine d'années, un soir d'été, après avoir pris un train, un ferry, un autocar. Après ma dernière promenade avec mon père. Après l'avoir laissé ivre mort dans un train avec mon Minolta Dynax 5 accroché au cou.

On m'a ouvert la porte, embrassé, offert à manger et un lit. À boire aussi, mais j'ai poliment refusé. Andréa est restée éveillée tard pour écouter le récit de ma journée avec mon père. Pál et les enfants s'étaient couchés, nous sommes restés seuls dans le salon, assis face à face, les genoux repliés sur un canapé moelleux. Une lampe sur un bureau secrétaire éclairait faiblement la pièce. J'ai dit mon sentiment de culpabilité, j'ai dit mon sentiment de libération, j'ai dit ma peine d'avoir un père « comme ça ». C'étaient les confessions décousues d'un fils ingrat, doublées des lamentations d'un enfant délaissé. Quand j'ai enfin arrêté de parler, mon ancienne gardienne m'a raconté une histoire. Cette fois-là, elle s'est rendue jusqu'à la fin.

Andréa m'a raconté avoir observé, dès son jeune âge, la même déchéance chez son propre père. « Par pudeur, on le disait malade. Le vôtre, au moins, est parti de la maison assez tôt… Depuis des années, je revois la même spirale irréversible chez mon petit frère que chez mon père jadis. Lui aussi, un garçon bon vivant que tout le monde a toujours aimé, comme ton père, et tout aussi flambeur et insouciant que lui. Tous deux se débrouillaient tant qu'ils étaient jeunes et fringants, tant qu'ils pouvaient profiter de la stabilité de l'ancien régime, de ses services tout de même fiables et accessibles. Des *artistes de la vie*, comme eux, pour peu qu'ils ne se mêlent pas de politique, pouvaient toujours se démerder dans la Hongrie communiste, dans cette baraque qu'on disait la plus joyeuse du camp soviétique. Grâce à des copains qui leur refilaient un tuyau pour un contrat, à des maîtresses prêtes à offrir le gîte et le couvert, à des proches résignés à écraser dans leur main quelques billets qu'ils étaient sûrs de ne jamais revoir. Et quand le nouveau régime a ouvert la porte à toutes les opportunités et à tous les opportunistes, ton père, comme mon frère, était assis à la taverne. Ton père, je l'ai connu dans ses belles années, plein d'assurance, fier comme un coq, convaincu que lui, il s'en sortirait toujours, de ses conneries, grâce à son charme, à son humour, à son charisme. Et, crois-moi, il n'en manquait pas ! Toujours beau, toujours chic, toujours le bon mot. Tu imagines comme ses airs de don Juan tapaient sur les nerfs de ta mère, pendant qu'elle se démenait pour joindre les deux bouts ? Mais l'alcoolisme, tu sais, on avait raison de le dire à l'époque, malgré tout, c'est une maladie. Je ne dis pas ça pour excuser nos pères ou mon frère. Je dis ça pour qu'on saisisse les limites de notre rôle et de notre responsabilité, nous qui sommes leurs proches. Parce que, pour traiter une maladie, ce n'est pas une épouse, une sœur, une fille, un fils qu'il faut, c'est des médecins et des infirmières, mais surtout des patients prêts à être soignés. J'ai fini par comprendre que tant que le malade refuse de reconnaître son mal, on ne peut rien pour lui. Et tu le sais, l'alcoolisme n'est pas un trouble bénin qui passe avec quelques pilules et deux mois de repos en sanatorium. »

Avant de me dire bonne nuit, Andréa a déposé un baiser sur le sommet de ma tête et m'a répété que je n'y pouvais rien. Puis elle a conclu :

« Tu sais, il y a des histoires qui finissent mal, tout simplement. »

Chapitre 12
SOUVENIRS

Pour aller à Szentendre, je dois prendre le HÉV, le train de banlieue. L'arrêt est à l'entrée du pont Marguerite, côté Buda, que je décide de traverser à pied. Comme tous les jours depuis mon arrivée, le temps est radieux, particulièrement doux pour la saison, et je ne suis pas pressé.

Avant de m'engager sur le pont, j'ai voulu entrer dans l'immeuble de mon enfance, au Szent István körút 4. La porte cochère était fermée et je n'ai pas osé sonner au hasard des appartements ou me faufiler derrière un des résidents. Je voulais éviter de me confondre en explications : « Euh, oui, monsieur, en fait non, je n'habite pas ici, mais j'y habitais il y a trente ans, vous savez… »

Le pont Marguerite a subi depuis mon dernier passage au pays une transformation frappante. Un panneau avec les logos de la ville et de l'Union européenne en vante la restauration qui respecte l'esprit des plans initiaux, ceux de 1873 : retour des balustrades dorées, des armoiries et des candélabres en fer forgé. Je remarque aussi le tablier élargi et l'ajout de pistes cyclables. Je marche côté sud pour admirer l'édifice le plus iconique d'entre tous, le *Országház*, la « Maison du pays », grandiose fantaisie néogothique, parfaitement symétrique avec sa majestueuse coupole centrale, ses douzaines de flèches dorées, improbable par sa dimension quand on considère qu'il est le parlement d'un pays de seulement dix millions d'habitants. Du milieu du pont, le promeneur bénéficie d'un panorama généreux : le parlement à gauche, le pont des Chaînes en face et, à droite, le château sur la colline de Buda avec le palais royal, et la statue de la liberté sur le mont Gellért, au loin.

Je me suis déjà imaginé venant ici accompagné de Marianne, tard le soir, quand chaque élément brille de ses feux, quand *ma ville* est la plus belle. *Comme toi*, je lui aurais dit et elle m'aurait traité de quétaine.

Nous nous sommes promenés dans tant de lieux et avons traversé tant de ponts, mais jamais ici, jamais celui-ci. On se l'était promis, pourtant – *L'an prochain, ou l'année d'après, un jour en tout cas* –, comme toutes ces choses que nous nous étions promises et qui ne sont pas advenues.

Pál m'attend sur le quai du HÉV à Szentendre. Impossible de le manquer avec sa tête qui dépasse toutes les autres, son sourire encadré d'une moustache en fer à cheval, aujourd'hui grise, qu'une calvitie presque entière met plus en valeur que jamais.

Mes pieds quittent le sol quand Pál me prend dans ses bras, et ils sont encore dans les airs quand il détaille le programme du jour. Il me propose, si je n'ai pas encore faim ou soif, d'aller marcher au bord du Danube, où il y a une nouvelle attraction touristique qu'il n'a pas encore vue et qui m'intéressera certainement.

« Ensuite, nous pourrons faire un tour dans le centre, manger un *lángos*, boire un verre pour accompagner la galette, comme tu voudras. On ira à la maison plus tard, en ce moment Andréa travaille, les enfants aussi, sauf le petit qui est à l'université, mais ce soir tout le monde sera réuni, avec mon beau-fils, mes belles-filles, et surtout – nouvelle attraction familiale – le premier de mes petits-enfants, un garçon mignon comme tout, tu verras, tout le monde a hâte de te voir, nous préparerons un authentique goulache dans le jardin, sur le feu, on attendait l'occasion, avec toi on s'est dit que ce serait parfait, faudrait juste passer à la boucherie, tu pourras dormir à la maison, on a déjà fait ton lit à l'étage. En tout cas, ce qui est déjà bien, c'est de te voir, nous avons tout l'après-midi pour nous. Tu en dis quoi ?

– C'est quoi, la nouvelle attraction touristique ?

– Le rétromuséum. »

En chemin, Pál m'explique le concept, né en Allemagne, qui porte le nom amusant d'*Ostalgie.* « Ça vient du mot *ost*, qui veut dire “est” en allemand, et de *nostalgie* », me précise-t-il. Le mot-valise désigne le sentiment qu'éprouvent ceux qui ont vécu sous les anciens régimes des pays communistes et qui, déçus de l'utopie capitaliste, s'accrochent à celle du socialisme.

Dans les villes de l'ancien bloc de l'Est, des cafés, bistrots et hôtels rouvrent avec du mobilier d'origine et les saveurs d'antan. On peut visiter Berlin à bord d'une Trabant. Des fêtes où on revêt des habits remisés s'organisent au son du pop rock de microsillons dépoussiérés. Des marques de produits surannés, snobés hier encore, renaissent et se vendent au prix fort jusqu'au Japon. Le design du réalisme socialiste, les icônes de Lénine et les étoiles rouges envahissent désormais les magasins de souvenirs. Une bourgade comme Szentendre, qui ne sait plus où mettre ses touristes, était tout indiquée pour suivre la vague. Depuis quelques années donc, une ancienne résidence, un pavillon ordinaire de deux étages offre aux visiteurs d'y contempler les reliques du goulache-communisme.

Stationnées tout autour de la maison-musée, une dizaine de voitures, modèles jadis omniprésents, aujourd'hui disparus, attendent les touristes chargés de porcelaine et de broderie artisanale. Avant même de passer à la billetterie, je sens que mon appétit pour la nostalgie, inassouvi avant-hier dans la rue Kárpát, chez les parents de Petya, sera comblé, jusqu'à l'écœurement même.

Je m'attendais à une maison aménagée « comme dans le temps » où, dans chaque pièce, on retrouverait l'ameublement caractéristique de l'époque avec sa décoration, ses accessoires. Mais le musée rappelle moins les intérieurs d'antan qu'une brocante ayant perdu depuis belle lurette le contrôle de son inventaire.

Je veux faire part de cette observation à Pál depuis qu'on a traversé la cuisine – et je suis certain qu'il serait d'accord –, mais chaque fois, mon attention est attirée par un nouvel objet, que je ne peux m'empêcher de pointer avec enthousiasme.

« Tu as vu ? On avait exactement le même modèle chez nous. »

Sur la table basse de la chambre des enfants, sous une cloche transparente, se trouve un jeu de société, comme si on l'avait abandonné là en pleine partie, il y a trente ou quarante ans. Comme Pál, comme tous les visiteurs du musée, je le reconnais au premier coup d'œil. Il s'agit pratiquement du seul jeu de société qui existait à l'époque. Ça s'appelait *Gère ta vie intelligemment !*.

Le carton collé sur la vitre explique que le jeu a été vendu à dix mille exemplaires dès sa sortie, en 1966, pour totaliser le million de ventes au moment du changement de régime, vingt-cinq ans plus tard.

Rares sont les familles à ne pas avoir passé des heures interminables autour de son plateau dépeignant le petit monde du kádárisme. Les pions avançaient, au hasard des coups de dé, sur les cases des différents commerces et magasins d'État, mais aussi vers des destinations populaires comme le cinéma, la bibliothèque, le parc d'attractions, le zoo, jusqu'aux vacances au lac Balaton ou en colonie. Certaines cases récompensaient les bons comportements – avoir fait sa gymnastique, aidé une personne âgée ou regardé des deux côtés de la rue avant de traverser – et d'autres sanctionnaient, à coups d'amendes, l'incivisme : fumer, jeter ses déchets n'importe où, laisser couler le robinet. Après chaque tour, la paie, toujours là, toujours la même, qui devait permettre aux joueurs de se procurer le nécessaire sans se ruiner en chemin. Car le but du jeu était de meubler son appartement. Le joueur qui s'était procuré tous ces biens le premier gagnait la partie. Ce qui de mémoire d'homme n'est jamais arrivé, car le jeu, trop aléatoire, s'avérait sans fin.

Contrairement à ce que son nom laissait entendre, le jeu ne demandait ni habiletés de gestion ni intelligence. On jetait le dé, bougeait le pion et exécutait l'action indiquée sur la case où on atterrissait. Au mieux, nous apprenions à gérer nos frustrations, et les plus intelligents se rendaient bien compte que ce n'était pas nous qui jouions, mais le jeu qui se jouait de nous.

D'ailleurs, ma mère, toujours occupée à on ne savait quoi de plus urgent, se levait immanquablement de table et demandait à ma sœur et moi de jouer à sa place le temps qu'elle revienne de la cuisine.

Jeter les dés, bouger son pion, suivre bêtement les instructions. Une version communiste de *Monopoly*, en somme. Mais sans la possibilité de devenir millionnaire. Ni de faire banqueroute.

« Ils ont sorti il y a quelques années une version moderne de *Gère ta vie intelligemment !*, me dit Pál. Les enseignes ont changé, mais pas les règles du jeu. »

Et il ajoute avec le sourire : « La différence, c'est que, désormais, on peut acheter plus de choses et que tout coûte plus cher.

– Laisse-moi deviner, ça s'est pas vendu. »

Enfin, nous arrivons dans la dernière salle, devant ce qui semble être le point d'orgue du musée. Sur un piédestal, entouré d'un cordon de sécurité, une petite voiture en tôle rouge, aux roues chromées avec, assis sur le siège de la décapotable, un gros ours en peluche, de la taille d'un enfant de quatre ou cinq ans. Sur l'étiquette placée sur le pare-brise, nous en apprenons davantage.

*MOSZKVICS À PÉDALES (*Москвич*)*

Le fabricant automobile soviétique AZLK a produit, pendant des décennies, cette version miniature de son modèle de base. Dans son usine de Moscou, une véritable chaîne de montage parallèle fut dédiée à la fabrication de ces jouets. La Moszkvics coûtait l'équivalent d'un mois de salaire d'ouvrier. Ne pas toucher !

Je ne connaissais pas l'histoire de l'objet ni la marque de voiture AZLK. Pourtant, cela me revient d'un coup, j'ai été, dans mon enfance, un fier propriétaire d'une Moszkvics à pédales. Assurément le plus impressionnant de mes jouets, le seul qu'aucun de mes amis ne possédait. Je n'avais, en fait, jamais vu d'autre exemplaire que le mien. Jusqu'à ce moment précis.

Il m'était strictement interdit de l'utiliser dans l'appartement. À cause du parquet de chêne. Là-dessus, ma mère était intraitable. Pour profiter de mon bolide, je n'avais qu'à sortir sur le *gang*, me disait-elle. Le *gang*, mot allemand signifiant « couloir », c'est le nom que les Budapestois donnent aux balcons filants des anciens immeubles par lesquels on accède aux appartements, sorte de galeries surplombant la cour intérieure, courant sur chaque étage. Ce sont, je peux le dire d'expérience, de parfaites pistes de course pour monoplaces à pédales. J'ai dû faire des centaines de tours de galerie pour tester les limites de ma Moszkvics et la patience des voisins.

L'avantage le plus populaire du *gang* est qu'il permet l'observation des allées et venues du voisinage sur les cinq étages. Un avantage dont ont tiré profit les nazis durant la guerre tout comme, après eux, les délateurs de la dictature communiste. J'en ai également profité, non pas pour traquer des Juifs en cavale ou des réactionnaires à la solde de l'impérialisme capitaliste, mais pour observer *la vie des autres* : le voisin qui allait promener son puli blanc tous les soirs, la vieille qui battait ses tapis persans les dimanches matin, l'ado du troisième qui mettait du rock dans sa Sokol, la jeune femme qui sortait toutes les heures fumer en lisant sur un tabouret, le menuisier du premier qui transformait chaque matin sa galerie en atelier et, bien sûr, M. et Mme Csiszár,

en symbiose. J'y voyais la cohabitation harmonieuse de deux corps étrangers qui finissent par n'en faire qu'un. Je ne suis pas devenu philosophe, t'inquiète, mais j'ai repensé à cette image durant des semaines. Je l'ai aussi racontée à Andréa lors d'une de nos discussions au téléphone et nous sommes retournés ensemble sur le sentier pour que je lui montre ma découverte. On ne se souvenait plus de notre dernière randonnée ensemble. L'année suivante, nous nous sommes remariés en petit comité. Nos deux grands étaient nos témoins, le petit portait l'alliance. On s'est alors promis de vieillir ensemble dans cet amour, peut-être imparfait, mais qui est le nôtre depuis que nous nous sommes rencontrés.

– Sur la place Jászai, grâce à moi, ne me remercie pas ! » lui dis-je, et nous levons nos verres en direction du soleil couchant au nom de l'amour imparfait.

L'arrêt à la buvette s'est étiré et, au moment où on se lève, Pál me dit, dépité, qu'il est trop tard pour passer à la boucherie. Le projet de banquet autour du feu a d'autant plus de plomb dans l'aile qu'en ce mercredi soir Andréa et les enfants appellent tour à tour pour s'excuser d'avance de leur retard, invoquant des tracas de la vie ordinaire.

La vie qui court n'a toutefois pas raison du souper familial promis. L'ambiance à notre arrivée à la maison est particulièrement survoltée et nous passons un quart d'heure dans l'entrée à nous embrasser, à constater que nous n'avons pas changé et qu'il n'était franchement pas trop tôt pour que je daigne venir les revoir à Szentendre.

On se met d'accord pour cuisiner des pâtes vite fait avec une sauce tomate. « Vous savez, l'important n'est pas ce qu'il y a sur la table, dis-je, mais les personnes rassemblées autour. Et vous me connaissez, je peux me contenter d'un *tejbegríz* au coulis de framboises. »

Le petit garçon blond aux lunettes et au visage ronds, accroché depuis mon arrivée à la cuisse de son père, et qui jusqu'ici n'a pas dit un mot, s'exclame joyeusement :

« Moi aussi !

– Ça, on n'en doute pas une seconde, lui dit sa mère.

– On comprend pourquoi il aime tant venir chez ses grands-parents, dit son père.

– L'avantage d'être grands-parents, c'est qu'on ne vit pas avec les conséquences de la permissivité, seulement ses bénéfices, explique Pál.

– L'avantage est surtout de pouvoir le rendre à la fin d'une longue journée, ça on a compris, lui répond son fils.

– Dans ce sens, être grand-mère ou mère suppléante, c'est pareil, dit Andréa en se tournant vers moi. J'ai compris ça il y a longtemps. »

Tout au long du repas, le petit-fils d'Andréa et Pál est d'une discrétion étonnante. Assis en sécurité entre ses parents, il mange sans jamais regarder son assiette, suivant de ses grands yeux bleus la conversation des adultes comme une partie de ping-pong au ralenti.

À la fin du repas, un mouvement s'amorce vers le salon, les toilettes, le vestibule.

« Attendez, attendez, dit Andréa en haussant la voix, il reste le plus important !

– Le *tejbegríz* ? » demande l'enfant, les yeux pleins d'espoir.

Andréa se tourne vers son petit-fils et lui caresse la tête.

« Peut-être mieux. Je vais te montrer une chose très marrante, une chose très très rare, est-ce que tu viens la chercher avec moi ? »

Je sais ce qui s'en vient. Nous le savons tous. Nous sommes tous passés par ce petit rituel lors d'un de mes retours dans cette maison. Sans dire un mot, le garçon suit sa grand-mère des yeux jusqu'au bureau secrétaire placé contre le mur du salon. Après une courte hésitation, il la rejoint, le pas prudent. Andréa soulève le cylindre coulissant. Le rideau de bois disparaît pour dévoiler un pupitre rempli de paperasse, ainsi qu'une rangée de petits tiroirs. L'enfant pousse un rire aigu. Le mécanisme l'impressionne au plus haut point. Il jette un regard émerveillé vers nous, qui nous sommes approchés.

« Attends de voir ce qui s'en vient.

– Je me demande bien ce qu'on va découvrir. »

Andréa ouvre un des tiroirs. Le genre de tiroir où on garde des choses importantes dont on se sert peu, mais qu'on veut pouvoir retrouver sans chercher : passeports, doubles de clés, papiers d'assurances, piles de rechange.

Andréa en sort un objet que l'enfant ne quitte pas des yeux. Elle le dépose délicatement dans la paume de son petit-fils.

« Est-ce que tu as une idée de ce que cette chose peut bien être ? » lui demande sa grand-mère.

L'enfant scrute l'objet, toujours émerveillé, lui prêtant peut-être des pouvoirs magiques. Il n'ose pas le palper ou le porter à ses narines. Aucun mot ne sortant de sa bouche, nous lui soufflons la réponse : « C'est une boule de neige verte. »

Cette révélation semble pleinement satisfaire l'enfant, car il éclate de rire à nouveau, avant de reprendre son sérieux.

« Une boule de neige verte », répète-t-il fièrement.

Pál lui explique que c'est moi, leur *distingué invité*, qui ai ramassé cette chose marrante avec grand-maman et grand-papa lors d'une balade en forêt il y a bientôt quarante ans. « Il avait exactement ton âge, imagine-toi ! Il s'agit en réalité d'un fruit sec, un fruit qu'on ne peut pas manger, poursuit Pál, un fruit qui vient du platane, un arbre majestueux qu'on peut rencontrer lors d'une randonnée dans le bois.

– Dans la forêt, il y en a des millions, de ces boules de neige vertes, mais aucune n'est aussi précieuse que celle-ci. Sais-tu pourquoi ? lui demande Andréa.

– Parce qu'elle est très vieille ?

– Oui, tu as raison. Et aussi parce qu'elle nous rappelle pourquoi nous sommes tous ici. »

Chapitre 13

CEUX QUI RESTENT

Aller voir Papou était une de nos sorties récurrentes, celle qu'on faisait tous les deux, Mamie et moi. Contrairement à ma sœur qui avait toujours mieux à faire, je ne détestais pas ces escapades à l'autre bout de la ville, au cimetière de Farkasrét, parmi les collines verdoyantes de Buda. Elles s'ajoutaient à nos autres sorties dominicales : l'île Marguerite surtout, mais aussi le zoo, le Musée des transports ou ses vieilles amies de la rue Pozsonyi. Un carré Rákóczi de la pâtisserie de M. Fischer couronnait nos dimanches, mais ma véritable récompense, celle que je savoure encore, n'était pas tant ce gâteau au fromage garni de meringue que l'intérêt absolu affiché par Mamie – plus que quiconque – pour chaque mot qui sortait de la bouche de son petit-fils.

Il faut dire que ma vie ne manquait pas de rebondissements. La preuve : les récits que j'en faisais recevaient l'encensement constant de ma grand-mère. « Que c'est captivant, ce que tu racontes, mon ange ! Qu'est-ce que tu retiens tout, mon petit ! » Qu'il s'agisse de la description des émissions que j'avais vues à la télé, du dernier livre que j'avais lu, de la sortie scolaire de la semaine précédente, du puli blanc du voisin que j'avais flatté la veille ou de mes projets de devenir archéologue et sapeur-pompier, tout, absolument tout la fascinait.

Cette attention, je la lui rendais bien, je crois. Un glaucome grave dégradait la vue de Mamie et, au fil du temps, j'étais devenu ses yeux, me rappelait-elle souvent. Je lui indiquais le numéro de l'autobus qui arrivait avant même que je sache lire, et plus tard, ayant appris, je lui lisais les titres de journaux, les étiquettes sur les boîtes de conserve, le programme télé ; je l'aidais à distinguer les billets de banque à l'épicerie ; je l'instruisais sur l'histoire des roquettes soviétiques au Musée des transports. Et au cimetière de Farkasrét, je lisais pour elle les noms des morts gravés sur les stèles.

« Elle, c'était une actrice magnifique, je l'avais vue sur scène avant la guerre au Théâtre de la Gaieté avec Papou ; ce monsieur était un grand savant ; celui-ci, un écrivain qui a écrit plein de livres ; elle, une sculptrice de renom ; lui, un compositeur connu dans le monde entier, M. Bartók, toi aussi, tu en as entendu parler dans tes cours de musique. » Nous défilions dans les allées au rythme de ces brèves biographies, la main de ma grand-mère accrochée à mon bras. Et quand on arrivait devant la tombe de Papou, Mamie me rappelait que lui, c'était un saint homme, le plus doux des maris, le plus aimant des pères. Il avait mérité, impossible d'en douter, de reposer dans le plus prestigieux secteur du cimetière, tout près de l'entrée principale, à côté de tant d'hommes et de femmes d'exception.

Papou est mort d'un cancer. À quarante-huit ans, ce qui est très jeune, m'expliquait Mamie, à mon grand étonnement. Pionnier de la radiologie, la manipulation des rayons X durant des décennies était sûrement pour quelque chose dans cette disparition précoce. Il venait d'être nommé médecin en chef de l'Institut d'oncologie de la rue Uzsoki, couronnement d'un parcours sans faute, et début d'une contribution durable au développement de la médecine hongroise. Ma mère, sa fille unique, avait douze ans quand son Papou est mort. C'est jeune pour perdre un père, ça, je le concevais déjà.

Mamie, en veuve fidèle, est allée lui rendre visite pendant presque quarante ans. Elle lui apportait chaque fois un bouquet de chrysanthèmes et elle entretenait la tombe, la désherbait, récurait la pierre avec une brosse sortie de son sac à main. Elle rendait hommage à son amoureux parti trop vite, mais ma grand-mère se préoccupait presque autant du qu'en-dira-t-on. Il n'aurait pas fallu que des gens distingués qui visitaient des morts distingués aient quoi que ce soit à redire au sujet d'une tombe négligée sur laquelle figurait le nom de son défunt mari. Une fois assurée la réputation de notre famille, nous déposions sur le sommet de la stèle quatre cailloux au nom des proches du disparu, de ceux qui restent, expliquait Mamie, suivant un rite que je ne savais pas encore juif. J'étais trop jeune pour connaître l'enchevêtrement de mes origines et ses risques afférents. Encore de nos jours, il est prudent en Hongrie de n'étaler sa judaïcité qu'avec discernement et en terrain ami.

« Là, nous allons penser à Papou, mon ange », me disait Mamie, signe que je devais me taire et regarder fixement avec elle, pendant une minute ou deux, le nom gravé dans la pierre. Ensuite, je pouvais recommencer à parler pendant qu'elle sortait un mouchoir de son sac à main.

« Chez M. Fischer, je pense que je vais commander un carré Rákóczi ! »

* * *

Dès que je mets les pieds sur le quai et que les portes du tramway se referment derrière moi, je réalise que je me suis trompé d'arrêt.

J'ai le choix d'attendre le prochain tram et faire deux autres arrêts jusqu'à l'entrée principale, m'explique une dame, seule âme qui vive dans les parages en ce jeudi avant-midi, ou bien je peux accéder au cimetière par l'entrée secondaire et le traverser à pied. « C'est le secteur israélite », me dit-elle en indiquant une porte grillagée, et je me demande s'il s'agit d'un avertissement.

Derrière les hauts murs de pierres s'ouvre à moi un havre de fraîcheur et de paix. L'endroit paraît, depuis toujours et à jamais, abandonné des vivants. La canopée est encore dense, malgré des feuilles qui tombent par volées, sensibles à la brise que ma peau ne sent pas. Je dois, ici et là, me baisser pour éviter les branches, qu'il aurait fallu tailler, me semble-t-il. S'il y en a déjà eu, on ne distingue plus d'allées ou de rangs. Le contraste avec l'ordre rectiligne des secteurs attenants saute aux yeux. Les rayons du soleil percent le couvert des arbres et tracent de minces lignes obliques sur les stèles tavelées, dont plusieurs sont renversées et indéchiffrables. À chaque pas, je manque de marcher sur une pierre tombale envahie de mousse et d'herbes qu'on dit mauvaises.

Je ne vois pas de fleurs coupées, même fanées, ni de cierges, même éteints. Les visiteurs se font manifestement rares. Çà et là, des cailloux sont déposés sur des stèles, Dieu sait depuis combien de temps. L'assimilation, les conversions, les déportations, l'émigration, l'athéisme, les mariages mixtes ont irrémédiablement réduit le nombre de Juifs dans cette ville où ils composaient, avant la guerre, le cinquième de la population.

* * *

L'histoire de ma famille illustre assez bien l'épopée des Juifs hongrois à travers les siècles. Les ancêtres de ma mère, probablement artisans ou petits commerçants, se sont établis en Europe centrale il y a on ne sait combien de générations, traversant successivement, tant bien que mal, des périodes de tolérance et d'oppression. Il aura fallu que les Lumières jaillissent sur l'est du continent pour que les politiques discriminatoires à l'égard des Juifs soient abolies une par une, et que ces derniers bénéficient, après les valses-hésitations du XIXe siècle, d'une citoyenneté pleine et entière. L'émancipation leur a ouvert les portes des universités, de la magistrature, de l'armée, de la fonction publique, et a grandement contribué à leur fierté hongroise. Le plus ancien de ces ancêtres dont je connais le métier devient, vers 1900, le premier Juif de son comitat à obtenir un poste de haut fonctionnaire : celui de chef de gare adjoint. Au début du XXe siècle, quand mes grands-parents viennent au monde, leur langue maternelle n'est plus le yiddish et leur langue d'usage n'est plus l'allemand, mais le hongrois, et ils pratiquent un judaïsme libéral, comme de plus en plus de leurs coreligionnaires. Ces derniers participent à la vie économique, culturelle et intellectuelle du pays, vivent dans une mixité sociale relative, tout en continuant à se marier à l'intérieur de leur communauté (comme à peu près tout le monde). Ils fréquentent la synagogue « juste pour dire », m'a confié une fois Mamie vers la fin de sa vie.

Sa famille est, pour ainsi dire, assimilée sans s'être acculturée. Et elle s'est aussi embourgeoisée. Profitant de la prospérité sous les bonnes grâces de l'empereur François-Joseph, ils font des études, occupent des professions libérales, passent leurs vacances d'été au bord de l'Adriatique, meublent leurs appartements en style Louis XV, embauchent une bonne, fréquentent théâtres et concerts, lisent les journaux le dimanche matin en buvant des cafés viennois.

L'horizon idyllique s'assombrit au sortir de la Première Guerre mondiale, alors que mes grands-parents n'ont pas encore l'âge de raison. La Hongrie non plus, il faut croire. Comme ailleurs sur le continent, les vieux démons de l'antisémitisme refont surface. Un gouvernement autoritaire, mené par l'amiral Horthy, prend le pouvoir en 1919 à la suite de l'abdication des Habsbourgs et d'un coup d'État bolchevique dont plusieurs des leaders étaient juifs. De plus en plus ouvertement, une presse d'extrême droite et des partis fascistes naissants blâment les Juifs pour la défaite militaire et autant pour les excès du capitalisme que pour ceux du communisme. Les israélites sont montrés du doigt, accusés d'avidité, de fourberie, d'être inaptes à l'assimilation. Mes aïeux n'ont aucune raison de se sentir visés, pour eux la vie continue. D'autant plus que, du côté de ma grand-mère, on a déjà magyarisé un nom de famille à consonance allemande, démontrant une volonté sincère de se fondre dans la communauté nationale.

L'histoire s'accélère dangereusement dans les années 1930, alors que mes grands-parents entrent dans la vie adulte avec le sérieux que commande leur milieu social. Il va à l'université, elle dans une école de métier, ils se fiancent, quittent le nid familial, déménagent à Budapest, trouvent du travail.

Des lois antijuives sont votées pour plaire aux mouvances nazies locales, mais aussi à Hitler qui trouve son allié hongrois trop mou envers « ce ver qui, de l'intérieur, gruge la nation ». J'ignore si cela a changé quoi que ce soit pour le Führer, ou pour quelqu'un d'autre, à part Mamie, mais au début de l'année 1938, à vingt-sept ans, elle perd son emploi de secrétaire-sténographe à l'usine de savon et d'huiles Schützer et fils. Dans la lettre de licenciement, son employeur écrit :

Mademoiselle,

En vertu du décret n° 4350/1938 visant à doter la nation d'un meilleur équilibre social et économique, nous sommes dans l'obligation de mettre fin à votre contrat de travail. Nous vous prions d'en prendre acte. Nous déclarons qu'aucune objection n'a jamais été soulevée contre vous ou votre travail et que nous n'avons dû procéder à cette résiliation qu'à notre plus grand regret en raison de circonstances hors de notre contrôle. Avec notre plus grand respect.

En dépit de ce congédiement, et de dizaines de milliers d'autres, l'équilibre social et économique du pays ne s'est pas mieux porté. À la lumière des agitations politiques et militaires, un cousin émigre avec ses petites économies à Londres, puis à New York. Il reste l'exception. L'optimisme l'emporte dans la famille comme chez le demi-million de Juifs hongrois, en général. « Ça ne pourra pas être pire », croit-on.

Mamie change de métier, fait son apprentissage d'esthéticienne, type de métier de boutique que les Juifs peuvent encore exercer, alors qu'ils n'auront bientôt même plus le droit de prendre les transports publics. Au déclenchement de la Seconde Guerre mondiale, de nouvelles lois antijuives suppriment les derniers vestiges de l'émancipation qui leur avait été accordée au siècle précédent. Espérant éviter l'hostilité toujours grandissante, mes grands-parents se convertissent au christianisme et célèbrent leur mariage précipitamment dans l'église réformée de l'Action-de-Grâce, rue Pozsonyi, devant deux témoins, « un couple très charmant qui passait par là », m'a raconté Mamie.

À la sortie de l'église, les jeunes mariés marchent vers le Körút et empruntent le pont jusqu'à l'île Marguerite. « Nous n'avons regagné notre appartement de la rue Tátra qu'à la nuit tombée. » Lors de nos balades au parc, Mamie ajoutait d'autres détails. Qu'ils en avaient fait le tour au complet, qu'ils s'étaient rendus jusqu'à la mare aux canards, la fontaine musicale, le château d'eau et le cloître médiéval. Qu'ils avaient traversé le jardin anglais et le jardin japonais puis qu'ils avaient regardé, assis sur le ponton du club d'aviron, le passage des bateaux sur le Danube. Et que cette journée-là, toute l'île était en fleurs – les rosiers, les nénuphars et même le saule pleureur. Il n'y avait aucun doute : « C'était le plus beau des voyages de noces. »

Fonder une famille attendra, « quand tout ce cirque sera terminé ». Mes grands-parents vaquent à leurs occupations comme ils le peuvent. Ils revêtent l'armure factice de l'optimisme béat alors que la rumeur des déportations se rend aux oreilles d'une communauté juive de plus en plus terrifiée, mais encore sauve dans son ensemble. Ironiquement, la participation de la Hongrie à la guerre aux côtés de l'Allemagne les épargne. Temporairement. Tout change au printemps 1944, après l'invasion du pays par les Allemands, qui craignent que la Hongrie quitte l'Axe alors que l'armée soviétique s'approche de ses frontières. Le temps presse pour les zélateurs de la solution finale. En cinquante-six jours, les SS, en coordination avec les autorités hongroises, déportent et tuent quatre cent mille Juifs hongrois à Auschwitz. Parmi eux, pratiquement toute la parenté et tous les amis de mes grands-parents. Du wagon à bestiaux qui l'amène vers le camp de la mort, mon arrière-grand-mère réussit à griffonner au crayon de plomb une carte adressée à ses fils et à la jeter hors du train. Un bon samaritain l'a ramassée et l'a fait suivre à Papou après la guerre.

Mes Saints Enfants,

Notre convoi passe par Budapest, peut-être près de chez vous, et je ne peux pas vous voir. Nous ne sommes pas des gens libres et pourtant nous pouvons endurer avec calme, force et même « gaieté » la grande chaleur du wagon, le manque d'eau et les autres difficultés auxquelles nous ne sommes pas habitués. Mes Bons Enfants en or, je voudrais tant vous voir très, très heureux, c'est mon seul grand espoir et mon seul souhait, rien d'autre au monde. Vivre encore quelques années paisibles auprès de vous, Mes Beautés. Que le Bon Dieu soit avec vous ! Où pouvez-vous être ? Êtes-vous ensemble ? Que vous arrive-t-il ? Ne pas savoir est la seule chose qui m'est insupportable. Dans notre maison paisible et tranquille, plus personne ne nous attend. Mais je préfère être ici avec soixante-deux de mes pairs, car c'est ainsi que je peux espérer vous retrouver un jour. Ainsi, nous pouvons endurer [……ILLISIBLE……], *mes Chers Enfants* [……ILLISIBLE……] *ensemble* [……ILLISIBLE……]. *Nous ne savons pas où nous allons… Grand-Mère est plus forte qu'à la maison, grâce à Dieu. Avec elle à mes côtés, je vous serre ardemment dans les bras.*

Votre Mère

– Wagon numéro 21

Dans la promiscuité du wagon numéro 21, cette mère n'avait pas tort de s'inquiéter pour ses deux fils. Son cadet, le frère de Papou, meurt à vingt-neuf ans sur le front de l'Est, dans une unité de travail juive envoyée combattre les chars d'assaut soviétiques armés de pelles. Un destin préférable, dit-on, aux marches de la mort. Quant à son aîné, mon grand-père, il a réussi à éviter le pire grâce à cette lueur d'humanité qui parfois jaillit des ténèbres.

Alors que soixante-dix mille Juifs sont entassés dans un ghetto au centre de Budapest, en attendant que les convois reprennent, vingt mille autres trouvent refuge dans le XIIIe arrondissement, dans le « ghetto international ». Dans la rue Pozsonyi et ses environs, quelques dizaines d'immeubles sont placés « sous protection diplomatique d'une puissance neutre », grâce au travail de diplomates étrangers, aussi courageux que rusés. L'une de ces maisons-refuges, arborant le drapeau suédois, est désignée comme hôpital. Les malades ne manquent pas, les médecins, oui. Papou se porte volontaire, d'autant plus que sa femme peut s'y cacher auprès de lui, et qu'il peut y mettre à l'abri le coffret en plomb contenant la réserve de radium de l'Institut d'oncologie.

Dehors, les Croix fléchées, les milices d'extrême droite, sèment la mort, ivres de haine et d'eau-de-vie. Ils parcourent les quartiers juifs, font des razzias dans les commerces et les maisons, arrêtent hommes et femmes arborant l'étoile jaune. Ils rassemblent leur butin, battent les captifs, leur arrachent montres et bijoux, les traînent à travers les rues, les alignent pieds nus au bord du fleuve avant de les fusiller jusqu'à ce qu'ils disparaissent dans les flots. C'était le Danube rouge. Jour après jour. À quelques coins de rue de là, Mamie continue de sortir, opposant à la mocheté du temps son travail au salon de beauté, rare endroit où les miliciens n'osent pas entrer, de peur de tomber sur leur femme ou leur maîtresse.

En janvier 1945, l'armée rouge libère les survivants des deux ghettos de la ville. Beaucoup partent dès qu'ils le peuvent. À l'Ouest, en Amérique, en Palestine, le plus loin possible de leur pays de naissance, de cette Hongrie qui les a trahis et abandonnés. Mes grands-parents, eux, emménagent dans un appartement de la rue Pozsonyi, à quelques portes de leur ancien refuge. « À cause de la vue sur l'île Marguerite », me disait Mamie.

Leur fille naît dans un monde apaisé. Les années suivantes seront des plus heureuses. Parce que la vie, parce que le pain blanc, parce que la famille, parce que le silence chaque nuit. Il reprend son poste de radiologue, elle continue à travailler dans son salon de beauté de la rue Pozsonyi. Ma mère grandira autour du parc Szent István, entourée de mille enfants du baby-boom, tous indifférents aux Rousskis, qui sont restés eux aussi, aux Rouges qui sont partout, aux tablettes d'épiceries souvent vides. Mamie m'a souvent parlé de cette *drôle d'époque* quand on se promenait dans le quartier. De toute l'histoire qui l'a précédée, jamais.

Je n'ai appris que beaucoup plus tard qu'elle continuait d'aller à la synagogue, une fois par année. Pour Yom Kippour, le jour du Grand Pardon.

* * *

Je prends mon temps dans le secteur juif du cimetière. Une de mes arrière-grands-mères maternelles s'y trouve. Il y a quelques années, ma mère avait déjà cherché sa tombe, en vain. Je me donne la mission de la retrouver, mais je réalise aussitôt que j'aurai beau chercher, le défi sera impossible à relever. Son nom ne me revient pas.

J'ai lu, je ne sais plus où, que la plupart des gens ne réussissent à nommer que deux de leurs huit arrière-grands-parents. En d'autres mots, il est fort possible que mes petits-enfants – si un jour j'ai une descendance – soient incapables de dire comment s'appelaient mon père et ma mère. Encore moins de savoir où ils habitaient, quel était leur métier, s'ils avaient des frères et des sœurs, le nom de leur meilleur ami, quels étaient leurs passe-temps, les passions qui les animaient, les vices qui les rongeaient, s'ils étaient drôles, pieux, ennuyeux, fidèles, s'ils étaient aimables ou détestables – s'ils ont été accueillis en ce monde dans le bonheur et s'il y avait des gens malheureux lors de leurs funérailles.

Force est de constater que sur cette pauvre arrière-grand-mère maternelle, je ne sais strictement rien, à part le lieu approximatif de sa sépulture, quelque part dans ce paisible secteur israélite du cimetière, dont j'ai maintenant fait le tour.

En traversant le secteur « sans dénomination » du cimetière, je suis surpris du nombre de stèles qui ne comportent que le prénom des défunts et, quelquefois même, moins : « Maman adorée », « Nos chers parents », « Oncle János », « Notre fille tant aimée ». Je ne crois pas avoir vu cela ailleurs. Ailleurs que sur la tombe de mes grands-parents, justement.

À la mort de Mamie, ma mère a voulu remplacer la pierre tombale de notre parcelle et n'y a fait graver que trois mots : *Mamika és Apuci*, « Mamie et Papou ». J'avais un peu rouspété, disant qu'on devrait ajouter les noms et les dates, pour respecter une convention que je croyais universelle, mais aussi pour offrir un minimum de repères aux visiteurs du cimetière. « Pourquoi donc ? Qui à part nous voudra visiter cette tombe ?

– Comme tu veux, Maman, c'est toi qui payes. »

Je trouve la tombe dans un sale état. La pierre est brunie, elle est couverte d'une mince couche de mousse, les mauvaises herbes l'ont envahie de tous côtés. Vingt ans après la mort de Mamie, les trois mots sur la stèle ont eu le temps de s'estomper. Cette parcelle détonne sur cette jolie allée au bord de laquelle ses distinguées voisines sont ornées, polies, fleuries. Une chance que Mamie n'est plus là pour voir ça.

Comme je ne suis pas passé par l'entrée principale, je n'ai pas acheté de chrysanthèmes. J'entreprends de désherber le tour de la tombe et je finis par jeter la verdure arrachée derrière la stèle, paresseusement, sans poursuivre la besogne. Je voudrais bien récurer la dalle, gratter la couche de mousse, mais je n'ai pas pensé à apporter de petite brosse. Je ramasse trois cailloux, je prends soin d'en choisir de jolis, ni trop gros ni trop petits. Un pour ma mère, un pour ma sœur, un pour moi. Au nom de ceux qui restent. Je les dépose sur la tombe et me mets debout face à ce petit lopin de terre de deux mètres carrés, désormais notre seule possession dans ce pays, mon seul lien tangible avec ma terre natale et celle de mes ancêtres.

Je vais maintenant penser à Mamie. Je me dis que, autant elle aurait honte de l'état lamentable de sa dernière demeure, autant elle serait heureuse de voir son petit-fils lui rendre visite, de si loin, après tant d'années. Si elle était avec moi, nous irions ensuite manger un carré Rákóczi. Elle serait contente de savoir que la pâtisserie de M. Fischer est toujours là. Toutes mes histoires l'intéresseraient, comme il se doit.

Et elle me rappellerait aussi que les gens de bonne famille comme nous ne vont pas au cimetière les mains vides. Je m'en veux pour ça. En plus de ne pas avoir acheté de fleurs, prévu une petite brosse, je n'ai pas non plus apporté de mouchoirs.

Chapitre 14

LE SAINT HOMME

Ce soir, j'ai rendez-vous chez Gábor, l'ami d'enfance de ma mère. Pour une affaire d'argent, m'a-t-elle dit. Je n'ai pas posé de questions, j'ai seulement compris que je n'avais pas d'autre choix que d'y aller. Leurs mères ont été amies et voisines dans la rue Pozsonyi pendant des décennies. De tels liens, transmis de génération en génération, viennent avec des responsabilités.

Mamie et Mme Lili se sont connues durant les derniers mois de la guerre dans cette maison-refuge, reconnaissable au drapeau bleu et jaune qui flottait au-dessus du portail. Les deux jeunes femmes partageaient un coin d'appartement avec d'autres réfugiés en leur propre pays. Lili est arrivée, sans rien ni personne, tremblante et la larme à l'œil, chassée de son patelin, nouvellement orpheline, peut-être veuve, avec pour seule possession les vêtements qu'elle avait enfilés le matin de sa fuite, la semaine précédente. Elle n'avait ni l'impudeur ni la force de se raconter, et personne n'avait l'impudeur ou la force de lui poser des questions.

Mamie s'est présentée et lui a tendu un peignoir. « J'en ai deux, vous n'en avez pas, il est maintenant à vous. » Devant l'hésitation de la jeune femme, elle a ajouté : « Je vous en prie, madame, prenez-le. »

Les mois suivants, il y a eu les sirènes, la ruée vers le sous-sol, le sifflement des bombardiers, les explosions, et puis les cris, les pleurs, les silences qui réveillent la nuit. Et chaque matin, s'invitant dans l'abri, la rumeur urbaine : « Les Russes encerclent la ville, les Allemands dynamitent les ponts derrière eux, le Marguerite a sauté en plein jour, un tramway a fini dans le Danube, on compte les morts par milliers, un lion évadé du zoo se promène dans le métro, les épiceries sont vides, les chevaux sont abattus et dépecés en pleine rue… »

Recluses soir après soir dans la cave humide de l'immeuble, Mme Lili et Mamie passent au tutoiement. Elles se racontent *le monde d'hier*, des souvenirs d'enfance et d'innocence, vieux d'un siècle, partagent des recettes qui ont le goût des temps anciens, se remémorent les bonheurs furtifs et les soucis dérisoires d'une jeunesse envolée du jour au lendemain. Leurs conversations contournent le présent avec précaution et gardent l'avenir à l'écart. Sauf exception. Un soir, après que les dernières bougies ont eu fondu, elles s'avouent être toutes deux enceintes.

Après la guerre, alors que la vie reprend au milieu des décombres, trouver un logis devient la priorité des deux femmes – et de la moitié de la ville.

L'appartement de la rue Tátra que mes grands-parents louaient jusqu'au début des hostilités a été touché par une bombe de la Royal Air Force. Seulement la façade s'est écroulée, relatait Mamie. « De la rue, on voyait l'intérieur des logements sur les cinq étages, on aurait dit une maison de poupée. Nous avons pu récupérer notre mobilier Louis XV et même la vaisselle dans les armoires, intacte ! » Les ravages de la guerre avaient l'air toujours moins graves dans les témoignages de Mamie que dans les livres et les films.

Fort de ses économies et de ses contacts, Papou déniche un appartement dans un luxueux immeuble de style Bauhaus, rue Pozsonyi, dont les anciens occupants ont péri à Auschwitz – ou émigré en Amérique, les versions diffèrent. « De la salle de séjour, on aura la vue sur l'île Marguerite », annonce-t-il à Mamie, émue aux larmes.

De son côté, Mme Lili habite un *szoba-konyha*, appartement d'une pièce avec cuisinette en sous-location, près de la place Jászai. Tous les matins, elle descend au kiosque à journaux pour feuilleter la gazette militaire. On y publie, en ordre alphabétique, la liste des soldats tombés pour la patrie. Deux mois après l'armistice, elle repère le nom de son mari. « Enfin ! » se dit-elle, honteuse, délivrée d'un espoir paralysant. « Une mort héroïque », précise la brève, alors qu'il tentait de reprendre à l'ennemi une butte hautement stratégique. Mort sans savoir qu'il aura un fils. L'enfant portera son nom : Gábor.

Moins de trois ans après la fin de la guerre, après des simulacres de démocratie, les communistes s'installent au pouvoir en Hongrie pour de bon, désormais dans le giron de Moscou. On chasse les bourgeois et, faisant d'une pierre deux coups, on règle la pénurie de logements. Les grands appartements sont condamnés à la subdivision au profit de la classe ouvrière. Pour mes grands-parents, ce sera au profit de Mme Lili et de son garçon. S'il faut hisser un mur au milieu de leur foyer, autant s'organiser pour que la représentante du prolétariat avec qui ils partageront, pendant des années encore, une salle de bains soit une amie.

Cinq étages plus bas et deux coins de rue plus loin s'ouvre à eux le parc Szent István. Les deux femmes y poussent leur landau dès qu'il fait beau. Assises à l'ombre des tilleuls, elles surveillent du coin de l'œil leurs bambins en train de construire des châteaux de sable, de grimper dans les modules de fer, de se balancer. Mme Lili et Mamie n'étaient pas au parc, ce soir d'automne, des années plus tard, quand leurs adolescents s'y sont embrassés pour la première fois – ni quand, au printemps suivant, ils se sont embrassés pour la dernière fois avant de se dire, pour une raison que tout le monde a oubliée, que *c'était fini.* Ils se sont dit « restons amis » pour la forme, mais dans leur cas, cela s'est avéré et ils le sont encore, cinquante ans plus tard.

* * *

Quand j'étais petit, Gábor faisait partie de la masse nébuleuse qui planait au-dessus de nos têtes d'enfants, qui nous disait quoi faire et ne pas faire, dans laquelle ça riait de choses incompréhensibles et ça trinquait à des choses inintéressantes, qu'on appelait « les adultes ». Gábor avait la particularité d'être un des rares pères, la plupart des amies de ma mère étant, comme elle, célibataires ou divorcées. Autrement, son identité se résumait à être le papa de son enfant, dans son cas d'un garçon un peu trop irréprochable. Imperfection mineure, exacerbée par ma mère qui le vantait sans arrêt, en sa présence comme en son absence, parce que premier de classe, parce que ceinture on-s'en-fiche-de-quelle-couleur au karaté, parce que vice-champion de district au concours annuel de récitation de prose. Forcément, l'enfant idéal devait bien avoir un père idéal, ça, c'est Mamie qui me l'a fait comprendre.

Au fond, je connaissais Gábor surtout par la description dithyrambique que faisait de lui ma grand-mère. Déjà petit, il était plein de promesses, me racontait-elle. Il disait « bonjour » et « merci », mangeait avec couteau et fourchette, et rapportait toujours de bonnes notes de l'école. Que les adultes aient déjà été enfants me paraissait bien plus étonnant que d'apprendre qu'on ne change pas de nature en vieillissant. Le petit garçon n'a pas déçu les attentes. Gábor est devenu ingénieur, *ce qui n'est pas rien*, et s'est marié avec une pédiatre, *ce qui n'est pas rien non plus.* Il avait toutes les qualités, comme Papou : cultivé, droit, humble, serviable, distingué, et les chaussures toujours cirées – la première chose à observer chez un homme, m'expliquait Mamie, pour connaître sa valeur. Voilà le genre de modèle qu'il me fallait – ou qu'il m'aurait fallu –, pensait-elle sûrement.

Au jeu des comparaisons des papas, le mien avait peu de chances, surtout pas avec Gábor comme concurrent, encore moins avec Mamie comme juge. Déjà, c'est vrai, mon père n'était pas ingénieur et n'avait pas épousé de femme médecin, malgré ses trois mariages. Quant à ses autres défauts, je n'en savais que peu. Cela dit, il n'avait rien à envier à qui que ce soit pour ce qui était de l'élégance. Son veston était toujours seyant, sa chemise repassée, ses cheveux peignés soigneusement sur le côté droit, sa moustache en chevron taillée à la perfection. Et ses chaussures, toujours impeccables.

Mamie était la seule femme dans la vie de mon père à n'être jamais tombée sous son charme. Quand son ex-gendre apparaissait devant sa porte, toujours à l'improviste, il ne recevait pour accueil qu'une moue d'exaspération, Mamie ne prononçant que son prénom pour toute salutation. Sans même prendre le temps d'inspecter ses chaussures.

« Ton père est là », m'annonçait-elle avant de nous regarder partir Dieu sait où, avec, sûrement, un passage obligé à la taverne, pour mon jus d'orange.

Jusqu'au dernier souffle de Mamie, Gábor ne l'aura pas déçue. Bien des années plus tard, je l'ai vue accueillir Gábor avec autrement plus de chaleur que mon père jadis. Elle habitait alors dans une résidence pour personnes âgées. Elle souffrait de démence et ses cataractes ne lui permettaient plus d'examiner les chaussures de ses rares visiteurs. Mais elle savait encore reconnaître un saint homme quand il apparaissait dans le cadre de sa porte.

Depuis notre immigration, Gábor s'occupe des affaires de ma mère en Hongrie (notre appartement, lorsqu'on en avait un, les transactions bancaires, les impôts, le renouvellement de passeport, etc.). Les années suivant notre départ, il avait également pris en charge le bien-être de ma grand-mère, de moins en moins autonome et de plus en plus seule. Il l'avait installée dans cet hospice réputé, là même où Mme Lili avait fini ses jours une dizaine d'années plus tôt. « J'ai seulement repris mes habitudes », nous disait-il ; « ce n'est rien », répétait-il ; « c'est sur le chemin de mon bureau », se justifiait-il pour expliquer pourquoi il veillait encore sur la mère de son amie, lui rendant visite tous les mois, lui apportant café, fleurs, bonne humeur – et ultimement, allant jusqu'à organiser ses funérailles. Par simple gentillesse et sens du devoir envers cette femme qui l'avait longtemps materné, par amitié pour ma mère, pour répondre à la volonté de sa défunte mère, sûrement, mais d'une certaine façon, il s'agissait encore, consciemment ou non, de rendre grâce pour ce peignoir offert un demi-siècle plus tôt.

Je vais voir Gábor à chacun de mes retours au pays. Nos retrouvailles sont toujours agréables, riches en conversations. Et il y a toujours un dossier à gérer pour ma mère, *impérativement.* C'est encore le cas aujourd'hui.

Quand elle m'a appelé quelques jours avant mon départ, comme je cherchais, par habitude, à abréger la conversation, ma mère tentait de la prolonger, par habitude elle aussi. Elle insistait pour que je prenne rapidement rendez-vous avec Gábor, me soupçonnant de vouloir me défiler d'une mission anodine que j'avais pourtant notée de bon cœur.

« Maman, si tu me redis une autre fois d'y aller, je vais reconsidérer mes plans.

– Ça t'est déjà arrivé d'oublier des choses.

– On en fera le décompte une autre fois, j'ai ma valise à boucler.

– Si je ne t'avais pas appelé aujourd'hui, tu aurais *oublié* de m'avertir que tu partais en Hongrie. Par exemple.

– Je vais raccrocher, maintenant.

– N'arrive pas chez Gábor les mains vides.

– *Viszlát Anyu !*

– Au revoir. Et ne sois pas en retard. »

* * *

Je suis en avance. Ça me donne le temps de me balader dans le Újlipótváros : rues Tátra, Hollán, Balzac, Hugo, Radnóti, Wallenberg. Je longe le parc Szent István, je descends vers le Danube, quai Carl Lutz, et je reviens enfin rue Pozsonyi, par la rue Gogol, où je marche côté pair vers l'immeuble de Gábor. Avec un arrêt à la pâtisserie Fischer pour deux carrés Rákoczi pour mon hôte et pour moi.

On me croirait perdu, à l'ombre de ces immeubles de cinq étages, à déambuler, la tête en l'air, entre les façades de pierres grises et les voitures garées en épi, les pneus avant sur le trottoir. Depuis au moins une heure, je m'attarde aux plaques commémoratives apposées aux façades des maisons. Une de mes manies de voyageur, surtout sur ce continent qui se sait vieux. Toutes les quatre ou cinq portes, un rectangle de marbre vissé au mur informe le passant qu'une personne importante y a vécu durant une partie de sa vie. Des hommes et des femmes de culture, pour l'essentiel. Peintres, actrices, écrivains, journalistes, philosophes. Mamie avait raison, nous n'habitions pas *n'importe où.*

La plupart des noms me sont inconnus, mais certains me disent vaguement quelque chose : cette présentatrice de télévision qui annonçait chaque soir l'heure de mon coucher juste au moment du film de vingt heures, ou ce Lukács vénéré par un de mes profs marxistes à l'UQAM.

J'aime bien que ces plaques occupent l'espace public sans l'envahir, comme pour rappeler que l'expérience individuelle ne se situe pas en dehors de la cité, que les œuvres les plus universelles ont des racines. Ces hommes et ces femmes ont peut-être récolté des palmes et des médailles, des prix et des trophées, mais ils allaient quand même de temps en temps à la pâtisserie de M. Fischer.

Signes de bon augure : la façade de la pâtisserie, son enseigne rouge et jaune, les rideaux brodés aux fenêtres sont inchangés. Je suis le seul client, et le dernier aussi, dirait-on. Personne au comptoir face à la fenêtre, personne derrière la caisse. Un tintement de vaisselle émane de la cuisine. Rien n'a changé à l'intérieur non plus. Les buffets vitrés sont toujours là, l'un avec les glaces, à gauche ; l'autre, en face, avec le nom des pâtisseries écrit à la main, derrière la vitrine, là où je collais jadis mon visage d'enfant. Celle-ci est presque vide.

Je lance un « bonsoir » vers la cuisine. Pas de réponse. Je hausse un peu la voix :

« Bonsoir, il vous reste des carrés Rákoczi ?

– Des carrés Rákoczi ? Je n'en fais plus depuis des années ! »

Je regarde, incrédule, le vieil homme qui est apparu, dans sa toque et son tablier blancs. Il porte des lunettes épaisses, il a la voix cassée. Ça doit être lui !

« Vous n'êtes pas mort, monsieur Fischer ? » me retiens-je de lui demander.

« Il me reste des Indianers, me lance l'homme avec un brin d'impatience en pointant les choux à la crème.

– Ce sera deux Indianers, alors », dis-je avec l'assurance du client régulier.

L'homme se penche vers les pâtisseries, le corps crispé, les mains tremblantes. Il les prend avec une pince, les dépose sur une fine feuille de parchemin, les place dans une boîte de carton, ficelle le tout, va derrière la caisse. À chaque étape, j'ai une inquiétude. Que les gâteaux lui glissent des doigts, qu'il les renverse, les écrase, qu'il rate la boucle, qu'il se trompe de prix. Aucune maladresse pourtant, aucun accroc dans cette chorégraphie d'artisan qu'il a dû exécuter des millions de fois depuis l'ouverture de son commerce, voilà quarante ou cinquante ans. Je calcule que M. Fischer avait plus ou moins, à l'époque de mes sorties dominicales avec Mamie, l'âge que j'ai aujourd'hui.

« Prenez ! » me dit-il en me remettant la monnaie. « Prenez ! » répète-t-il en me tendant la boîte de carton. Les deux fois, je réponds avec un « merci beaucoup » des plus polis, cherchant en vain à croiser son regard, à lui soutirer un sourire d'antan. En sortant, je prononce un « au revoir » énergique et, pendant que je franchis le seuil de la porte en métal, j'ajoute, sur le même ton, « à la prochaine, monsieur Fischer », ce qui, malgré l'effort, ne se rend pas aux oreilles du vieux propriétaire. J'entends ses pas me suivre et, quelques secondes plus tard, le loquet de la porte tourner derrière moi.

Chapitre 15

L'ENFANT DES AUTRES

À côté du portail du 50, rue Pozsonyi, aucune plaque commémorative n'indique qu'ici ont vécu mon Papou radiologue ou ma Mamie et ma mère esthéticiennes. Par contre, sur la sonnette, il est bien indiqué que Gábor y vit encore.

« Monte, mon cher ! Tu te souviens : au cinquième, en face de l'ascenseur. »

Il est curieux de revoir Gábor dans le même décor, à quelques objets près, où je venais avec Mamie rendre visite à Mme Lili quand j'étais enfant.

Depuis son divorce il y a une vingtaine d'années, peu après la mort de sa mère, Gábor a emménagé dans l'appartement de son enfance. Les meubles anciens, les rideaux démodés y contribuent sans doute un peu, mais il est indéniable que Gábor est aujourd'hui ce que j'appelais enfant « un vieux monsieur ».

« T'as l'air en grande forme, lui dis-je.

– Tu ne changes pas non plus, mon cher. »

Sur la table du salon devant la fenêtre qui donne sur l'île Marguerite, là où jadis Mme Lili m'offrait biscuits secs et chocolat chaud, Gábor nous sert du vin blanc. « On en gardera pour accompagner le poulet au paprika que je nous ai cuisiné. J'aurai aussi une invitée surprise pour toi, après souper. Quelqu'un qui ne t'a pas vu depuis trop longtemps. »

Je crois savoir de qui il s'agit. Kati, sûrement, son ex-femme avec qui il est resté en bons termes. Je ne pose pas de questions et nous entamons une longue conversation qui se poursuit au souper et au-delà. Gábor s'intéresse à ma vie d'adulte, et moi, à sa vie de retraité, égayée de balades, de lectures, de sorties culturelles. Nous parlons à tour de rôle, nos questions et réponses sont généreuses. Cela aussi me rappelle Mamie et Mme Lili, leurs échanges polis autour d'un thé, que j'écoutais les dimanches après-midi, étendu sur le tapis, assemblant un puzzle du Taj Mahal, chaque fois le même.

Dans leurs grandes lignes, Gábor est au courant des événements marquants de ma vie actuelle : mon emploi de gratte-papier, mon voyage en Birmanie en sac à dos l'année dernière, la publication de mon livre, ma rupture amoureuse.

« Je devine que tu parles souvent à ma mère.

– Comme jamais », me dit-il, et il m'explique que les progrès technologiques leur permettent aujourd'hui un contact régulier qui, avant Internet, les réseaux sociaux et les appels vidéo, était devenu minimal au fil du temps.

Plus jeune, je m'étonnais déjà de l'intérêt que certains amis de ma mère manifestaient à mon égard, alors que de longs mois pouvaient séparer nos rencontres. Je me souvenais à peine de la dernière fois où je les avais vus, leur nom parfois m'échappait, et voilà qu'ils me posaient des questions sur mes aspirations et mes exploits : que je voulais devenir archéologue ou sapeur-pompier, que j'étais tombé dans la mare aux canards de l'île Marguerite au mois de novembre, que je rentrais toujours en retard de l'école – et même, plus tard, ils savaient, *grosso modo*, ce que j'étudiais, où je voyageais, qui je fréquentais.

Maintenant que, depuis dix ou quinze ans, je vois grandir la progéniture de mes amis, je prends conscience de l'impossibilité de les voir comme une masse nébuleuse que nous dominons et que je pourrais simplement désigner comme « les enfants ». Ils sont dans nos pattes pendant qu'on discute et qu'on trinque, et même quand ils sont absents, leur devenir occupe les conversations. En contrepartie, je me permets de me mêler de leur éducation, je les gratifie de ma sagesse, je modère leurs caprices, je leur dis quoi faire et ne pas faire, bref *j'établis une relation.* De leurs succès, je me réjouis, et de leurs échecs, je me soucie. J'apprends à connaître, à aimer ce qui distingue leur personnalité, j'observe, fasciné, leurs métamorphoses. Autant, quand ils étaient nouveau-nés, je notais les ressemblances avec leurs parents, autant, avec les années qui passent, je scrute ce qui les en distingue, les incontestables marqueurs de leur caractère.

Quand je les revois, je joue à l'adulte : « Je t'ai connu dans le ventre de ta mère, tu pousses comme un champignon », « Ne te casse pas le cou dans mes escaliers », « Comment va ta carrière au baseball, et le théâtre ? Ou veux-tu devenir détective ? Rappelle-le-moi », « Et puis, lors de vos vacances en Gaspésie, tu n'étais pas trop tannant avec ta petite sœur, j'espère », « Et ce livre que je t'ai offert, tu ne l'as toujours pas ouvert ? ». Certains tournent les talons dès qu'ils le peuvent, d'autres m'en offrent plus que je n'en demande. Et je ne le dis à personne, mais j'aimerais bien qu'ils passent me voir de temps en temps quand je serai *un vieux monsieur.*

Gábor me demande des nouvelles de Montréal, où il nous a déjà rendu visite, il y a une petite éternité. Ma mère lui avait déroulé le tapis rouge : gîte et couvert, excursions, restaurants, « parce qu'on n'a qu'une vie à vivre ». Il se souvient des terrasses de la rue Saint-Denis, du pont Jacques-Cartier d'où on avait regardé les feux d'artifice, des maisons en brique rouge dans Côte-des-Neiges, du pow-wow dans la réserve mohawk ; il se rappelle même le débat indépendantiste qui battait alors son plein. Je suis impressionné par sa mémoire, comme j'avais été impressionné, à l'époque, par le soin avec lequel il avait préparé son séjour. Il était passé à travers plusieurs guides touristiques, et avait aussi lu, avant d'arriver, des livres sur la politique canadienne, de même qu'une traduction hongroise des *Belles-sœurs* de Michel Tremblay. Nous étions allés voir la maison où est né l'auteur sur le Plateau Mont-Royal, près du parc La Fontaine, pour finalement être déçus qu'aucune plaque ne commémore le lieu de sa naissance. J'avais un peu honte de mon nouveau pays.

Je demande à Gábor des nouvelles de son fils. Ça fait maintenant vingt ans qu'il vit à Londres, depuis la fin de son doctorat. Il est marié à une Britannique d'origine indienne, également professeure d'université, ils ont de l'argent, et deux enfants. Gábor ne le cache pas, il trouve sa descendance bien distante.

« Les kilomètres qui nous séparent, c'est une chose, mais ce n'est pas le pire, tu sais, aujourd'hui des compagnies bon marché font Budapest-Londres à des prix improbables. Il y a la langue aussi. Mes petits-enfants ne parlent pas hongrois et mon anglais de collégien ne les impressionne pas trop. Mais le problème est, fondamentalement, l'écart culturel. On a beau être du même continent, de la même civilisation, comme on dit, un monde me sépare d'eux. J'ai l'impression de n'être à leurs yeux qu'un vieil étranger qui apporte, une fois par année, du chocolat et des traductions de livres hongrois qu'ils ne liront jamais. Et avec mon fils, plus les années passent, moins on a de choses à se dire...

– Vivre dans le même pays ne garantit pas une bonne entente parent-enfant, si ça peut te rassurer.

– La rumeur court, oui. »

Gábor me sourit. Il connaît ma relation avec ma mère, sa version à elle en tout cas.

Je ne m'étends pas sur le sujet. Il se fait tard et je n'ai pas envie de plomber l'ambiance. Je ne dis pas à Gábor que la distance entre son fils et lui rappelle celle qui m'a progressivement séparé de ma mère après notre immigration. Ses jugements à l'emporte-pièce sur le Québec, le français qu'elle n'a jamais appris, son déménagement à Toronto, sa vie se déroulant presque exclusivement au sein de la diaspora hongroise. Nous avons beau habiter un même pays, nous vivons dans des univers parallèles. Le mien lui est indécodable, le sien m'est inintéressant.

Le seul véritable sujet de conversation aussi agréable pour ma mère que pour moi – car n'étant ni forçant ni forcé – concerne la vie de nos amis et connaissances hongrois. Pour le potinage de village, notre curiosité est au diapason. Pour savoir qui se marie, qui divorce, qui a des enfants, qui est allé où, qui s'est enrichi, qui s'est appauvri, qui s'est brouillé avec qui, qui est malade, qui est mort.

Au milieu d'une phrase, Gábor jette un regard nerveux à sa montre et ensuite sur moi.

« J'ai failli oublier, mon cher, me dit-il avec un sourire espiègle.

– Ce n'est pas ton genre, pourtant.

– Ta mère m'a fait promettre que nous lui ferions un appel vidéo ce soir.

– C'est donc elle, l'invitée spéciale ! Quelle belle surprise, vraiment.

– Que veux-tu, mon cher, me dit-il pendant qu'il installe son ordinateur portable sur la table basse du salon, elle m'a dit que c'était *impératif.* »

Gábor clique sur la photo de ma mère et se lève avant qu'elle réponde.

« Je vous laisse entre vous », dit-il, et il part desservir la table et ranger la vaisselle.

Cela ne fait pas trois secondes que le visage rond de ma mère est apparu à l'écran, et le mien dans le coin droit, qu'elle m'assaille de questions sur mon séjour. Ça fait longtemps que je n'ai pas vu nos visages comme ça, l'un à côté de l'autre, et je dois avouer que ce que tout le monde a toujours dit est vrai : nos têtes frisées, la ligne du nez, la forme de nos yeux s'apparentent drôlement. La remarque a toujours fait plaisir à ma mère.

Elle espère un récit de voyage détaillé, mais doit se contenter, comme toujours, de mes réponses télégraphiques. Il fait beau. J'ai vu les Gars. Andréa et Pál sont grands-parents.

« Ah, et aujourd'hui je suis allé à Farkasrét. »

Je lis sur son visage qu'elle est touchée que je sois allé rendre visite à ses parents.

« T'as trouvé la tombe facilement ?

– Plus ou moins, la stèle est délavée et la pierre est envahie de mousse. On devrait peut-être se payer un service de jardinier ou quelque chose.

– Notre concession doit être échue depuis des années. Mais ils ne m'ont pas avisée, ni rien. »

Gábor réapparaît dans le salon et reprend avec sérieux le rôle de gestionnaire de nos affaires familiales.

« Vous savez que le cimetière peut enlever une sépulture impayée sans aucun avertissement, surtout si la tombe dépare le paysage.

– On devrait renouveler le bail, tu ne penses pas, Maman ?

– À quoi bon ? répond-elle sans état d'âme, je ne crois pas retourner en Hongrie, ni vivante ni morte. »

Je m'étonne. À vrai dire, je n'ai jamais réfléchi à l'endroit où ma mère voudrait être enterrée, au lieu de ses funérailles.

« Maman, il est dix heures du soir ici, tu me diras tes dernières volontés une autre fois.

– Et les prochains jours, tu vas faire quoi ?

– Je ne sais pas, Maman, je n'ai rien prévu… Je vais me promener, bouquiner, aller au cinéma, je ne sais pas trop, j'ai déjà fait le tour des gens que je voulais voir. »

J'omets de lui parler de mon rendez-vous plus ou moins galant prévu samedi soir, de peur qu'elle me rappelle son envie d'être grand-mère une fois de plus. Et je ne lui parle surtout pas de mon projet de retrouver la maison de mon père avec Petya dans quelques jours.

« Ah, dimanche, j'ai rendez-vous chez ma tante.

– Tante par alliance, spécifie ma mère. Elle est la veuve du frère de ton père.

– Merci, Maman, je connais mon arbre généalogique.

– Tu la salueras de ma part. Et ne sois pas en retard.

– Je vais raccrocher, maintenant.

– Et n'oublie pas de prendre l'enveloppe de Gábor. »

Elle fait bien de le rappeler, car Gábor et moi allions très probablement oublier la raison première de ma visite.

« Bien sûr que non, Maman.

– Ça t'est déjà arrivé d'oublier des choses.

– *Viszlát Anyu !* »

Gábor me remet une liasse de billets dans une enveloppe bancaire : le montant représente une partie de la pension de vieillesse que ma mère reçoit pour ses vingt années de labeur à bâtir le socialisme. « Une somme dérisoire », se lamente-t-elle quand il est question de ces cent cinquante dollars qui lui sont versés chaque mois. Pour éviter les frais de conversion et de transaction, l'argent dort dans un compte en banque hongrois et sert à couvrir les dépenses de ma mère quand elle est au pays. C'est donc sérieux, me dis-je, la décision de ma mère de ne plus jamais revenir.

Gábor me donne des instructions. « Tu devras changer les forints en dollars. J'ai fait quelques recherches pour vous. Je t'ai écrit l'adresse de la banque qui offre les meilleurs taux, sans commission et où tu es certain de recevoir des dollars canadiens. C'est à Buda, dans le IIe, ils sont fermés les fins de semaine ; lundi, c'est jour férié, n'oublie pas, tu repars mardi. Vas-y donc demain. *Impérativement*, ajoute-t-il avec un sourire.

– Impérativement », je répète.

Un silence s'installe entre nous dans le hall, le premier depuis mon arrivée, trois heures plus tôt. Gábor est pensif. Il vient de réaliser, je crois, que ma mère risque de ne plus jamais revenir au 50, rue Pozsonyi.

Il a un léger sursaut. Il me dit « Attends ! » et disparaît dans la pièce du fond. Après une minute, je l'entends dire « Bon, voilà ! » et il revient avec un sac de plastique.

« Ce sont de vieilles affaires de ta mère qui traînent chez moi depuis votre départ. Elle m'a dit d'en disposer comme je veux, mais ce n'est pas à moi de décider. À toi de voir. »

Je regarde vite fait dans le sac rempli de paperasse et ensuite, plus longuement, dans les yeux de Gábor, où je vois de la mélancolie.

Nous étirons les adieux devant sa porte. Il me demande plusieurs fois si j'ai tout, si je n'ai rien oublié, avant de me regarder dans les yeux une dernière fois et de me dire, avec la fermeté bienveillante de l'adulte qui connaît son ascendant sur l'enfant devant lui, sur un ton paternel même : « Appelle donc ta mère plus souvent, ça lui fera plaisir. »

J'appuie sur le zéro, le mécanisme bruyant de l'ascenseur s'enclenche. Nous nous saluons une dernière fois à travers le grillage. Gábor disparaît derrière les portes accordéon. Une fois au rez-de-chaussée du 50, rue Pozsonyi, je me dis que je ne suis peut-être pas trop vieux pour prendre de bonnes résolutions.

Chapitre 16
ERRANCES

Mon grand-père a passé tout l'été 1944 à poireauter, stationné dans le nord-est du pays, en attendant les ordres pour monter au front. Faisant valoir à un commandement compréhensif que le temps pressait, que le ventre et les seins de sa fiancée commençaient à prendre de jolies rondeurs, il a obtenu une permission exceptionnelle pour célébrer son mariage avec ma grand-mère à Budapest. Pendant ses quarante-huit heures d'absence, son régiment a levé le camp pour aller combattre les Soviets.

Le jeune couple a mis le cap à l'Ouest. Mon grand-père se doutait que ses compagnons de baraquement, grands amateurs de Tokay et de grivoiseries, ne stopperaient pas le déferlement de l'armée rouge, et Grand-Mère présageait que Budapest subirait invasion et privations – « le prochain Stalingrad », disaient les plus alarmistes.

« On se déplaçait en suivant les rumeurs, profitant de la confusion générale, sans trop d'embûches avant l'arrivée de ton père », me relatait Grand-Mère. Elle a accouché début mars, dans une clairière. Les bois et la neige avalaient les cris de la jeune femme et, après de longues heures de travail, ceux de l'enfant né à terme. Une force de la nature, pouvaient-ils se réjouir, quoique l'appétit insatiable et le caractère indomptable du bébé n'allaient pas faciliter leurs déplacements. Après une cavale de plusieurs semaines sur des routes secondaires, la petite famille traverse la frontière et trouve refuge en Autriche, dans une grange, offerte contre leur labeur aux champs. Déserteurs selon les uns, ennemis selon les autres, ils ont fini par être dénoncés, capturés et détenus dans un camp du pays. Puis les autorités américano-britanniques les ont tout simplement relâchés. « Parce que la guerre est finie », leur a-t-on expliqué. Au carrefour de ce monde nouveau, ils choisissent de refaire le chemin en sens inverse.

L'été est chaud, les nuages sont rares, les jours longs, les nuits courtes. L'enfant – mon père – a l'oreille collée contre la poitrine de sa mère, dont le cœur bat la chamade. Il hurle sa hâte de vivre. Ils traversent des villes détruites et des campagnes dévastées. Partout errent des gens ébahis, des enfants et des vieillards perdus, des hommes blessés, des femmes terrorisées. On cherche des proches, un abri, des vivres ou quelque bien échangeable. Chacun se demande de quel cauchemar il vient de s'éveiller. Mes grands-parents, eux, ne se demandent pas vraiment s'ils ont pris la bonne direction, s'il aurait été plus judicieux de rester à l'Ouest comme tant d'autres. Grand-Mère, que je pressais de cette question cinquante ans plus tard – mais pourquoi être revenus en Hongrie ? –, me répondait simplement : « Parce que c'était chez nous. » Je me trouvais bête. Quand on ne sait pas où aller, on rentre à la maison.

Il y a quelque chose d'amusant à imaginer ce qu'aurait été la vie de mon père si ses parents avaient demandé l'asile à l'Ouest. S'il avait grandi en Autriche, disons, dans le village de leur détention devenu, durant les Trente Glorieuses, une banlieue prospère de Vienne. Aurait-il développé une passion pour la poésie de langue allemande, pour le ski alpin ? Rappellerait-il aujourd'hui à ses petits-enfants, comme une curiosité parmi d'autres, ses origines magyares ?

Ils se sont plutôt installés au rez-de-chaussée d'un immeuble de deux étages rue Városmajor, dans le IIe arrondissement de la capitale. Connu jadis pour son boisé, son train à crémaillère, ses terrains de sport et ses pavillons charmants au pied des collines de Buda, ce quartier est alors tristement ravagé. Porte de sortie des armées de l'Axe en déroute, ses rues ont été le théâtre des plus sanglants combats de la « bataille de Budapest », durant les ultimes semaines de la guerre. Le quartier, reconstruit logement par logement, rue par rue pendant les années suivantes, verra grandir mon père et tracera les contours de sa jeunesse.

Mes grands-parents n'ont à peu près rien, sinon la bibliothèque des parents de Grand-Mère qui viendront s'établir chez eux. Grand-Mère abandonne définitivement l'idée d'un retour à l'université et gagne sa vie en dessinant des enseignes au néon. Son mari, sans métier, sans piston dans le Parti, passera, selon les besoins de la réindustrialisation du pays, d'un chantier à l'autre. Et d'une maîtresse à l'autre aussi, à ce qu'on raconte. Leurs garçons ont neuf et six ans au moment du divorce.

Pendant que Grand-Mère orne les commerces aux vitrines dégarnies et que mon grand-père est on ne sait où, mon père peut se consacrer en paix à sa passion pour la guerre. Heureux héritier de la collection de soldats de plomb de son aïeul militaire, il passe son temps libre penché au-dessus du tapis du salon à jouer les Bonaparte. Pour augmenter l'effectif de ses troupes, pour armer ses bataillons, sans négliger la fortification des lignes défensives, le garçon gagne son argent de poche à deux pas de chez lui, sur le terrain de tennis de la rue Rhédey, comme chasseur de balles.

Les abonnés, petite bourgeoisie renaissante formée de médecins, d'avocats, d'acteurs et d'autres chanteuses d'opérette, payaient chacun la somme de trois forints au chasseur de balles à la fin de chaque partie. Pour donner une idée de la valeur des six forints qu'il pouvait gagner par heure – douze s'il s'agissait d'une rencontre de double –, il faut se rapporter au coût de la vie de l'époque. Un caramel coûtait dix centimes, le Frutti, quinze, le Carré Balaton (un chocolat grand comme une boîte d'allumettes), trente. Un soldat avec mitrailleur, sa main droite sur le chargeur et la gauche faisant signe *En avant !*, coûtait huit forints cinquante.

Grâce à un travail assidu, l'armée de mon père atteindra une force de frappe redoutable et lui-même montera en grade jusqu'au rang de *chasseur de balles en chef*. L'essor de ses troupes et sa carrière prometteuse sont interrompus le jour où il voit défiler devant sa maison des chars d'assaut grandeur nature avec, à leur suite, des soldats en chair et en os. Nous sommes à l'automne 1956.

À la radio du voisin, on parle depuis quelques semaines déjà d'indépendance et de liberté. Du pacte de Varsovie et de réformes. On implore l'Occident de soutenir les combattants de la démocratie hongroise. On déclame le *Chant national* de Sándor Petőfi, héros et martyr de la révolution de 1848. Mon père l'aimait bien.

Debout Hongrois,
La patrie appelle !
Liberté ou servitude ?
Le choix est désormais clair !
Au Dieu des Magyars
Nous jurons,
Nous jurons que jamais esclaves
Nous ne serons !

Un des chars d'assaut a pris position devant l'hôpital Szent János, au carrefour formé des rues Városmajor, Rhédey et Malinovszkij, du nom du maréchal vainqueur de la bataille de Budapest, à cet endroit même, une décennie plus tôt. Avec les écoles fermées, les terrains de tennis inaccessibles, les barricades dans les rues, l'activité la plus amusante de ces semaines insurrectionnelles consiste, pour mon père, son petit frère et leurs copains, à aller narguer les soldats russes qui fument, boivent, jouent aux cartes sur le capot d'acier de leur tank. Activité d'autant plus profitable qu'aux pitreries des enfants les soldats russes répondent avec du chocolat. Plus que mon père, ce sont les écrits de mon oncle qui me renseigneront sur tous ces détails. Vingt ans après les événements, il évoquera cette période dans un poème publié juste après la mort de mon grand-père, emporté par un infarctus à cinquante-cinq ans. « Un cœur qui a trop aimé », ironisait Grand-Mère.

Le lendemain il n'y avait pas d'école
on aurait dit des vacances
où le temps présent envoie paître l'ordre du jour
mon père est passé nous voir
(mes parents étaient divorcés)

il a traversé la ville avec un sac à dos rempli de pain
tout le monde interpelle tout le monde, il disait
les frontières sont ouvertes
faites bien attention à vous
ce sont des assassins de droit commun
j'ai deux enfants, il leur disait
et à nous qu'il reviendrait le lendemain
(et il repassera pendant vingt ans)
mais là nous étions montés de la cave
et c'était fini les vacances

Quelques semaines passent, lentes et extravagantes. La radio du voisin parle désormais de traîtres contre-révolutionnaires, de suppôts de l'impérialisme américain, du nouveau Premier ministre qui, au nom du peuple, a restauré la paix grâce aux frères soviétiques et au camarade Khrouchtchev. Il est question d'arrestations, de jugements, de condamnations, d'emprisonnements, de pendaisons exemplaires. Tout indique la fin des vacances. Et puis, on joue des opérettes, les radiothéâtres reprennent et on célèbre nos champions des Jeux olympiques de Melbourne.

Le tank au coin de la rue a pris congé avec les soldats et les chocolats. L'école rouvre, la vie reprend. Mon père retourne sur les terrains de la rue Rhédey, cette fois-ci équipé d'une raquette Kneissl en bois laminé, importée en contrebande durant les temps incertains. Il l'a achetée avec l'argent de son armée de plomb. Les courts sont souvent libres, le club a perdu beaucoup d'abonnés. Nombre d'entre eux ont profité de l'ouverture des frontières pour fuir le pays. Quand, quarante ans plus tard, je pressais Grand-Mère de cette question – pourquoi ne pas avoir émigré, comme deux cent mille autres de leurs compatriotes ? –, elle me répondait simplement : « Nous n'avions même pas les moyens d'y penser. » Je me trouvais bête. Je n'avais pas encore saisi que la possibilité de quitter son pays, de recommencer sa vie dans un pays plus prospère est, dans la plupart des cas, un privilège.

* * *

Aujourd'hui, la rue Malinovszkij a retrouvé, comme tant d'autres lieux de Budapest, son nom et ses charmes d'avant-guerre. L'allée Szilágyi relie les chics quartiers de Buda à la place Szél Kálmán – anciennement place Moscou. Des arbres matures, aux couleurs d'automne, bordent les trottoirs des deux côtés du boulevard ainsi que le terre-plein qui sépare voitures et tramways. Je descends devant l'hôpital Szent János, quelques arrêts avant la banque où Gábor m'a dépêché pour changer les forints de ma mère en dollars canadiens.

C'est mon seul programme de la journée, journée que je commence bien tard, ayant passé l'avant-midi au café Kino, dont une bonne heure à fureter, sur mon téléphone, sur le site web du cimetière de Farkasrét, à chercher comment renouveler notre concession familiale. J'ai fini par comprendre qu'il faut s'y présenter en personne et que cette petite parcelle de terre fatale n'est pas donnée.

Avant de laisser tomber, j'ai appelé ma grande sœur.

« Dis, tu veux être enterrée où ?

– T'as des projets pour moi ?

– Pas à court terme. Mais il faudrait décider ce qu'on fait avec la tombe de Mamie et de Papou, non ? Ça va coûter quelques centaines de dollars pour la garder. Et puis Maman m'a dit hier qu'elle ne pensait plus revenir au pays, ni vivante ni morte.

– C'est vrai, j'avais oublié que t'étais à la maison. Ça se passe bien ?

– Comme d'hab. Tout change et en même temps tout est pareil.

– Dis bonjour à tout le monde de ma part.

– C'est déjà fait, la Hongrie t'embrasse. Donc, je fais quoi pour le cimetière ?

– À moi, Maman a déjà dit qu'on pourra jeter ses cendres à la poubelle, si ça nous chante. Pareil pour les miennes, si tu veux tout savoir.

– T'es sûre ? On pourrait imaginer mieux…

– Écoute, je ne suis plus retournée à Farkasrét depuis je sais plus quand. Fais comme tu veux. Si tu veux être enterré en Hongrie, fais-toi plaisir !

– Pas si tu ne viens pas me rendre visite.

– Va falloir que je consulte mon agenda. »

* * *

Les feuilles mortes volettent tout autour, craquent sous mes pieds tandis que je marche vers la maison d'enfance de mon père, là où Grand-Mère habitait encore au moment de notre émigration. J'en garde quelques lointains souvenirs, forcément ceux des dîners de Pâques et de Noël, seules occasions où je venais dans ce coin de la ville.

Évidemment, je me souviens de l'épisode du sapin de Noël renversé, et que ce n'était pas tout à fait de ma faute. Je garde aussi le souvenir des chats tigrés, des pantoufles qu'on devait porter pour ne pas attraper froid et du *rizibizi* au poulet pané qu'on mangeait autour de la table de cuisine, transportée dans la grande pièce pour l'occasion. Et bien sûr, je me souviens du moment des cadeaux, qui pouvait être à Pâques aussi pour ma demi-sœur et moi, car nos dates d'anniversaire tombent presque en même temps. Grand-Mère nous offrait chaque fois un livre de science, ce qui était très bien, tout le monde en convenait. La surprise venait forcément de mon père. Il y a eu la piste de course pour Matchbox avec une boucle de trois cent soixante degrés, « encombrante comme pas possible », se plaignait ma mère quand je la déployais à la maison ; il y a eu les raquettes de tennis en plastique (interdiction de jouer dans l'appartement, même avec la balle de mousse) ; il y a aussi eu la montre calculatrice « qui me permettra enfin de rentrer à l'heure pour le souper ». Et il y a eu la fameuse fois, lors de mon dernier Noël au pays, où mon père a offert à chacun de ses trois enfants un billet de banque d'un montant improbable de cinq cents forints, « parce que nous étions maintenant grands ». C'était si extravagant que ma mère a cru bon d'appeler Klára pour l'en remercier, sachant qu'il ne pouvait s'agir que de son argent à elle. À l'autre bout du fil, Klára s'est montrée perplexe. « Ce n'est pas cinq cents, mais mille forints qu'il avait comme budget par enfant », a-t-elle dit, sans chercher à couvrir le subterfuge de son mari. Face à ma mère, cela aurait été ridicule.

Trente ans que je n'y suis pas venu, mais je reconnais au premier coup d'œil l'ancienne maison de Grand-Mère. C'est la première de la rue, juste après le pont du train à crémaillère, devant l'arrêt d'autobus. Rectangle aux proportions harmonieuses, anciennement un bureau des douanes, converti en immeuble de rapport après la guerre. Son allure industrielle, avec ses murs en brique de clinker délavés, rappelle le genre de bâtiment qui, dans de grandes villes occidentales, est de nos jours transformé en lieu de création alternatif autogéré ou en microbrasserie, parfois les deux. À chaque époque ses priorités. L'immeuble a encore ses cinq logements, sauf le numéro 2 où se trouve, d'après l'inscription sur la sonnette, une compagnie de courtage. C'est celui où a grandi mon père.

À chaque pèlerin ses raisons. Celles qui me poussent à revisiter les lieux de ma jeunesse, je me les explique déjà mal, alors celles qui m'entraînent sur les pas de mon père me sont encore plus mystérieuses. Et question encore plus déroutante : faut-il avoir la foi pour entreprendre un pèlerinage ?

Dans la rue étroite, bordée d'arbres et de maisons à trois étages, je croise successivement l'école primaire et secondaire de mon père, établissements qu'il n'a jamais fréquentés de bon cœur, abandonnant le *gimnázium* sans diplôme. Un murmure joyeux émane des murs, prêt à exploser au moment où la cloche annoncera la fin de semaine. Je m'éloigne du tohu-bohu imminent et je poursuis ma route jusqu'au bout de la rue, jusqu'à l'église où mon père a été baptisé, mais où – soit loué l'anticléricalisme communiste – il n'a jamais eu à retourner. Du moins pas avant son mariage avec Klára. « Là ou ailleurs, que veux-tu que ça change, mon fils ? » se justifiait-il, sans raison, des années plus tard.

Mon père affichait une assiduité autrement plus grande sur les terrains de tennis de la rue Rhédey, vers lesquels je fais un détour. Je m'étonne toujours de trouver des lieux qui ne changent pas de vocation, voire d'ambiance, malgré le passage du temps – plus d'un siècle, pour ce club. Je m'assois sur un bloc de béton, juste de l'autre côté du grillage.

Quelques pigeons et moineaux se chamaillent à mes pieds pour les miettes de mon kebab acheté au coin. Les courts sont tous occupés. Les athlètes, jeunes et moins jeunes, d'un haut niveau, à ce que j'observe, jouent sans chasseur de balles. J'imagine bien mon père ici, plus que sur les bancs de l'église ou de l'école évidemment, mais surtout parce que c'est le seul sport qui l'ait jamais intéressé – que ce soit comme joueur ou comme téléspectateur. Je l'imagine bien, les jambes agiles et musclées, foulant cette terre battue sur laquelle il a mené une brève carrière de joueur de tennis durant son adolescence, avec un certain succès, me disait-il. C'était un des rares épisodes de jeunesse qu'il aimait relater.

Une fois, il m'avait même fait part du projet de construire un terrain de tennis devant sa maison de campagne. J'avais envie d'y croire, mais connaissais le soleil de plomb, le manque d'eau, l'inaccessibilité de l'endroit. « Papa, tu ne veux pas plutôt nous fabriquer une table de ping-pong ? »

Mon père ne m'a jamais emmené me balader dans le quartier de son enfance. J'aurais sûrement eu plein de questions pour lui. Non pas de ces grandes questions *significatives* – Quels étaient tes rêves ? Quels sont tes regrets ? –, mais des questions terre à terre sur son quotidien d'enfant et d'adolescent, les plus aptes, peut-être, à révéler ce qui forge une destinée. « Papa, c'était quoi ta matière préférée ? Comment passais-tu ton temps libre ? Que lisais-tu ? Qui étaient tes amis ? Tes grands-parents, ils te racontaient des trucs ? Et ton père, il vous rendait souvent visite ? »

Si aujourd'hui j'ai quelques réponses à mes questions sur les jeunes années de mon père, c'est beaucoup grâce à son ami d'enfance. L'homme est devenu un célèbre auteur-compositeur, également écrivain et acteur à ses heures. Son nom d'artiste : Hobo. Je l'ai vu à la télé quelquefois, j'ai écouté sa musique, regardé ses vidéos sur YouTube, ses adaptations de chansons de Bob Dylan, notamment. Son œuvre est surtout connue pour ses mises en musique, au son du blues, des grands poètes hongrois et des ballades de François Villon.

Je connais la préférée de mon père, qui commençait souvent ses soirées de récitation autour du feu de camp avec ce poème. Il se donnait toujours un air grave, l'index levé vers le ciel étoilé. « Écoute bien, mon fils, ça s'appelle *La Ballade du fils de personne* :

Au fond des tavernes je pleurais
dans les cimetières je riais
dans la boue j'ai tout jeté
tout ce que j'aimais j'ai tué. »

Hobo est le genre d'ami que quiconque serait fier d'avoir. Pourtant, mon père en parlait seulement quand je posais des questions.

« T'étais là quand il a rempli le stade de Budapest ?

– La musique, c'est pas mon truc, avait-il déclaré. La poésie, mon fils, elle n'a pas besoin de bruit de fond. »

Il finissait chaque fois par dire : « Oui. Oui. Un jour, je t'emmènerai le voir. »

Il ne l'a jamais fait. Pourquoi ? Parce que l'occasion ne s'est pas présentée ? Parce que les succès de l'ami en révélaient trop sur ses insuccès à lui ?

C'est dans une entrevue que Hobo a accordée à une revue populaire, il y a quelques années, que j'ai pu en apprendre un peu plus sur la jeunesse de mon père, sur ces années qu'on dit *formatrices.* C'était la première fois que Google affichait un résultat après que j'eus saisi le nom de mon père dans le moteur de recherche. À ce jour, la mention de son nom dans cette entrevue est l'unique preuve virtuelle de son passage sur terre.

JOURNALISTE : Qu'est-ce qui vous a mené vers la littérature ?

HOBO : Mon ami d'enfance : Nándor V. Pour mes douze ans, il m'a offert des poèmes, interdits à l'époque, ce trésor de la poésie vagabonde : les ballades de François Villon dans cette extraordinaire adaptation de György Faludy. J'ai encore le recueil avec sa couverture imprimée au pochoir.

JOURNALISTE : Qui était cet ami ?

HOBO : Un voisin et un camarade de classe. Et mon meilleur ami depuis nos six ans jusqu'à sa mort. Il descendait d'une ancienne famille d'aristocrates. Ils possédaient une immense bibliothèque, j'ai lu beaucoup de leurs livres et j'ai fini par tomber sur des poèmes, bien différents de ceux qu'on apprenait à l'école.

JOURNALISTE : Un poème en particulier ?

HOBO : *La Ballade de la danse macabre*, entre autres. Je nous entends encore le déclamer en chœur :

Les années s'envolent telles des secondes,
Dans la terre, tous, nous finirons.
Par ton sang versé comme la rosée
Aie pitié de nous, Fils de l'Homme !

Je pourrais aussi citer *La Ballade du fils de personne*, qu'on aimait beaucoup, on s'y reconnaissait d'une certaine façon. Il faut dire que son père était absent et que le mien me battait. Je m'étais souvent réfugié chez lui.

JOURNALISTE : C'était le début d'une vie vagabonde ?

HOBO : Mon errance a commencé chez cet ami, oui, et a duré quelques années. Nous dormions ensemble dans une chambre glaciale. Ils n'avaient pas les moyens pour chauffer l'appartement aux plafonds très hauts. Sa mère, une femme aux manières douces mais d'une énergie féroce, gérait des vies multiples. Durant les mois d'hiver, elle mettait dans notre lit des briques chauffées au four, emballées dans du papier journal. Les matins, elle tartinait de saindoux nos minces tranches de pain et ajoutait une touche de moutarde. Nous mangions dans la cuisine, buvant du thé brûlant, grelottant sur de minuscules tabourets qui, au passage des années, devenaient de plus en plus petits. Ils n'ont jamais accepté d'argent, même quand j'en gagnais un peu. Pourtant, j'avais toujours faim. Je me sentais comme un membre de la famille et c'est ainsi qu'on me regardait.

L'article imprimé a longtemps traîné sur mon bureau.

Finalement, je n'ai rencontré cet ami qu'une seule fois dans ma vie, aux funérailles de mon père.

Alors que les croque-morts s'affairaient à préparer la cérémonie suivante, Hobo s'est approché de Grand-Mère, accrochée à mon bras.

Après quelques mots, Grand-Mère a tiré vers elle l'homme costaud de presque deux mètres, aux cheveux rebelles, et l'a embrassé sur les joues comme on embrasse son enfant qui revient de loin.

Hobo s'est tourné vers moi et m'a dit de sa voix grave de vieux bluesman :

« Tu es bien le fils de… »

Comme j'ai acquiescé, il a poursuivi :

« Ah, ton père, quand même... »

Il a pris ma main, l'a gardée de longues secondes dans les siennes. Nous nous sommes éloignés de quelques pas.

Il m'a raconté avoir revu mon père il y a quelques années. Il l'avait invité à un de ses spectacles et, pour une fois, mon père s'était pointé. Un concert intimiste, dans une petite salle, entièrement consacré à Villon. « Vers la fin du spectacle, je lui ai dédié une chanson. Au dernier couplet, je le cherchais du regard. Il roupillait au fond de la salle, accoudé au bar. »

Je n'ai pas pensé lui demander de quelle ballade il s'agissait, celle de la danse macabre ou celle du fils de personne.

Un groupe s'est formé autour de nous, anciens amis et amantes. Les visages de gens contents de retrouver de vieilles connaissances ont remplacé les têtes d'enterrement. « Comme ça, t'es toujours vivant ! » a lancé quelqu'un. On a pris et donné des nouvelles. On a fait le tour des enfants qui réussissent ou qui font leur possible, le décompte des petits-enfants et celui des disparus. Et puis on est tombé d'accord pour dire qu'il serait plus agréable de se revoir ailleurs que dans un cimetière.

Après ce papotage de circonstance, Hobo, l'esprit vagabond, perdu dans ses pensées depuis de longues minutes, a ramené tout le monde au sujet du jour.

« Je n'ai jamais compris d'où venait son mal de vivre. »

Personne n'a osé formuler une hypothèse.

« Je me souviens d'une chose qu'il m'a dite un jour, a-t-il poursuivi. Ça ne fait pas si longtemps, il y a cinq ans peut-être. Il était encore possible d'avoir une discussion sensée avec lui, si on peut dire. Vous savez ce qu'il a dit ? Vous savez ce qu'il regrettait le plus ? Ce qui selon lui a gâché sa vie ? Il m'a dit : "Je n'aurais pas dû abandonner le tennis si jeune." »

Un moment de silence a suivi, puis des sourires tristes et quelques rires étouffés.

Le petit groupe a pris le chemin de la sortie, sans échanger un mot. Je les ai laissés me devancer, puis les ai suivis, la tête basse. Les discussions ont repris devant la guérite de la rue de Fiume, quelques minutes plus tard. J'étais trop loin pour les entendre. Et, pour la première fois le jour des funérailles de mon père, pour la première fois depuis que j'ai appris sa mort, j'ai pleuré.

* * *

Une sonnerie aiguë met fin à mes ruminations. Elle annonce la fin des parties de tennis, auxquelles je n'accorde plus d'attention depuis je ne sais combien de temps. Les partenaires de jeu se serrent la main au-dessus des filets, s'échangent des mots d'encouragement. Les joueurs cèdent leur place à la ratisseuse, rangent leurs équipements, vident leur gourde, font des étirements. L'horloge du pavillon central affiche dix-sept heures.

« Merde, la banque vient de fermer ! »

Mon cerveau sort du *mode vacances* dans lequel il baigne depuis les derniers jours et je regarde, mi-concentré, mi-paniqué, le calendrier de mon téléphone. Aujourd'hui, nous sommes vendredi, demain et après-demain, c'est la fin de semaine, les banques seront fermées. Ma seule chance de passer à la banque est lundi, jour où je suis censé retrouver la maison de mon père – mardi, mon avion décolle aux aurores de l'aéroport Liszt Ferenc, le pire endroit pour changer son argent. Je ne peux pas croire que j'aurai cette affaire à régler pendant mon *road trip* au lac Balaton avec Petya. « Merde ! » Lundi, c'est férié, me rappelle le calendrier, à cause de la révolution de 1956.

Il me faut absolument – impérativement – trouver une solution. J'espère juste que ma mère n'appellera pas d'ici là pour me demander des comptes.

Chapitre 17

UNE MÈRE DÉSESPÉRÉE

Le soir, en arrivant dans ma chambre, je revois ce sac en plastique que Gábor m'a remis avant-hier, accroché derrière la porte. Il m'était sorti de la tête, ce truc. À l'intérieur, je trouve une chemise en carton qui, durant trois décennies, a jauni et ramolli au fond d'un tiroir. De l'épaisseur d'un doigt, elle est ficelée avec un cordon que je ne réussis pas à dénouer ni à déchirer sur le coup, mais que rompt d'un clic le coupe-ongles. De toute évidence, personne ne s'est intéressé à son contenu depuis notre départ pour le Canada.

Sur la couverture, il est inscrit tout en majuscules *PEREK*, « procès » au pluriel en hongrois et, entre parenthèses, le prénom de mon père. Je reconnais la calligraphie de ma mère. En ouvrant la chemise, je ne trouve pas le fouillis habituel dans ses papiers, d'ordinaire éparpillés dans des tiroirs ou fourrés dans des sacs d'épicerie au fond d'un placard. L'ordre laisse deviner qu'il s'agit d'un de ces dossiers qu'on a préparé avec l'aide d'un avocat, avant de se présenter devant le juge.

Assis en tailleur sur mon lit, le dos appuyé contre le mur, je feuillette la ribambelle de papiers fins, la plupart dactylographiés, quelques-uns manuscrits, passant à travers des dizaines de témoignages, griefs, injonctions et jugements. Je doute que le dossier me réserve des révélations renversantes.

La saga entourant le divorce de mes parents n'était pas un secret à la maison. Dès un très jeune âge, ma grande sœur et moi savions que nos parents étaient continuellement en cour. On entendait ma mère en discuter avec des amies au téléphone, en faire des comptes rendus à Mamie. L'oreille collée contre la porte de ma chambre, je l'avais même entendue, un soir où mon père avait débarqué chez nous à l'improviste, en discuter à voix haute avec l'accusé, quelques minutes après avoir coupé court, d'un ton sec, aux aventures d'*Ali Baba et les Quarante Voleurs* que mon père me lisait au lit, avec ces mots de mauvais augure que je ne connaissais que trop bien : « Viens, j'ai à te parler ! » Avec mon père, je ne pouvais que compatir. Et j'ai entendu ma mère, ô combien souvent, non pas me raconter les raisons de son divorce, m'exposer clairement la situation, m'expliquer l'enjeu des procès ainsi que leurs conséquences pour elle, ma sœur et moi, mais jeter çà et là, pêle-mêle, des commentaires au vitriol afin que je saisisse bien, avant toute chose, que dans toute cette histoire, peu importait le résultat des procédures, et ce que quiconque pourrait me dire, le coupable, c'était mon père, et elle, la victime.

Une lettre signée conjointement par ma mère et Anikó réclamant le versement de leurs pensions alimentaires, compose un intermède tragicomique au milieu du dossier. De cet épisode aussi, j'avais entendu parler de la fois – elle était bonne ! – où les deux ex-femmes étaient allées au palais de justice bras dessus, bras dessous pour faire face à mon père, assis dans le box des accusés avec, dans l'auditoire, une seule personne : Klára, sa troisième femme.

La lecture des documents devient répétitive. Alors qu'au début je scrutais attentivement chaque page, je les parcours maintenant en diagonale et les tourne de plus en plus vite, prêt à ranger le tout, cette fois chez moi, possiblement pour toujours. Mais comme dans un roman de gare un peu ennuyeux, c'est le dernier chapitre qui réserve la véritable surprise, sous la forme d'une lettre tapée à la machine et signée de la main de ma mère, de son nom de jeune fille.

La lettre s'adresse à la rédaction de l'émission de télévision *Question de justice* qui, chaque jeudi soir à vingt heures, traitait de cas réels de citoyens, répondant aux questions des téléspectateurs, leur prodiguant des conseils d'avocats dans un souci exemplaire d'éducation populaire. Pour une fois, ma mère y résume sa saga juridico-conjugale avec clarté, faits et chiffres à l'appui, sans ses approximations et doléances habituelles. Je me serais économisé bien des lectures ce soir si j'avais commencé par la fin.

Distinguée rédaction,

Je vais maintenant essayer de résumer cette très longue histoire.

Étant donné que de nombreux avocats, juristes et autres connaissances jugent mon cas sans espoir, je voulais abandonner. Cependant, pensant que mes enfants me reprocheront un jour mon inaction, je me tourne vers votre émission de télévision en dernier recours. Car qui sait ?

J'ai divorcé il y a dix ans. Après la séparation, je suis restée seule avec notre nouveau-né ainsi que notre fille de trois ans. Mais le problème principal est le refus de mon ex-mari de verser l'allocation parentale mensuelle de 1 500 forints pour ses enfants.

Pendant des années, j'ai attendu patiemment et naïvement les paiements, qu'il n'a jamais faits, malgré ses nombreuses excuses et promesses.

On ne cesse de m'expliquer qu'il est impossible de prélever le montant sur sa paie, car il n'a jamais d'emploi salarié. (Il est photographe indépendant pour diverses entreprises.)

Mon salaire mensuel d'esthéticienne est de trois mille forints et ne suffit pas toujours à couvrir mes dépenses de base. Des contrats supplémentaires – ou, quand je n'ai pas d'autre choix, une portion de la pension de vieillesse de ma mère – comblent la différence.

Il y a sept ans, j'ai appris que mon ex-mari avait reçu de la part d'une compagnie de boissons gazeuses plus de cent mille forints pour une campagne publicitaire. J'ai alors intenté une action en justice pour obtenir l'argent qui m'était dû. Cependant, le tribunal a jugé qu'il était trop tard pour recouvrer ces montants.

Je me suis tournée vers le commissariat du XIIIe arrondissement afin de réclamer une enquête sur les occupations professionnelles de mon ex-mari. La police a refusé, alléguant que c'était à moi de les informer de ses revenus et emplois. Avec mes jeunes enfants, mon travail et mes contrats secondaires, je n'ai pas les moyens ni le temps d'entreprendre de telles démarches.

La police a perquisitionné à son domicile, mais aucun objet de valeur n'a pu être récupéré, car il vit dans l'appartement de ses beaux-parents. Son appareil photo d'une valeur de quarante mille forints n'a pu être saisi, car c'est son outil de travail. Je me suis adressée au bureau du procureur pour qu'on me restitue, au moins, le canapé Louis XV qu'il m'avait pris avant notre séparation. L'enquête supplémentaire a été refusée, puisque aucun acte criminel ne pouvait être prouvé. Il s'agit de mon seul héritage de valeur.

En date d'aujourd'hui, le montant qui m'est dû est de cent vingt-quatre mille forints.

Comment puis-je obtenir le solde impayé, en plus du paiement mensuel dont le montant est maintenant fixé à deux mille cinq cents forints ?

Étant donné que je ne sais plus vers qui me tourner, je vous demande conseil, distinguée rédaction. Et si mon cas est sans espoir, s'il vous plaît, dites-le-moi.

Merci d'avance pour votre aide,

Une mère désespérée

Hormis quelques détails – la chronologie des événements, les montants en jeu, l'histoire de ce meuble Louis XV –, je n'ai, dans les faits, pas appris grand-chose. La révélation réside ailleurs, entre les lignes de cette lettre : l'impudeur de ma mère, elle qui nous défendait vigoureusement de parler de sa vie privée *à n'importe qui.* Et la voilà prête à déballer son histoire à heure de grande écoute à la télévision nationale. Il était inutile de préciser sous sa signature qu'elle était désespérée.

Je constate, par ailleurs, que ma mère n'a pas mentionné les circonstances aggravantes de la cause et n'a pas expliqué que, si mon père ne payait pas la pension à son ex-femme et à ses enfants, c'est parce que, aussitôt sa paie encaissée, il la flambait en cadeaux pour ses maîtresses, en alcool et en coupe-cigares. Peut-être même pour les rénovations de la vieille maison de campagne de sa nouvelle femme. Ma mère considérait-elle que, pour certains téléspectateurs, il aurait pu s'agir de circonstances atténuantes ?

Ma mère avait également omis de dévoiler, dans son histoire, le détail le plus singulier, le plus croustillant – le plus incriminant pour mon père : *l'affaire de ma demi-sœur.* L'anecdote, qui eût été plus à propos, il est vrai, pour le téléthéâtre du dimanche soir, aurait certainement amusé le public. Rendue à ce point, qu'avait-elle à perdre ?

Au moment où je m'apprête à ranger le tout dans ma valise, la réponse de la rédaction glisse de la chemise. Quelques lignes dactylographiées sur papier entête de la chaîne nationale signées par un avocat :

Distinguée auditrice,

Nous vous avisons que l'émission Question de justice *n'a pas retenu votre cause. La loi stipule clairement qu'il est de votre responsabilité de prouver que votre ex-mari touche des revenus et d'en établir la valeur. En espérant continuer de vous compter parmi nos fidèles téléspectatrices, nous vous prions d'agréer…*

Je prends un moment avant de replier la feuille, la remettre dans la chemise et refermer le dossier. Jamais les conséquences de ce divorce sur ma mère ne me sont apparues avec tant de clarté, si concrètement. En fin de compte, peut-être m'avait-elle bien caché sa détresse durant mon enfance.

Je m'étends sur le lit, le regard fixé sur le plafond de ma chambre pendant de longues minutes. Entre les quatre coins, la surface vide est animée. La lueur des phares qui virevoltent sous mon balcon se promène sur la surface blanche dans un mouvement continu et prévisible. Il est presque minuit. Je me lève pour baisser les stores, et pour tirer les rideaux sur la saga du divorce de mes parents.

Dans le noir, je repense à ce supplice de la goutte d'eau infligé à ma mère, toutes ces années à devoir courir le palais de justice et le commissariat, à devoir produire documents et autres déclarations, pour ensuite attendre et attendre encore de toucher enfin sa pension, que toute cette histoire se termine, qu'elle puisse enfin, deux, cinq, dix ans après son divorce, passer à autre chose. Le plus triste, c'est qu'elle ne demandait pas la lune. On ne mesure pas les drames seulement par leur gravité, mais aussi par leur banalité.

Chapitre 18
ANCIENNES AMOURS

Au-dessus de mon corps plongé dans les eaux thermales, une coupole cinq fois centenaire. Des arches ottomanes encerclent le bassin octogonal – je l'avais imaginé plus grand. Des ampoules faiblardes diffusent dans la pénombre une lumière orangée. Les alvéoles vitrées du dôme laissent passer la lumière du jour avec parcimonie. Les faisceaux obliques transpercent la vapeur et impriment des taches multicolores sur la surface de l'eau. Je macère là-dedans depuis au moins une heure.

C'est ma première fois dans ces fameux bains turcs. Des nombreux *établissements d'eau* de la capitale, je n'ai fréquenté durant mon enfance que le Palatinus, sur l'île Marguerite, avec sa piscine à vagues, ses bassins d'eau chaude, les femmes bronzant seins nus sur la pelouse, le Coca-Cola en bouteille et les crêpes roulées à la confiture d'abricot.

En face de moi, sur un des huit côtés de la piscine, assis sur des marches submergées, un jeune couple. Tous deux blonds aux yeux bleus, des Hollandais ou des Suédois peut-être. De temps en temps, elle pose un baiser sur son épaule, suivi de sourires équivoques. Ils s'aiment, se fabriquent des souvenirs. Les autres côtés du bassin sont occupés par des hommes et des femmes « d'un certain âge ». Des gens de la ville sans doute, venus traiter rhumatismes, hernies, névralgies et autres maux. Le plus vieux d'entre eux, complètement chauve, a le corps immergé jusqu'au menton, il n'a pas ouvert les yeux depuis une demi-heure. Et puis il y a moi, ce touriste qui se prend pour un habitué.

Mon esprit flotte dans une mélancolie amère. Loin de la nostalgie des derniers jours, ce doux bonheur d'être malheureux. Je rumine la fin foireuse de ma dernière relation amoureuse, cet amour qui m'a glissé entre les doigts – une fois de plus. Par maladresse, par inattention.

À Montréal, il est sept heures du matin, Marianne doit encore dormir. Je ne me demande pas trop avec qui. Depuis le début de ce voyage, je réprime l'envie de lui envoyer un message, de l'appeler même. Ce matin, à la terrasse du Kino, je lui ai écrit une carte, achetée hier soir dans un kiosque à journaux, mais je ne l'ai pas encore mise à la poste. C'est cette carte montrant les thermes de Budapest qui m'a donné l'idée de venir ici aujourd'hui.

Salut M, juste un coucou pour te dire bons baisers de Budapest ! Sans ambiguïté (haha). Signé : ton ex qui va bien – j'espère que toi aussi. P-S : je me dirige vers le Király, ce bain turc dont on avait parlé (voir photo).

Depuis ce matin, je suis incapable de ne pas penser à Marianne. Mon monologue intérieur lui est exclusivement destiné. Je l'imagine avenante, attentive. Je lui raconte avoir tourné en rond quinze minutes avant de trouver l'édifice de pierre verte, caché au milieu d'un square boisé. Je décris le côté vétuste des lieux, je partage mon étonnement – décidément, cette idée m'obsède – que ces bains soient toujours là après des siècles, aussi fréquentés qu'au lendemain de leur construction ; je lui explique le fonctionnement archaïque des vestiaires, avec cette cabinière revêche qui ouvre et ferme les casiers des baigneurs depuis la nuit des temps ; je décris l'atmosphère de clinique médicale, le carrelage blanc qui recouvre murs et sols, je lui parle du prix d'entrée dérisoire – une fraction de ce qu'on a payé aux bains nordiques dans les Cantons-de-l'Est, *tu t'en souviens* ? Ici, l'eau sent le soufre et goûte le vieux sel, les téléphones sont interdits, les gens se promènent en pagne, quelques-uns nus – nous sommes loin de l'ambiance mondaine et faussement scandinave, du design en bois de teck, du parfum d'eucalyptus, de la flûte de pan, et de nos longs baisers voilés par la vapeur d'eau, dans le sauna. *Tu t'en souviens, dis ?*

On ne s'est pas parlé depuis presque quatre mois, depuis son départ de chez moi, de notre ancien chez-nous : cet appartement acheté ensemble parce qu'il n'était pas trop cher et bien situé, et parce qu'il était assez grand pour une famille. Des au revoir drôlement légers. Je la regardais remplir ses valises avec l'impression qu'elle partait en vacances, « pour se changer les idées ». Je l'ai aidée à charger quelques boîtes dans le camion de déménagement, j'étais d'humeur badine. Par la suite, ma solitude nouvelle a trouvé pour compagne cette conviction naïve qu'au fond rien n'est définitif, alors que nous nous étions dit le contraire avec franchise, d'une manière raisonnable – trop raisonnable –, que *c'était fini*. Aussi l'idée m'accompagne-t-elle, depuis, que cette relation de neuf ans n'aura *rien donné*, pas d'occupant, en tout cas, pour la chambre d'enfant, lui qui serait pourtant né de l'amour, d'un amour certes déclinant, mais suffisant. La légèreté surjouée de ma carte postale, avec ce « je vais bien », gâche tout. En sortant des thermes, je la jette aux poubelles.

* * *

Le courriel de ma première amoureuse me proposait de la retrouver devant un restaurant de la rue Váci, le Magyar Goulyás, en plein centre-ville. Suis-je pour elle à ce point un touriste ?, me suis-je demandé en l'attendant au milieu de la rue piétonne, fort achalandée. Beaucoup trop en ce samedi soir. L'ambiance festive, les gens trop contents de profiter encore des terrasses en cette saison m'agacent. Décidément, l'après-midi aux bains ne m'a pas apaisé.

Je suis arrivé avec une demi-heure d'avance. Tant qu'à y être, j'entre dans un bureau de change avec l'épaisse liasse de forints – récompense d'années de labeur de ma mère – pour l'échanger contre une mince liasse de dollars. Le taux de change est mauvais, les frais de service, déraisonnables, et les dollars, américains, ce que ma mère ne manquera pas de souligner en me disant que j'aurais dû suivre les bons conseils de Gábor et tout, mais au moins, le dossier est réglé.

Je me mets à l'écart du flot de passants, sous un des élégants portiques de cette rue. Encore faudrait-il faire abstraction de toutes ces enseignes qui recouvrent les façades d'origine. McDonald's, Change, Footlocker, Burger King, Hard Rock Café, Swarovski, Zara et Change, encore – on se croirait dans la rue Sainte-Catherine à Montréal. Quelques touches locales, tout de même : un magasin d'antiquités avec, en vitrine, des sculptures équestres et de la porcelaine Herend, ainsi que les boutiques de souvenirs Memories of Hungary et de son concurrent direct, le I Love Budapest Megastore.

La jeune hôtesse devant le restaurant salue les passants en allemand, en anglais ou en russe, selon la tête du client. Sa perspicacité m'impressionne, elle ne se trompe jamais, sauf avec moi, un peu plus tôt : « *Do you want to see our menu, sir?*

– Pas tout de suite, j'attends quelqu'un », ai-je répondu dans mon meilleur hongrois.

Le dos bien droit, la tête haute, le sourire professionnel, l'hôtesse tient sous le menton un menu avec des images de goulache, de paprikás et autres mets nationaux aux tons rouge-brun qui n'ont, je le déplore, rien de ragoûtant. La bouffe de mon pays n'est pas super photogénique, me dis-je pendant que je repense à Beáta, aux photos de nous deux rangées chez moi dans une boîte Reebok sur laquelle j'ai écrit, il y a des décennies déjà : *Ma belle jeunesse.*

* * *

Outre des photos, la boîte à chaussures renferme les reliques de notre histoire, à Beáta et moi. Des billets de cinéma, d'avion, de musée, des additions de restaurants et de cafés, une brochure vantant les attraits de Niagara Falls, des sous-verre Heineken, Belle Gueule, Dreher, Corona et, surtout, une cinquantaine d'enveloppes blanches avec mon nom écrit avec soin dans la case du destinataire.

Je regrette qu'il ne s'y trouve aucun souvenir de notre toute première rencontre, l'été de nos quatorze ans, à l'occasion d'un de mes retours en Hongrie, au lac de Velence, dans un village à une soixantaine de kilomètres de Budapest où je suis allé camper avec les Gars. Nous avons planté nos tentes dans le jardin des parents de Petya qui y louaient un pavillon de vacances. L'effervescence estivale du village, le camping municipal, la plage, les kiosques à bouffe près de la gare, la fête foraine et le cinéma en plein air offraient aux vacanciers cent possibilités de divertissements. Nous ne nous en sommes pas privés. Ce sont les parties de ping-pong à la plage qui ont le plus suscité mon intérêt, non sans lien avec la présence d'une jeune fille souriante aux yeux et aux cheveux noirs, et au revers particulièrement efficace. Avant notre premier match, nous nous sommes présentés. « Je m'appelle Beáta », a-t-elle dit, avec un aplomb palliant ma gêne adolescente, et elle m'a tendu une raquette. Je me suis assez bien défendu.

Le soir, nous avons partagé sur la jetée une pizza aux ananas achetée près de la gare. Nos pieds pendaient au-dessus du reflet de la lune. Autour de nous, des vieux observaient en silence leurs cannes à pêche, assis sur des seaux en plastique ; des enfants couraient avec leurs cornets de glace, leurs parents leur criaient de ne pas trop s'éloigner. La *Lambada* jouait au loin. Nous ne savions pas trop quoi nous dire. Et nous nous sommes embrassés, les yeux fermés et les lèvres sucrées.

Dans le train du retour, je jubilais. Les copains se montraient amusés de ma conquête, et juste assez jaloux.

Les jours suivants, j'ai glissé un mot à mon père sur ce premier baiser, échangé au bord du lac de Velence.

« Je le voudrais, que je ne pourrais te renier, mon fils ! » s'est-il exclamé, franchement heureux de voir confirmé que j'aimais les filles et qu'elles m'aimaient en retour, convaincu que ça, ça ne pouvait venir que de ses gènes à lui.

Nous attendions mon tramway après une courte balade depuis son appartement, où nous venions de souper en compagnie de Klára.

« Pourquoi tu ne le raccompagnes pas jusque chez lui, ou au moins jusqu'au métro, place Moscou, il va faire bientôt noir ! l'avait sermonné Klára dans le cadre de porte.

– Il a réussi à traverser l'Atlantique seul à quatorze ans, il va bien être capable de se rendre sur l'autre rive du Danube », lui avait répondu mon père.

Je ne pouvais être plus d'accord avec lui. Certes, un trajet prolongé m'aurait permis de lui parler plus en détail de mon aventure amoureuse – du ping-pong, de la pizza aux ananas, du sourire et des yeux noirs de cette fille –, mais où était l'urgence ? me demandais-je, j'aurais amplement le temps de me confier à mon père pendant notre séjour dans sa maison de campagne prévu la semaine suivante. Mes souvenirs de nos vacances là-bas, un an plus tôt, étaient des plus vifs, j'y avais pensé toute l'année – j'en avais même tiré une composition écrite dans mon cours de français avec comme titre « La maison où le grenier est au rez-de-chaussée ». Et là, de retour en Hongrie, je comptais les dodos avant d'y retourner, même si j'étais trop vieux pour ce genre de choses – j'avais l'âge de prendre l'avion seul et d'embrasser une fille.

Sur le quai du tram, mon père a mis fin au compte à rebours. Invoquant un imprévu, il m'a annoncé que nos vacances dans sa maison étaient malheureusement remises à une prochaine fois. Mon tram arrivait. J'y suis monté, car Klára avait raison, la nuit avait soudainement englouti la ville.

Quelques jours plus tard, ma demi-sœur m'a révélé la source de l'imprévu : « Il y emmène sa maîtresse. » On a bien rigolé.

* * *

Quatre ans plus tard, j'étais de retour en Hongrie et nous avions à nouveau prévu, mon père et moi, des vacances ensemble dans sa maison de campagne.

La semaine précédant notre départ pour le lac Balaton, je soupais chez mon père et Klára, comme le voulait la coutume. Il me décrivait les travaux réalisés à la maison et ceux qui restaient à faire.

« Toujours pas de table de ping-pong, Papa ?

– Non, mais nous avons de nouvelles latrines avec la vue entièrement dégagée vers le lac Balaton. C'est magnifique, tu vas voir. Et le grenier est toujours au rez-de-chaussée, mon fils », et il a éclaté de rire, elle était vraiment géniale, celle-là !

J'avais hâte. Mon père m'a donné les indications pour m'y rendre et les dates où il prévoyait y être. « Tu te souviens, tu prends le train jusqu'à Balatonfüred, le départ est à la gare du Sud, le trajet peut durer deux ou trois heures, tu essayeras d'attraper l'express ; à partir de Füred tu prends l'autocar jusqu'au village, c'est une petite demi-heure, mais il n'y a qu'un bus par heure ; l'arrêt est devant l'église, en descendant tu sors du village par la rue qui monte en diagonale ; à partir de la route avec les peupliers, tu grimpes sur le flanc de la montagne par un des sentiers entre les vignes, de là, tu marches jusqu'à la crête, tu vises le point le plus haut en gardant toujours le lac Balaton dans ton dos. Si au bout d'une heure tu ne vois toujours pas la maison, tu es sur le bon chemin… »

Klára a émis des doutes sur mes chances de trouver :

« Tu devrais lui noter tout ça.

– Mon fils n'est pas un idiot », a rétorqué mon père. J'ai été obligé de lui donner raison.

Après le souper, il m'a accompagné jusqu'au tram, nous en avons laissé passer plus que d'habitude et nous nous sommes fait la bise sans que mon père invoque quelque imprévu. « On se voit dans une semaine », nous sommes-nous dit.

Cette fois, c'était béton.

Entre-temps, avec les copains, nous sommes retournés au lac de Velence pour quelques jours, comme nous l'avions fait quatre ans plus tôt – comme ils le faisaient, depuis, sans moi. Planter à nouveau nos tentes sur le terrain des parents de Petya, paresser sur la plage, aller à la fête foraine et au cinéma en plein air. Tout ce programme que je m'étais inlassablement remémoré, chaque été que je passais malgré moi au Québec, faute de moyens.

Sans oser en parler à quiconque, j'entretenais le projet d'aller voir si cette fille aux yeux et aux cheveux noirs, au revers redoutable, et dont je gardais secrètement le souvenir depuis quatre ans était, par un heureux hasard, encore là, soit autour de la table de ping-pong de la plage ou, quelques rues plus loin, dans sa maison de vacances familiale.

Elle y était. Dans le jardin, en train d'arroser la pelouse, un mince T-shirt blanc tombant sur ses cuisses nues et laissant deviner le rose de ses mamelons. Elle m'a souri, et les copains ont repris le train pour Budapest sans moi, amusés et juste assez jaloux.

Ensuite, j'ai perdu la notion du temps. Chaque matin, je remettais au lendemain le projet d'aller à la maison de mon père. Pour la seule fois de ma vie, c'est lui qui m'a attendu en vain. Il a guetté mon arrivée des jours durant. Chaque soir, après le dernier bus, il descendait le flanc de la montagne jusqu'à mi-chemin vers le village, espérant voir apparaître ma longue tignasse d'adolescent entre les vignes.

À la fin de l'été, avant mon retour à Montréal, je suis retourné souper chez mon père. Je me suis expliqué : « J'ai retrouvé la fille du lac de Velence, celle d'il y a quatre ans, tu te souviens ? Je suis resté toute la semaine ; sans téléphone et sans adresse postale, je n'avais pas de moyen de te prévenir ; et après je partais avec Petya pour l'Allemagne. » Il m'a répondu, l'air badin, que ce n'était pas grave du tout, qu'il comprenait évidemment, que j'avais très bien fait de profiter de ma belle jeunesse et que la maison, elle n'allait pas bouger de là. Et pendant que Klára s'affairait à la cuisine, il a ajouté, souriant dans sa moustache : « Les femmes, par contre, c'est plus compliqué, mon fils. »

* * *

Cet été-là, celui de nos dix-huit ans, Beáta et moi avons donc repris nos échanges là où nous les avions laissés quatre ans plus tôt. Et cette fois, nous les avons poursuivis après les vacances, dans un incessant va-et-vient de lettres enflammées. L'idylle s'est conclue l'année suivante dans une sorte de match nul au terme d'un voyage d'un mois au Canada où elle était venue me rendre visite. Ça se passait plutôt bien jusqu'à ce que je me décide sans prévenir, vers la fin de son séjour, à discourir sur l'Amour. Était-ce sur une terrasse du

Vieux-Québec ou devant les chutes du Niagara, je ne m'en souviens plus, je sais juste que j'évoquais la magie du destin qui nous avait réunis autour d'une table de ping-pong, cette passion amoureuse qui avait repris si naturellement quatre ans plus tard et qui flambait encore à sept mille kilomètres du lac de Velence. Tout ça pour conclure que nous, que notre histoire, c'était le *grand amour*, ça n'avait rien à voir avec les histoires de nos parents divorcés. Je ne me souviens pas de mes mots exacts, je me souviens par contre très précisément des siens : « Ils devaient se dire la même chose. »

Sonné par le fatalisme de mon amoureuse, j'ai essayé d'y voir la marque de cette lucidité, de cet esprit rationnel que j'aimais chez elle. J'ai tenté de m'expliquer ses doutes sur l'avenir de notre relation, malgré cette passion commune pour les voyages et le tennis de table. Quoi qu'il en soit, j'avais compris que *c'était fini*.

Notre rupture m'a chagriné pendant de longs mois, le temps de croiser les yeux d'une fille au café de l'université (bleu clair, si ma mémoire est bonne). Et le temps de me raisonner : ma première amourette, devenue premier grand amour, n'aurait pu devenir ma première relation sérieuse. Aurais-je vraiment pu espérer qu'un de nous deux change de continent, qu'on se marie et qu'on fonde une famille ? À ce moment-là, nous n'avions pas vingt ans et j'avais vécu la moitié de ma vie au Canada. J'avais appris deux langues, apprivoisé une culture et je m'étais fait des amis. Je me sentais de plus en plus chez moi dans ce Québec des années 1990, au point d'avoir voté pour en faire un pays. Retourner vivre en Hongrie ou, plus improbable encore, accueillir cette fille dans ma vie chambranlante, à mille lieues de la sienne, aurait été difficilement réalisable. La vérité, c'est que je n'ai envisagé aucune de ces deux éventualités. Elle non plus. Nous vivions dans le luxe du présent. Nous étions jeunes, nous étions libres et, j'en suis encore convaincu, nous étions amoureux.

À la fin de ces vacances, avant son retour en Hongrie, nous nous sommes embrassés à l'aéroport de Montréal. Sans rien nous promettre. Nous avons cessé de nous écrire, mais nous avons gardé l'habitude de nous revoir à chacun de mes passages au pays. (Je n'ai jamais été bon pour couper des liens.)

Chapitre 19

LE DERNIER RENDEZ-VOUS

Beáta est élégante, vêtue d'une robe d'été sobre, un fin tricot couvre ses épaules. Bien que je porte une chemise pour la première fois du voyage, je réalise mon manque de préparation pour ce rendez-vous non pas galant, mais quand même. Vite fait, je replace mes cheveux ébouriffés et passe mes mains sur ma chemise fripée, sans rien arranger. En plus, je dois encore sentir l'eau thermale. Elle me cherche à travers la foule, nos regards se croisent quelques instants plus tard. Ses yeux sont toujours aussi noirs, ses cheveux ont des reflets bleutés – une teinture, probablement. Quant à son sourire si envoûtant, si subjuguant dans mes lointains souvenirs, il n'a pas le temps de prendre forme, car je l'accueille d'une phrase sortie trop vite de ma bouche :

« Tu ne veux pas aller ailleurs ? C'est plein de touristes, ici. »

Elle me répond d'un ton sec pendant qu'on se fait la bise.

« Comme tu veux. »

Je regrette d'avoir si cavalièrement défait ses plans. Après tout, je suis l'invité. Nous nous mettons à la recherche d'une meilleure option dans les rues avoisinantes, balade durant laquelle j'apprends qu'on s'éloigne de sa voiture, que ses chaussures lui cassent les pieds et qu'en ce samedi soir – comme je peux le constater – les restos sont bondés.

Au bout de vingt minutes, nous trouvons une petite pizzéria avec deux places en terrasse donnant sur la Grande Synagogue de la rue Dohány, joliment illuminée. Sans contredit, l'endroit est plus sympathique que notre lieu de rendez-vous initial. Sur ce point, je n'insiste pas, et elle, de son côté, ne relève pas la présence de touristes tout autour de nous. Je crois la trêve établie. Une fois les menus devant nous, j'ai envie de recommencer la soirée sur une bonne note, avec un souvenir commun.

« Tu te rappelles la pizzéria au lac de Velence où on allait chercher de la pizza aux ananas ?

– Pas vraiment.

– Les baraques près de la gare, non ?

– Ça oui, mais la pizza aux ananas, c'est sûr que je n'aurais jamais mangé ça. »

Je ne la contredis pas, mais j'insiste sur l'essentiel :

« Tu ne te souviens pas, on les bouffait sur la jetée ?

– Pas vraiment », répond-elle encore sans lâcher le menu du regard et sans avoir fourni, me semble-t-il, un minimum d'effort pour se rappeler nos soirées au bord du lac.

La synagogue de l'autre côté de la rue Dohány en impose. On dirait une basilique catholique, mais avec des motifs étoilés et des inscriptions en hébreu. On y reconnaît des influences byzantines ou mauresques avec ses briques jaunes et rouges, son vitrail rose surplombant l'entrée principale, son portail en fer forgé. Des visiteurs entrent et sortent, surveillés par des policiers. Les bulbes des deux coupoles dorées reposent sur des tours jumelles, hautes d'une quarantaine de mètres. Ornant chacune, une horloge. Les aiguilles ne bougent pas. La soirée s'annonce longue.

« Qu'est-ce qu'elle est majestueuse, cette synagogue, dis-je. Ça me rappelle comme tu as été étonnée d'apprendre que j'étais à moitié juif, tu te souviens ?

– Pas vraiment.

– Non ?

– Oui, elle est très belle. Elle attire beaucoup les touristes.

– La plus belle que j'aie vue. La plus grande certainement. »

Le serveur nous apporte nos pizzas. Nous les entamons, sans lever les yeux pendant de longues secondes.

« C'est bon.

– Oui, c'est pas mal. »

Je lui pose quelques questions toutes simples, serties d'involontaires « tu te souviens » et « tu te rappelles ». Ça l'agace. Mes évocations du passé sont, à chaque reprise, balayées du revers de la main à coups de « pas vraiment ».

Au moment d'entamer notre deuxième pointe de pizza, nous nous rabattons sur le quotidien. Sur le sien puisque je la laisse parler. Elle m'informe de l'achat d'une voiture par son mari, de la rénovation de sa salle de bains, sujets qui, étalés comme ça, détachés des liens du passé tout comme d'un quelconque avenir partagé, m'apparaissent dans toute leur banalité. J'ai l'impression d'écouter une inconnue parler au téléphone dans un train. Au fond, Beáta m'est de plus en plus inconnue. Grâce à Facebook, je sais qu'elle est mariée, sans enfants, employée d'une entreprise publique, et qu'elle voyage régulièrement.

Ses paroles se dissipent au-dessus de notre table, son regard me traverse. Le mien fuit, il se promène entre mon assiette, le va-et-vient du serveur, les clients des tables autour, les passants joyeux, bruyants. Et quand, par hasard, il croise les yeux noirs de mon ancienne amoureuse, elle les baisse.

Je lui renvoie des réponses toutes faites. « Ah oui, ce n'est jamais simple, des rénovations, c'est toujours plus long que prévu – et plus cher aussi ! Une voiture, ça reste pratique, même en ville. » Je suis content qu'elle ne me pose pas de questions.

Nous entamons le troisième quart de notre pizza en silence.

Je me demande pourquoi nous nous voyons encore, Beáta et moi. Je pense connaître mes raisons : pour me rappeler une période de ma vie, heureuse et déterminante, celle du premier grand amour. Mais elle ? Par politesse et pour profiter d'une occasion, pas si fréquente, d'une sortie le samedi soir dans un restaurant du centre-ville ? Avec quelqu'un de qui elle doit au moins garder – profondément enfoui – un souvenir heureux et déterminant. Il doit bien rester quelque chose de cela. Mais quoi ? De toutes les questions, c'est la seule que j'aimerais vraiment lui poser.

Dans une ultime tentative, je lui demande :

« Tu y vas encore, au lac de Velence ?

– Pas vraiment, répond-elle, notre pavillon de vacances est vendu, je préfère voyager à l'étranger. »

Je n'ai pas le temps d'ajouter « dommage ». Elle se lance avec entrain dans le sujet. Sans conteste, l'évocation de l'ailleurs procure chez elle un engouement plus vif que l'évocation du passé. Elle me fait l'impressionnante liste de ses voyages, précisant qu'elle ne voyage pas pour cocher des pays sur une liste. « Moi, un peu », dis-je sur un ton inutilement provocant, et je lui rappelle cette vieille mappemonde du *National Geographic* où je colle des points bleus. « C'est la première chose que je fais en rentrant de voyage. » Cet artefact qui me suit depuis mon adolescence ne lui dit rien et nous poursuivons la conversation dans une surenchère puérile de pays visités.

Beáta parcourt le monde avec son mari et quelquefois – de plus en plus rarement, plus jamais, en réalité, finit-elle par lâcher – avec sa copine du *gimnázium*, dont je garde le souvenir. Cela l'étonne.

« Tu la vois souvent ?

– Pas vraiment, c'est compliqué, elle a des enfants, une famille et tout. »

Et elle ajoute, dépitée : « Comme tout le monde. »

À l'évocation de ses voyages, voitures et rénovations, j'avais déduit qu'elle menait une vie confortable, enviable même, et qu'il ne lui manquait rien. Je comprends que je me suis trompé. Je réplique, jovialement :

« Pas moi, je te rappelle.

– Ce n'est pas pareil pour toi. Toi, tu ne veux pas d'enfants ! »

Qu'est-ce qu'elle en sait ? me dis-je. Qu'est-ce qu'en sait quiconque, au juste ? Je ne parle jamais de paternité à personne. Même à mes amis les plus proches qui « respectent et comprennent mes choix ». À vrai dire, je n'en ai jamais parlé avec Marianne, non plus, autrement que comme d'un vague projet parmi d'autres. Les voyages, mon livre, cet appartement, ce contrat, ces sorties culturelles – puis un marmot, si jamais.

Il ne reste que quelques bouchées dans nos assiettes.

« Vous essayez depuis longtemps ? »

Chipotant de sa fourchette sur un morceau de pizza, Beáta me raconte sans pudeur ses problèmes de fertilité. Confidence qu'elle me récite plutôt, là encore, comme un texte souvent répété avec des collègues et des amis, peut-être même avec des quasi-inconnus. Des enfants, son mari et elle en ont toujours voulu, ils en voudraient encore. Ils ont tout essayé, y compris des interventions médicales longues et onéreuses avec comme seuls résultats des déceptions : incompatibilités, échecs, fausses couches. De quoi user ses nerfs, son corps, son budget, et évidemment sa relation.

Je ne sais quoi dire. J'entrecoupe son récit de formules convenues. J'alterne le « ça doit être difficile » et le « ça ne doit pas être facile ». Parfois, je dis « c'est triste ».

Je pourrais en rajouter, essayer de la réconforter. Lui dire qu'une vie sans enfants peut avoir ses avantages, ses plaisirs, son sens. Des choses que je suis habitué à dire, à me raconter surtout. Avec plein d'autres réflexions pour me contredire. Des idées pêle-mêle sur mon désir de transmission. Je pourrais parler de ces raquettes de ping-pong offertes à ma nièce, jamais déballées – « ce n'est pas son truc », l'a défendue ma sœur. Lui dire que je comprends son désir d'avoir des enfants parce que, tout bien considéré, à quoi sert un héritage si on n'a pas d'héritiers ? À quoi bon avoir des histoires à raconter s'il n'y a personne pour les entendre ?

Je ne dis rien de tout ça. Il est trop tard. Nos assiettes sont vides.

Nous laissons un silence serein s'installer et quand le serveur vient proposer les desserts, nous demandons les additions. D'une seule voix. Premier moment d'accord sans équivoque de nos retrouvailles.

En quittant le restaurant, je demande à Beáta si elle veut que je la raccompagne jusqu'à sa voiture. Poliment, elle refuse et me demande si j'ai besoin d'indications pour rentrer. Je dis

« non, merci ». Nous nous faisons la bise et repartons chacun de notre côté, en sachant que nous ne nous reverrons plus jamais.

* * *

J'emprunte l'avenue Bajcsy, qui, je le sais, aboutit tôt ou tard sur le Körút. Je peux marcher tête baissée, sans craindre de m'égarer. Le reflet des lampadaires guide mes pas flottants. L'effervescence nocturne de la ville s'étouffe au loin. Les piétons se font fantômes, les voitures glissent, muettes, dans le chaud soir d'automne.

À la place de l'Ouest, je lève les yeux sur l'immanquable édifice brun en verre dépoli. Aujourd'hui, les enseignes géantes Libri et Décathlon dominent l'assemblage de polygones. « On dirait des Lego ! » disais-je à ma mère quand on suivait sa construction dans les années 1980. Dans le temps, c'était la place Marx, et le centre commercial s'appelait le *Skála Metró*. Le *nec plus ultra*, le plus grand du pays. *Là où vous voulez aller*, vantait le slogan. Nous, on y allait pour acheter des chaussures et des sous-vêtements, seuls éléments neufs de ma garde-robe. C'était un peu cher mais pratique, notait ma mère, parce que situé près de son travail. Et il y avait du choix ! S'il avait fallu déceler un indice de la chute prochaine du régime communiste, c'est dans les allées débordant de produits et de clients qu'un œil avisé l'aurait trouvé. Pas celui de ma mère, de toute évidence. La géopolitique n'a jamais été son fort.

Dans le souterrain qu'il faut emprunter pour traverser la rue, assez crade, hier comme aujourd'hui, il y a des casse-croûte, des boutiques bon marché, des kiosques à tabac – et un bistrot. C'est là que mes parents se sont vus pour la dernière fois. Pour sceller l'entente autorisant ma mère à quitter le pays avec ses enfants *pour toujours.*

Alors que je connais le lieu du dernier rendez-vous de mes parents, je ne sais rien de celui où a eu lieu le premier.

Une sorte de brume entoure les premières années de fréquentation de mon père et ma mère. Je sais qu'ils se sont rencontrés à l'occasion d'une fête dans l'appartement d'une connaissance commune, et je sais qu'ils se sont fréquentés pendant deux ans avant de se marier le 21 mai 1969. Ce jour-là, ils avaient vingt-quatre ans. De cette période, aucune photo ni anecdote ne subsiste, ce qui est tout aussi curieux pour un fiancé photographe que pour une fiancée qui a toujours aimé se raconter. Pendant ces deux années, mes parents habitent toujours dans l'appartement de leur enfance, chacun de son côté du Danube. Ma mère, côté Pest dans la rue Pozsonyi, avec Mamie, tandis que, côté Buda, mon père habite rue Városmajor, avec tout ce qu'il compte comme famille, sauf son père, bien entendu. Le cinq-pièces loge alors sa mère et ses grands-parents octogénaires, son frère, sa belle-sœur et leur bambin, ainsi que deux ou trois chats qui, à l'instar des autres résidents des lieux, sont à la charge de Grand-Mère. C'est dans l'agitation permanente de cet appartement que ma mère et mon père trouvent la paix pour passer des nuits ensemble. Les possibilités d'agrément devaient être moindres dans la chambre à coucher attenante à celle de Mamie qui, dès le départ, désapprouvait la relation de sa fille avec ce garçon frivole. Il eût été fils de médecin que cela n'aurait pas arrangé son cas.

Par contre, c'est l'appartement de Mamie, celui qu'elle a tant aimé, avec vue sur l'île Marguerite, rempli des souvenirs heureux avec son défunt mari, qui a dû être échangé contre deux plus petites unités quand sa fille a décidé de se marier. La politique de répartition des logements favorisait ces transactions si cela pouvait permettre à une jeune famille d'en profiter. Perte nette pour Mamie, mais gain indirect pour Grand-Mère qui a, au moins, vu son aîné quitter sa maison surpeuplée. Au final, tout le monde y gagnait, je crois, dans cet arrangement qui a pourvu Mamie d'un appartement certes modeste, mais confortable et à proximité du parc Szent István, et les jeunes mariés, d'un foyer autonome de trois pièces sur le Körút.

L'époque et le milieu d'origine de mes parents n'étaient pas particulièrement conservateurs, mais les étapes de la vie de couple répondaient, par la force des choses, à un enchaînement plus ou moins établi. Le premier grand amour qui se dissout dans l'insouciance de la jeunesse et, ensuite, cette relation sérieuse, celle qui mène au mariage et à la fondation d'une famille. Ainsi donc, moins de deux ans après s'être connus, mes parents se sont promis, devant juge et témoins, fidélité, respect et soutien mutuel à tout jamais.

Puis-je en conclure à la précipitation de ce mariage, comme Mamie l'a toujours cru ? Difficile d'en juger. Par contre, en l'absence de lettres d'amour, de photos de couple ou d'anecdotes des premières années de fréquentation, ou d'un quelconque souvenir de geste affectueux de l'un envers l'autre, il serait hasardeux de conclure que ma sœur et moi avons été le fruit d'une grande passion amoureuse. En fait, pour le dire crûment, je n'ai jamais compris pourquoi mes parents, aux personnalités et aux intérêts si différents, se sont même donné un premier rendez-vous.

« J'ai à te parler », lui a dit ma mère au téléphone. Mon père se doutait que c'était grave. Autrement, ma mère parlait, sans autre forme d'avertissement.

« Et ne sois pas en retard, j'ai une cliente juste après ! »

Elle s'est libérée, entre deux paires de jambes à épiler. Quand mon père est arrivé dans le bistrot, elle avait déjà étalé les papiers sur la table haute. « Voilà, pendant mon voyage en Amérique, je me suis mariée. » Elle a expliqué avoir tout en main pour quitter le pays en toute légalité : les documents validant son union avec un citoyen canadien, la demande d'immigration acceptée ; il ne manquait que la signature du père des enfants pour autoriser leur départ.

Mon père l'a écoutée en silence, dépité sûrement, comme un mauvais élève qui reçoit, dans le bureau du directeur, la sentence ultime pour son énième mauvais coup.

Il n'a pas protesté.

Je vois mal en vertu de quoi mon père aurait pu s'opposer au projet. Le sacro-saint droit d'un père d'avoir ses enfants près de lui ? Il lui aurait fallu s'en prévaloir plus tôt et plus souvent. Promettre qu'il serait désormais un père plus présent ? Il était trop tard. Aucun argument convaincant n'a franchi ses lèvres. D'autant plus que notre émigration signifiait – ma mère le lui a clairement fait comprendre – la fin des poursuites judiciaires lui réclamant une décennie de pension alimentaire impayée.

« Il a signé sans poser de questions ! » m'a relaté ma mère, encore scandalisée, des années plus tard. Elle m'a raconté l'épisode plusieurs fois, chaque fois qu'elle sentait le besoin d'être rassurée quant à la justesse de sa décision, la plus importante de sa vie. « J'ai demandé à ton père : “Tu n'as pas de questions ? Tu ne veux pas savoir où tes enfants vivront ?

Avec qui ? Dans quelles conditions ?" Il n'a rien demandé ! Rien. Et tu sais ce que ton père m'a répondu ? "Avec toi, je sais qu'ils seront entre de bonnes mains." »

On pourrait imaginer pire réaction dans pareilles circonstances.

En passant devant l'endroit où l'entente autorisant notre émigration a été conclue entre mes parents, je baisse la tête.

Chapitre 20

UN HOMME À MARIER

Dans les histoires écrites par mon oncle, la femme de Papa-à-Barbe (son *alter ego*), la mère de Ti-Frisé (mon cousin), s'appelle Maman-Rouquine (ma tante). C'est vers son immeuble de briques roses, rue Garay, que mes pas me dirigent en ce dimanche ensoleillé.

Les aventures que mon oncle faisait vivre à ses personnages tenaient en quelques pages. Une sortie à la plage qui se termine par un coup de soleil pour Tante-Tannante, un après-midi au parc avec Mémé-Maniaque joyeusement gâché par l'orage, ou l'adoption d'un chaton, en catimini, avec la complicité de Frangine-Taquine. Élément déclencheur ténu, intrigue mince, épreuves banales, tension dramatique inexistante, dirait un critique de cinéma. Il n'y a pas de bons, de méchants, ni de héros vertueux et volontaires. L'enfant au centre des récits n'a ni malice ni caprices, il se laisse porter, observant avec amusement, à l'instar de son père, le déroulement des événements. Les personnages autour de lui sont imparfaits mais attachants, on leur pardonne leurs travers parce qu'ils ont, au fond, « bon cœur ». Et, à la fin, il n'y a pas de chute inattendue, de moment cathartique et encore moins de happy end gluant de bonnes intentions, couronné d'une morale. Ou alors juste assez pour conclure que, dans la vie, tout ne se déroule pas comme prévu.

Son regard cynique, mon oncle le réservait aux grands. Sa poésie, à la voix dissonante, évoque tour à tour la nostalgie de l'enfance, la mère aimante, le père absent, les certitudes et les incertitudes de l'après-guerre, l'avenir verrouillé de la jeunesse et, dans ses derniers textes, son cancer qui fera de Ti-Frisé un orphelin à quatre ans, et de Maman-Rouquine, une veuve à vingt-cinq. Mais encore là, toute son œuvre est traversée par cette idée que, bon, on ne va quand même pas s'énerver pour un oui ou pour un non :

sur le mur des toilettes publiques
à côté des obscénités
j'ai écrit un sonnet

Dans une de ses histoires, ma préférée peut-être, Papa-à-Barbe doit emmener son fils à la garderie et ensuite accomplir une série de tâches ménagères que sa femme lui confie le matin, avant de partir au travail : passer à la blanchisserie, parler au concierge concernant la fuite d'eau, acheter des fruits et du pain.

Papa-à-Barbe remua tristement sa tasse de café noir et demanda à Maman-Rouquine :

« La postérité pardonnera-t-elle au poète qui, en raison de la pléthore de choses à faire, ne put lui léguer que des poèmes trop brefs ?

– Elle lui en sera même reconnaissante, répondit Maman-Rouquine qui était terriblement belle, ses joues à peine parsemées de taches de rousseur.

– *Hum. Hum.*

– *Puis assure-toi que ton fils ne parte pas encore une fois à la garderie en pantoufles !* »

Ils arriveront bien chaussés, mais en retard. À cause des marrons sauvages sur le chemin, que Ti-Frisé collectionne. La directrice de la garderie leur ferme la porte au nez :

Je suis également navrée, cher Papa. Mais je suis certaine que vous comprendrez que votre fils ne pourra se joindre à nous aujourd'hui. Notre règlement stipule clairement que les politiques établies et acceptées de notre communauté s'appliquent à tous les retardataires sans exception. À demain !

S'ensuit une journée de vadrouille père-fils : arrêts au terrain de jeux, à la pâtisserie (pour dîner, des nouilles aux graines de pavot), au cinéma (pour la sieste), et pour couronner le tout, un aller-retour au belvédère du mont Szent János en télésiège – payé avec l'argent destiné à régler la note de la blanchisserie. L'unique tension dramatique du récit est de savoir : comment, de retour à la maison les mains vides, va-t-on s'expliquer à Maman-Rouquine ?

« L'affaire est que… hum… hum… Tout a commencé quand… hum… hum… », marmonna Papa-à-Barbe dans sa moustache.

Toute la soirée, on aurait dit que Maman-Rouquine était fâchée. Elle ne rouvrit la bouche qu'au moment du bain de Ti-Frisé, pour dire d'une voix toute bizarre :

« J'ai attendu la dernière année du Gimnázium avant de faire l'école buissonnière ! Que deviendra notre fils, qui

commence à la garderie ?» soupira Maman-Rouquine alors qu'elle était terriblement belle, ses joues à peine parsemées de taches de rousseur.

Les récits de mon oncle ont trouvé une place dans le cœur de milliers de lecteurs, jeunes et moins jeunes, alors que ces derniers ne connaissaient même pas les personnages « dans la vraie vie ». Passer une journée de semaine à flâner en ville avec son père – ou avec sa mère – alors qu'on devrait être à la garderie est le genre de chose dont tout le monde a rêvé. En tout cas, moi, j'en ai rêvé et, pour tout dire, j'en rêve encore.

* * *

Sur toute la longueur de la pièce, côté gauche, une bibliothèque en mélamine blanche recouvre le mur, du plafond au plancher. Pendant que ma tante fait chauffer l'eau du thé, je promène mes yeux sur les quelques mètres d'étagères. Elles me sont familières, comme tout le reste de cet appartement de trois pièces. Je connais bien la chambre d'amis, anciennement celle de mon cousin, aujourd'hui un bureau. Comme chez à peu près tout le monde, le classement des livres reste inchangé, malgré les années qui passent. Je reconnais la petite section avec les publications de mon oncle en plusieurs exemplaires, à côté des recueils collectifs où ses poèmes sont cités, et, tout en bas, l'encyclopédie de l'Académie des sciences hongroises, qui s'arrête à la lettre J. Ma tante revient avec la théière, la dépose sur la table basse, remplit nos tasses et s'installe sur le canapé, le dos appuyé contre un coussin rouge, dans cette position qui n'a pas changé non plus avec les années. Une jambe étendue, l'autre repliée vers l'intérieur, tasse de thé dans une main, cigarette dans l'autre.

Ma tante a aujourd'hui la jeune soixantaine. Ses cheveux forment toujours un halo roux autour de son visage. À vingt ans, cette femme à la voix claire et aux gestes délicats a pris sur elle les responsabilités d'une chef de famille, soulageant Grand-Mère de nombreuses obligations domestiques, voire parentales – et elle est même devenue l'archiviste attentive de nos histoires familiales.

Elle a aussi su mettre un peu de plomb dans la tête de mon oncle. Ce n'était pas gagné d'avance. Au moment de leur rencontre, il avait à son compte, à tout juste vingt-cinq ans, deux mariages, un divorce et un enfant. Pour être précis, le premier mariage de mon oncle a été annulé à la dernière minute à cause de l'intervention des parents de la fiancée, qui n'avait pas encore dix-huit ans. La cérémonie a toutefois été maintenue comme prévu, à un détail près. Sur les faire-part, mon oncle a simplement rayé le nom de sa jeune promise au stylo et ajouté celui d'une récente conquête, qui deviendrait la mère de ma cousine. Il avait un talent incontestable pour créer de bonnes histoires.

Mais, sans ma tante, sa carrière n'aurait pas été la même. Elle l'encourageait à écrire et à publier, surtout. Elle était cette inestimable première lectrice, ni trop sévère ni groupie. Et c'en a été fini de l'époque où il devait mettre sa machine à écrire en gage pour boucler les fins de mois.

Après la mort de mon oncle, d'éditrice bénévole, ma tante est devenue réviseure professionnelle. Le métier lui a permis, pendant un certain temps, de mener une existence confortable et même de payer, sans trop de sacrifices, quelques petits luxes : des cours d'anglais et de guitare pour son fils, une Polski Fiat, des vacances chaque été au lac Balaton, et même une fois à Paris et une autre fois à Venise. Elle travaillait alors pour l'Académie des sciences hongroises, qui publiait une encyclopédie des noms propres. Après le changement de régime, l'entreprise a été privatisée, tout est devenu compliqué et ses contrats ont cessé quelque part au milieu de la lettre J.

Au début de ces années d'incertitude, ayant alors la mi-trentaine, ma tante songeait à tout balancer là pour émigrer avec son garçon, comme l'avait fait ma mère quelques années plus tôt. Par cette même voie qui au départ paraît bien droite, mais qui en cours de route se révélera tortueuse : le mariage avec un Hongrois qui vit à l'étranger. Elle avait fait quelques rencontres galantes, par le biais de petites annonces, avec des Américains de la diaspora en visite à Budapest. Des hommes arrivés au milieu de leur vie, divorcés ou célibataires endurcis qui, après erreurs et déceptions, désiraient tout recommencer. Par cette voie qui au départ paraît bien droite, mais qui en cours de route se révélera tortueuse : le mariage avec une femme de leur pays natal.

L'élu de ma tante s'est révélé être un homme bien et d'une grande gentillesse. Il avait un emploi stable comme technicien de laboratoire dans une entreprise connue, une maison en banlieue de New York, une calvitie naissante. Il avait quitté la Hongrie avec ses parents au moment de la révolution de 1956. Il était alors adolescent : assez jeune pour apprendre l'anglais sans trop garder d'accent, obtenir un diplôme, dénicher du travail, mais trop vieux pour trouver entièrement sa place dans son nouveau pays (même si István se faisait appeler Steve). À la chute du rideau de fer, il était enfin retourné au pays. Expérience déstabilisante et en même temps réconfortante, disait-il en glissant sa main vers celle de ma tante sur la nappe blanche. Ma tante l'écoutait, un peu distraite par l'orchestre tzigane du Mátyás Pince. Personne ne croirait qu'elle avait soupé ici, dans ce restaurant pour notables. Et il avait eu cette idée, poursuivait-il, la voix cassée, qu'avec une femme qui partageait ses origines, qui voudrait aussi repartir à neuf, il serait possible, peut-être, de combiner leurs deux mondes… Il avait toujours voulu se marier, il aurait aimé avoir des enfants, élever celui de sa future femme l'enchanterait, avait-il dit à ma tante. Elle avait alors la main dans la sienne. Ses taches de rousseur irradiaient.

« Que dirais-tu de voir l'Amérique, de passer quelques semaines chez moi cet été ? »

Ma tante, fébrile, mais sur ses gardes, a accepté l'invitation. István-Steve s'est montré aussi généreux chez lui qu'à Budapest et aussi attentionné en personne qu'au téléphone. Cela faisait longtemps qu'elle n'avait pas eu de vraies vacances et qu'elle ne s'était pas sentie aussi libre, aussi belle. Et lui, il ne s'était pas imaginé à quel point les sorties au buffet chinois, dans un pub du centre-ville, au cinéma multisalle, ou le *road trip* dans les Adirondacks à bord d'une Chevrolet Cavalier, et la nuit dans un petit hôtel avec air climatisé séduiraient cette femme curieuse au tempérament doux.

L'été suivant, ma tante est retournée chez Steve, cette fois avec son fils qui avait alors treize ans. Sur le chemin du rêve américain, elle ne franchirait toutefois pas le point de non-retour. Durant ce second séjour, certains détails la chicotaient : l'absence de bibliothèque dans la maison de son hôte, la télé toujours allumée, et cette prise de conscience, au cours de leurs discussions, qu'ils avaient beau parler la même langue, être nés dans le même pays, ils n'avaient pas la même Hongrie en commun.

Ma tante a demandé à Steve un peu de temps. Avant de prendre sa décision, elle ferait un court voyage sans lui, au nord de New York, avec son fils. Steve lui a dit « bien sûr », et une semaine plus tard, à son grand désarroi, elle lui a annoncé, d'un filet de voix : « Merci pour tout, mais ça ne marchera pas. »

C'est à cause de moi, je pense.

* * *

Pour égayer cette période de réflexion, ma tante et mon cousin étaient montés dans l'autocar Greyhound qui faisait New York-Montréal. Je me réjouissais de cette visite inespérée. Par manque d'argent, mon plan de partir en Hongrie après l'année scolaire était tombé à l'eau ; cela me consolait qu'un peu de mon pays vienne à moi, gratuitement. Il faudrait par contre ranger ma chambre, là-dessus, ma mère et moi étions d'accord.

Le reste de notre nouvel appartement demandait aussi sa part d'attention. Des boîtes de carton jonchaient encore le couloir, on manquait de vaisselle, la décoration restait minimale – les natures mortes héritées de Mamie, les laminés de Van Gogh et de Klimt demandaient encore à être accrochés. Ma mère et moi venions tout juste de déménager de l'avenue Victoria à la rue Isabella, près de l'autoroute Décarie, dans un quatre-pièces propre et bon marché. Ma sœur, à presque vingt ans, se cherchait des racines quelque part au Tibet ou en Israël, je ne m'en souviens plus, mais c'était avant qu'elle s'en trouve en Hongrie, pour quelques années du moins. Sa chambre serait libre pour ma tante et un matelas au sol de la mienne suffirait pour moi. « Ton cousin prendra ton lit, bien sûr. »

J'ai mis des efforts dans la décoration de ma chambre. Au milieu de mon étagère, j'ai posé le lecteur Sanyo de ma sœur avec mes quelques cassettes, que je n'écoutais pratiquement jamais. Sur un mur, j'ai collé une affiche de Bon Jovi – dont je connaissais deux chansons – et celle de *La Société des poètes disparus*, qu'on avait projeté dans mon cours d'anglais, et sur l'autre mur la mappemonde du *National Geographic* piquée de points jaunes indiquant les pays que je voulais visiter un jour. Il y avait aussi, bien sûr, ma photo de *poster child*. Au plafonnier, j'ai accroché les médailles remportées deux années de suite au tournoi de ping-pong de l'école et puis, dans le liège d'un tableau au-dessus de mon bureau, j'ai punaisé une photo d'Einstein tirant la langue, une autre prise lors de la sortie scolaire à la cabane à sucre où on me voyait assez bien, et la carte postale de Dubrovnik reçue de Petya deux ans plus tôt. Le drapeau à feuille d'érable en plastique reçu avec ma citoyenneté canadienne décorait le dessus de ma porte. Sur ma table de chevet, j'ai posé un téléphone rouge avec, collée dessus, la liste des numéros de mes amis, même si je les connaissais par cœur. Sur ma table de chevet, j'ai empilé mes *Lucky Luke* et Agatha Christie, et ce roman d'Ajar qui n'avançait pas. Mise en scène réussie, même ma mère était ravie : « Tu vois, quand tu fais un effort. »

En réalité, cet été de mes seize ans, je végétais devant la télé, attendant la rentrée scolaire. Mes quelques amis passaient leur temps au chalet de leurs grands-parents ou étaient partis avec papa et maman sur la côte amalfitaine, des trucs comme ça. Au terrain de jeux, là où sport et territoire étaient régis par des appartenances ethnoreligieuses plus ou moins étanches, je ne savais choisir mon camp ; et le pneu crevé de mon vélo Canadian Tire ne s'était pas remplacé tout seul, là-dessus, ma mère avait eu raison.

Au moins j'avais un boulot. Au dépanneur Eva sur Queen-Mary. Quelques heures tous les deux jours, le temps de remplir, sous le regard de la vieille mégère de propriétaire, les frigos de pintes de lait et de bières, de trafiquer la date de péremption sur les aliments, et de laver les sols de linoléum. Les cinq dollars de l'heure que je gagnais m'ont servi à profiter de cette semaine mémorable en compagnie de mon cousin. Nous flambions ma paie aux jeux d'adresse de La Ronde, en parties de bowling et de minigolf, et au stade olympique où nous sommes allés voir les Expos, avec arrêt chaque jour dans un fast-food pour manger une poutine au vinaigre, entre autres délices qu'il ne connaissait pas. Et en rentrant à la maison, on se jetait sur mes VHS d'humoristes québécois débiles que je traduisais avec un certain succès. Il n'était pas si mal, mon pays d'accueil, finalement.

Cette visite réjouissait également ma mère. Elle trouverait en son ex-belle-sœur une confidente affable, alors qu'elle venait de divorcer d'avec le Canadien d'origine hongroise qu'elle avait épousé précipitamment cinq ans plus tôt.

Les deux femmes se sont tout de suite mises d'accord : leurs histoires étaient différentes ; on pouvait bien sûr tirer des leçons de l'expérience malheureuse de ma mère, mais sans plus, parfois on tombe juste sur un mauvais numéro. Dans le cas de ma mère, sur le dernier des imbéciles. Mais elle n'a pas dit ça. Elle a parlé d'« un type un peu bourru ». Je me suis retenu de rajouter des qualificatifs sans édulcorants – perfide, menteur, venimeux – et l'ai laissée continuer :

« Au final, on s'en sort bien, non ? Les enfants font leur vie, je suis ma propre patronne, cet appartement n'est pas mal, le salami ne pousse toujours pas dans les arbres, mais personne ne manque de rien, n'est-ce pas ? »

Le dernier soir du séjour de nos invités, mon cousin et moi avons laissé tomber les sketchs d'humour pour rejoindre la discussion de nos mères. Ma tante pesait, une énième fois, le pour et le contre de son projet d'immigration. Elle parlait sans hâte, assise en tailleur sur le sofa du salon, une tasse de thé dans une main, une cigarette dans l'autre. D'un côté, il y avait l'espoir de voir son fils perfectionner son anglais, obtenir une éducation occidentale, *un avenir pour ainsi dire assuré.* Pour la vie sociale de ce dernier, pas d'inquiétude, un garçon sensible et intelligent trouverait ses repères rapidement, *les enfants s'adaptent à tout.* Dans l'autre colonne, celle des désavantages, il fallait inscrire la question la plus urgente : quel emploi pourrait-elle occuper, avec son anglais rudimentaire et son diplôme de littérature hongroise ? Et puis, il y avait la question de sa vie sociale à elle. Ses copines seraient loin, allait-elle en trouver de nouvelles ? Probablement en fréquentant les organisations de la diaspora, pour commencer. Il fallait aussi penser à ses parents vieillissants et même à sa belle-mère. On n'allait pas compter sur sa sœur, ou sur mon père, s'il fallait – *Dieu nous en garde* – qu'il leur arrive quelque chose. Parce que les retours en Hongrie, ce serait tous les deux ans, au mieux, *les billets d'avion coûtent les yeux de la tête.* Mais bon, il fallait bien l'avouer, a-t-elle dit :

« L'Amérique, ce n'est pas la Hongrie, la vie y sera forcément toujours meilleure.

– Ça dépend pour qui », suis-je intervenu sans réfléchir.

Et j'ai ajouté : « De loin, tout peut paraître très beau. »

Pendant le silence qui a suivi, j'ai évité le regard de ma mère.

Le lendemain, dans l'autocar qui les emmenait jusque vers New York, tandis que la tête de son fils endormi reposait sur son épaule, ma tante n'a pas fermé l'œil de la nuit. Au moment de descendre de l'autocar devant Penn Station, elle avait pris sa décision.

Chapitre 21

LE PÈRE IDÉAL

« Je n'ai jamais regretté d'être restée ici, tu sais », me dit ma tante quand j'évoque son séjour américain alors que l'on compare, avec les généralités d'usage, la vie « de chez vous » et « de chez nous ».

« En tout cas, je ne serais pas mécontent d'avoir un logis gratis à Manhattan, à quelques heures de chez moi.

– Difficile de savoir ce que mon fils et moi serions devenus, mais au moins, là, j'ai la certitude que malgré tout, on s'en sort bien. Chacun fait sa vie, le salami ne pousse toujours pas dans les arbres, mais nous ne manquons de rien. »

Avant de s'allumer une nouvelle cigarette, ma tante se lève et, de sa démarche légère, va ouvrir la porte du balcon. Elle nous ressert du thé et reprend sa pose de muse sur son canapé-lit. Un murmure chargé de poussière monte de la rue Bethlen.

« Avant que j'oublie, dis-je, j'ai parlé à Maman avant-hier, elle m'a dit de te transmettre ses salutations *impérativement.*

– J'allais demander : comment va-t-elle ?

– À la retraite depuis quelques années. Elle joue à la grand-mère, à l'intérieur des limites établies par sa fille et son gendre. Sa vie sociale est limitée, aussi, puisant uniquement dans le bassin des vieux Hongrois de Toronto. Sa pension de vieillesse suffit tout juste pour payer ses comptes. Ironiquement, c'est sa ridicule pension hongroise qui lui permet de se payer ses petits luxes.

– Sa vie ne serait pas meilleure si elle était restée ici, je t'assure.

– Parfois je me dis que ce serait du pareil au même. Avec un peu plus d'amis, puis des films au cinéma et des émissions de télé qui lui parlent.

– Autant je n'ai jamais regretté de rester ici, autant je continue à croire que ta mère a bien fait de partir.

– C'est quoi, la différence ?

– Ton père.

– Mon père ?

– Avec ce qu'il lui a fait, je n'aurais pas aimé non plus vivre avec ça ici toute ma vie.

– À un moment donné, elle en serait revenue, non ? »

Ma tante me répond d'un ton brusque :

« Ce n'est pas toi qui aurais eu à vivre avec *ça*, encore et toujours, et pendant des années encore. »

Ma tante se lève et retourne à la cuisine pour remettre de l'eau à chauffer. J'ai peur de lui avoir déplu. Bien sûr, il y a cette fameuse affaire de ma demi-sœur qui a fait définitivement éclater le mariage de mes parents.

En revenant avec la théière pleine et le cendrier vide, ma tante me lance, avant même de s'asseoir :

« Il suffit de penser à la façon dont ta mère l'a appris.

– Elle l'a su comment, au fait ?

– À la clinique pour enfants du quartier, dans la rue Victor-Hugo. »

Elle laisse la phrase en suspens, comme pour me laisser absorber l'information. Elle prend une bouffée de tabac, suivie d'une gorgée de thé, et me fait le récit des événements, que je me projette comme une scène de film :

Ma mère entre chez le pédiatre avec moi, son nouveau-né. Échanges, salutations furtives avec les autres mamans. « Prière de patienter dans la salle d'attente », indique un carton à l'entrée. La réceptionniste appelle les patients par le nom de famille des enfants. Ma mère s'installe sur une chaise en plastique orange. Des affiches collées aux murs rappellent aux jeunes femmes leurs responsabilités : ne pas envoyer leur enfant à la pouponnière avec des poux ou l'influenza, prendre rendez-vous pour les vaccins contre la polio et autres. Pour ce qui est de leur bien-être à elles, un slogan sur l'affiche du ministère de la Santé proclame que « dix minutes de jogging par jour, c'est dix années de gagnées ». Ma mère porte son attention sur la douzaine de mamans et leurs enfants. Elle distingue aisément celles qui ont dans les bras des enfants fiévreux de celles qui, comme elle, sont là pour un examen de routine, pour entendre les seuls mots qui comptent : votre enfant se développe bien, soyez heureuse, madame.

Normalement, les files d'attente l'enragent, mais là, de ce temps d'arrêt obligé, elle ne se plaindra pas. Depuis les derniers mois, elle est plus surmenée que jamais. Elle est sans gardienne et hésite à en demander trop à sa mère, sinon d'aller chercher sa grande à la garderie un jour sur deux. Par-dessus tout, son mari est souvent absent, rentre tard, les mains vides, un verre dans le nez, prétextant des séances photo qui s'étirent et autres obligations de première importance. Dernièrement, il ne cherche même plus à fournir d'excuses, ni elle à en demander. Les choses ne vont pas s'améliorer, maintenant qu'ils ont eu ce second enfant. Un garçon pourtant, qu'il espérait tant. Vivement cette demi-heure de pause, donc, peut-être trois quarts d'heure, elle n'a ni l'envie ni la force de regarder sa montre. Elle n'ouvre les yeux qu'au moment où le nom de famille de son mari tombe comme un couperet.

Ma mère se lève, extirpe son bébé de la poussette sans le réveiller. Au comptoir, la secrétaire la salue machinalement, avec dans sa main un carton jaune, la fiche médicale de l'enfant :

« Bonjour, chère maman, le médecin est prêt à recevoir votre fille.

– Mon garçon, vous voulez dire ! »

Les deux femmes sourient devant l'amusant quiproquo. Ma mère dit : « Ce sont des choses qui arrivent. » La secrétaire dit : « Navrée, madame », puis jette un nouveau coup d'œil à la fiche : « C'est pourtant bien indiqué *fille.* Le nom du père est le bon, madame ? »

Ma mère regarde la fiche, dit « oui », puis dirige son regard vers la ligne où est inscrit le nom de la mère. Ce n'est pas le sien.

Ma mère reconnaît le nom. Anikó B., c'est bien la serveuse du Berlin, ce bistrot où son mari passe son temps pendant que sa famille a besoin de lui, de l'autre côté du Körút. Anikó, c'est aussi cette pétillante femme de vingt ans qui gardait régulièrement sa fille avant de tomber enceinte, en même temps qu'elle, l'année dernière. Par délicatesse, sachant que sa gardienne n'était ni fiancée ni mariée, elle ne lui avait pas demandé qui était le père.

« Ce n'est pas votre nom, madame ? » demande la secrétaire.

Ma mère reste muette. La secrétaire, confuse, essaye encore de comprendre. Un nom de famille aussi rare ne peut être que celui du même homme. Ce qui voudrait dire que… Elle bafouille à son tour « j'ai dû me tromper, madame », retourne vers les classeurs, rouvre le tiroir des V, promène ses doigts sur les cartons jaunes, et au bout de quelques secondes, elle s'exclame d'une voix faussement enthousiaste, comme si elle venait de réparer de justesse l'irréparable :

« Tout est beau, madame, j'ai retrouvé la fiche de votre fils ! »

Ma mère reste silencieuse, figée par la honte. Elle se sent coupable, aussi, comme si c'était elle qu'on venait de prendre en flagrant délit de quelque chose. Elle évite les regards des femmes de la salle d'attente qui, depuis quelques minutes, observent avec curiosité l'agitation inhabituelle au comptoir d'accueil. Ma mère retient cris et larmes, trouve la force de se diriger vers le cabinet du médecin en serrant son enfant dans ses bras. Lui aussi est resté impassible.

« La suite, tu la connais, j'imagine. Ta mère met ton père à la porte. Il cherche d'abord refuge chez sa mère. Il n'en était pas question. Nous habitions déjà chez Grand-Mère avec ton oncle, sans parler de Dédi, ton arrière-grand-mère, qui occupait l'ancien lit de ton père nuit et jour. Sa mère l'a imploré : "Mon fils, tu as trois enfants maintenant, organise-toi pour être auprès d'un d'entre eux au moins." »

* * *

Je n'avais pas le plus parfait des papas, ça, je le savais depuis à peu près toujours : il ne s'agissait pas d'un secret de famille particulièrement bien gardé. Mais j'ai longtemps cru qu'il pourrait le devenir. Un document d'archives atteste cette espérance d'enfant naïf. Dans mon cahier d'écolier de la classe de Mme Bukovszki, récemment retrouvé – et lu avec un mélange d'amusement et de gêne –, il y a une composition écrite pleine de candeur, tracée de ma calligraphie scolaire, dont le titre imposé était « Le père idéal ».

Voici comment j'imagine le père idéal :

Il aime ses enfants et sa femme. Il pourvoit à leurs besoins, selon ses moyens. Dans son temps libre, il emmène sa famille faire des activités amusantes, comme de la randonnée les fins de semaine. Si possible, il passe ses vacances avec elle. Il va voir des expositions au musée avec ses enfants et durant la visite il leur explique ce que représentent les tableaux et les objets exposés. Il supervise les études de ses enfants et il les aide, si nécessaire.

Il lit beaucoup et il est cultivé. Il aime bricoler et parfois il aide aux tâches ménagères.

J'espère que beaucoup d'enfants ont un père comme ça.

En relisant ces quelques paragraphes, cela me frappe à quel point l'enfant de neuf ans que j'étais avait des attentes minimes envers la figure paternelle, tout en trouvant le moyen de les abaisser davantage. Comme s'il lui cherchait des excuses avant même qu'il accomplisse son devoir. Le père idéal pourvoit aux besoins de sa famille « selon ses moyens », il aide « parfois » aux tâches ménagères, il va avec ses enfants en randonnée « s'il a du temps », il passe ses vacances avec eux « si possible », il supervise leurs études « si nécessaire ». (Je n'ai jamais été un fils très exigeant.)

Dans l'histoire de mes parents, j'ai longtemps revêtu le costume du personnage secondaire, ou encore celui d'un figurant accidentel. Rôles confortables où on n'est pas appelé à compatir avec le bon, à condamner le méchant, à jouer la victime ou le curé, énonçant une morale pour le grand public rassemblé devant le bûcher. J'ai même joué le spectateur blasé qui zappe devant un téléroman qui ne l'amuse guère.

Mais la décence voudrait que je ne joue pas non plus au narrateur détaché de mon histoire. Par respect pour ses acteurs principaux, autant celui que la vie a déjà condamné que celle qui, jusqu'à ce jour, en porte la blessure.

L'épreuve imposée à ma mère de revoir le père de ses enfants, d'en entendre parler surtout est une conséquence à laquelle je n'ai jamais pensé, je dois l'avouer. Comme je n'ai pas pensé au fait qu'elle est devenue après ma naissance le personnage central et risible d'une anecdote de fin de soirée. Ma mère s'était assurée de ne pas me faire vivre pareil embarras. Quoique voisins, nous n'avons pas fréquenté la même école, ma demi-sœur et moi. Nous n'avions pas eu à leur expliquer sans cesse, qu'on n'était ni tout à fait frères et sœur ni tout à fait jumeaux. Ma mère m'a inscrit à l'école de la rue Kárpát, dans le district adjacent, en inventant pour les autorités scolaires je ne sais quelle histoire. Mais son histoire à elle la suivait.

Oui, ma mère avait eu raison de partir.

* * *

La porte vitrée claque violemment. Je sursaute. Ma tante, qui était repartie à la cuisine pour une énième dose de thé, se précipite pour fermer la fenêtre, tandis que je cours à l'autre extrémité de l'appartement pour fermer la porte du balcon. L'air froid a transpercé mon corps en entier. Pour la première fois depuis le début de mon voyage, des nuages menaçants couvrent le ciel de mon pays natal.

« L'orage s'en vient, constate ma tante, reprenant son calme.

– Il faudrait que je rentre avant que ça tombe, j'ai juste ce T-shirt sur moi. »

Pendant que j'attache mes chaussures dans l'entrée, je pose à ma tante cette question qui me taraude depuis hier soir, depuis que j'ai épluché le dossier de divorce de mes parents.

« Il y a un truc que je voulais te demander. Sais-tu c'était quoi, cette histoire de meuble Louis XV que mon père aurait piqué à ma mère ? Est-ce que ça te dit quelque chose ? »

Ma tante, songeuse, replace une de ses mèches rousses derrière l'oreille.

« Cette antiquité, le petit canapé deux places ?

– Quelque chose comme ça, oui.

– Je me souviens, c'est avec son frère que ton père a déménagé le meuble chez Anikó quand ta mère l'a mis dehors. La pauvre n'avait pratiquement rien pour coucher ta demi-sœur, elle dormait dans une boîte de carton. Les meubles pour enfants coûtaient une fortune, tu sais. C'est le genre de chose qui changeait de main continuellement. Comme les jouets, les vêtements…

– Ça, je sais.

– Ton père ne s'est pas pris d'avance pour trouver ce qu'il fallait à sa fille, comme tu t'en doutes. Il a dû promettre à

Anikó une solution pour le lit d'enfant. Elle devait le presser. Il a trouvé…

– Chez ma mère.

– Évidemment ! Ce vieux canapé en demi-lune, tourné contre le mur, faisait un parfait lit d'enfant.

– Papa a toujours été ingénieux, on ne peut pas lui enlever ça. »

Je me rends compte que je viens de répéter mot pour mot le seul compliment dont ma mère gratifiait mon père en ma présence. Et quand elle me voyait bricoler à la maison, elle ajoutait toujours : « Son père tout craché. »

« Tu sais, ton père n'était jamais mal intentionné, dit ma tante. Au fond, il a toujours eu bon cœur. »

Est-ce de l'ironie ? En tout cas, jamais je n'ai entendu quiconque affirmer le contraire. Pas même ma mère.

Une heure s'est écoulée, ai-je l'impression, entre les adieux à ma tante et le moment où je sors de son immeuble, trois étages plus bas. Le ciel est d'un gris funèbre et il tonne au-dessus du trolley n° 76 qui me ramène vers mon auberge du Körút. Pour l'instant, les cieux se retiennent de se rompre, comme s'ils attendaient le bon moment pour se déchaîner. Cette retenue ne saurait durer. J'ai bien peur que mon projet de retrouver la maison de mon père avec Petya demain soit compromis. Ça ne me dérangerait pas tant que ça.

Chapitre 22

RÊVES

Un cauchemar me tire du sommeil en pleine nuit. À moins que ce ne soit l'orage. Je suis incapable de me souvenir de mon rêve. Je fuyais quelque chose, et puis je cherchais quelque chose, je ne sais plus quoi ou qui, ni où, tout se dissipe malgré les efforts de mon cerveau vaporeux. Reconstituer le fil de mes rêves a toujours été pour moi une quête vaine et frustrante.

Je regarde l'heure sur mon téléphone : il est à peine cinq heures du matin. Dehors, la pluie bat l'asphalte des trottoirs, crible le capot des voitures. Mon lit tremble à chaque coup de tonnerre. La chambre s'illumine sporadiquement par des éclairs qui percent les lames des persiennes et les mailles des rideaux. On dirait les flashs d'un photographe qui, de l'extérieur, mitraillerait ma chambre pour capter un morceau de moi. La porte du balcon cogne contre le cadre en aluminium avec une régularité angoissante. Je pense aux deux titans de l'autre côté du mur qui soutiennent l'immeuble sur leurs épaules. *Tenez bon, les gars !* Je compte et recompte les coins du plafond. Il y en a toujours quatre.

Je ne me rendors qu'au petit matin, et seulement à moitié, peu avant le coup de fil de Petya. Sa voix enjouée me délivre de ma nuit agitée.

« Je suis en bas !

– Tu es matinal. »

Quand il comprend que je viens d'ouvrir les yeux, il poursuit, un sourire dans la voix :

« Je t'attends au Kino. Pas sur la terrasse, c'est le déluge.

– On n'est pas obligés d'y aller, tu sais ! Ça ne me dérange pas de tout annuler…

– Tu plaisantes ou quoi ? J'ai congé de boulot et de famille, on a l'Audi de mes parents, et qu'est-ce qu'on s'est dit, hein ?

– "L'aventure, c'est l'aventure" ? »

Je tente de feindre suffisamment mal l'enthousiasme pour que Petya saisisse mon hésitation. Sans résultat.

Le temps de traverser le Körút et d'entrer dans le café, je suis trempé de la tête aux pieds. Petya, seul client, assis au bord de la fenêtre, a un chocolat chaud devant lui. Son deuxième, me dit-il en souriant. J'accroche mon imperméable mouillé sur la patère, à côté de celui de mon ami. Le serveur m'apporte un café au lait sans que j'aie à le commander.

« Tu es maintenant un habitué, bientôt on écrira ton nom sur une table.

– Ce serait du gaspillage, je pars demain.

– Tu finis toujours par revenir… »

Un grand bruit provenant de l'extérieur détourne notre attention. Le serveur se précipite dehors. Nous le suivons du regard. L'auvent en toile au-dessus de la terrasse a cédé sous l'eau de la pluie et inonde à présent la terrasse jusqu'au

Théâtre de la Gaieté. Le jeune homme constate les dégâts, conclut qu'il n'y a rien à faire et rentre en nous disant avec détachement :

« Ce n'est pas une journée pour aller à la plage !

– Nous allons pourtant au lac Balaton, lui répond Petya, et le serveur se met à rire, croyant à une blague.

– Souhaitons qu'il fasse plus beau dans le coin, dis-je à Petya quelques instants plus tard.

– J'ai vérifié la météo. Là-bas, ce sera pire ! » répond-il, et il éclate de rire à son tour.

Décidément, la bonne humeur de Petya ne laisse aucune chance à un changement de plan. Je ne peux qu'espérer qu'elle sera contagieuse.

« Pour notre destination, tu as une adresse ou quelque chose ? me demande-t-il.

– La maison n'a pas d'adresse, en tout cas, elle n'en avait pas à l'époque. Elle n'est même pas située sur une voie praticable. Si ça n'a pas changé, il faudra laisser la voiture à mi-chemin et gravir la côte à pied. J'ai déjà essayé d'identifier l'endroit sur Google Maps, mais les photos satellites sont floues dès qu'on s'éloigne des habitations. Par contre, le village en contrebas des collines est toujours là ! Je connais son nom, si ça peut te rassurer.

– C'est un bon début, disons.

– On trouvera facilement l'église dans la rue principale. De là, espérons que je retrouverai le chemin vers la maison.

– Espérons.

– T'as un stylo ? »

Sur le napperon en papier, j'entreprends de dessiner un plan. Mes traits sont hésitants, maladroits. Je trace les limites du village, les champs autour, les collines viticoles plus loin, j'ajoute des routes, des sentiers, je place des boisés, des vignobles, j'ajoute çà et là des flèches, je mets une croix pour indiquer le point de départ (l'église du village), et un X pour marquer le point d'arrivée, la maison de mon père. Les traits grossiers, l'échelle faussée donnent à l'ensemble un résultat particulièrement chaotique. Entre mes souvenirs et ce qui se forme sur le papier ne se dégage, je m'en rends compte, qu'un lien ténu. Pour clarifier le tout, j'essaye d'expliquer mon illustration comme je peux.

« Bon, ça ressemble plus ou moins à ça, vois-tu, il va falloir commencer par trouver l'église, l'arrêt de l'autocar est juste devant, il l'était du moins à l'époque, de là il faudra sortir vers les champs qui entourent le village par une rue diagonale. Par ici, vois-tu. De là, on verra les collines avec les vignes qu'il faudra rejoindre à partir d'un chemin bordé de peupliers. Des sentiers de terre perpendiculaires mènent vers les hauteurs. Il y a sur le flanc de la montagne, éparpillées entre les vignes, il y *avait* en tout cas, quelques maisons, des caves à vins surtout. La maison de mon père était tout au sommet, sur la crête. D'en bas, on ne la voyait pas. On ne la trouvait jamais du premier coup. Le truc était de marcher avec le lac Balaton dans le dos… »

Petya interrompt mes explications et examine mon dessin avec un scepticisme marqué :

« Je vais me fier à mon GPS autant que possible », dit-il en tapant le nom du village dans son téléphone.

Je poursuis mon œuvre. Au dos de la feuille, je tente cette fois-ci de dessiner la maison. Les massifs murs de pierres à moitié enfouis, le pignon triangulaire avec une porte qui donne sur le rez-de-chaussée, le balcon taillé dans le toit pentu, les latrines sans porte, à l'écart. Et en fond de scène, je trace le paysage, de trois traits agiles, pour indiquer le petit morceau du lac Balaton entre monts et vallées.

Pour le coup, je suis assez content du résultat, le dessin reproduit à peu près ce que j'ai en tête.

« La maison ressemble à quelque chose comme ça, dis-je fièrement.

– Ça ressemblait à ça il y a vingt-cinq ans, tu veux dire.

– En fait, ça devait ressembler à ça il y a deux cents ans aussi. Sans le balcon et la porte du grenier qui s'ouvre sur le rez-de-chaussée. Ce sont des ajouts de mon père.

– Le grenier qui est au rez-de-chaussée, répète Petya, c'est drôle. »

Il plie mon dessin et le met dans sa poche. Il regarde son téléphone.

« Bon, ça dit deux heures et quarante minutes jusqu'à l'église du village. On devrait être à notre point de départ vers midi. Pour ce qui est du point d'arrivée, c'est plus incertain, si je comprends bien », dit-il en regardant à nouveau son téléphone.

Je commande un deuxième café au lait à emporter ainsi que des sandwichs et des bouteilles d'eau pour la route. Petya en rajoute, se montre gourmand. Ou pense-t-il qu'on y sera jusqu'à demain ?

« On en prend pour une armée…

– Ça me rappelle, j'ai oublié de te dire que nous aurons un compagnon de route. »

Petya accueille mon regard étonné d'un mouvement de sourcil énigmatique.

« Je suis trop endormi pour jouer aux devinettes.

– T'inquiète, il nous donnera des forces. »

En démarrant l'Audi, Petya pointe la boîte à gants.

« Ouvre-la et regarde sur quoi je suis tombé. »

J'y trouve la figurine de Yoda que j'avais léguée à Petya avant de quitter le pays quand on avait onze ans. Bouche bée, je tourne et retourne le morceau de plastique beige.

« C'est fou !

– Je t'avertis, je le garde ! »

La figurine ressemble à celle de mes souvenirs : le personnage au visage ratatiné, la cape blanche poussiéreuse, la ceinture verte, le collier en cuirette et, bien sûr, dans la main, son sabre laser, cassé.

« Il faut croire que ton père ne lui en avait pas fabriqué un neuf, finalement.

– Il faut croire qu'aucun père n'est parfait.

– Et cette moitié de lettre pliée en origami, dont je te parlais l'autre jour, celle qu'on avait déchirée en deux, tu ne l'as pas retrouvée par hasard ?

– Oublie ça. Je n'en ai toujours pas le moindre souvenir et ça ne dit rien à mes parents non plus.

– Espérons qu'il nous sera utile, le vieux.

– Que la force soit avec nous ! » déclare Petya, et il accroche la figurine au rétroviseur par son collier.

Petya conduit avec aisance. Il semble apprécier l'Audi aux sièges et à la suspension autrement plus confortables que la fourgonnette à bord de laquelle il passe ses journées. Des paysages qu'on traverse après notre sortie de la ville, nous ne voyons à peu près rien. Pluie et brume rendent le tout d'un gris uniforme, de plus en plus dense. Chaque voiture et camion qui émerge de la grisaille nous surprend et projette une trombe d'eau contre le pare-brise. Maître

Yoda pendouille nerveusement sous le rétroviseur. Petya éteint même la radio pour mieux se concentrer. Mes yeux fixent le mouvement métronomique des essuie-glaces et leur infatigable combat contre l'eau. Je me demande comment je vais rester éveillé et, plus encore, comment je vais garder la forme toute la journée. Je voudrais pouvoir afficher de l'enthousiasme pour ce périple, à défaut d'en éprouver pour son objectif. Retrouver le simple plaisir de passer la journée avec mon ami d'enfance, et plus encore, cette sensation de liberté qui nous avait accompagnés durant notre *road trip* en Allemagne à bord d'une Renault Fuego Turbo, l'été de nos dix-huit ans.

* * *

Avec mon père, je n'ai jamais fait de *road trip* – il n'a jamais eu ni permis de conduire ni voiture –, mais nous avons fait de nombreuses balades à pied. « Nombreuses », voilà qui est tout relatif. C'est drôle à dire, mais je pourrais compter assez précisément le nombre de fois où j'ai vu mon père *tout court*, durant ma vie entière.

Selon mes souvenirs – et il ne devait pas en être autrement avant que j'aie l'âge de m'en rappeler –, mon père passait à l'occasion à l'appartement du Körút, la plupart du temps sans s'annoncer. Selon nos disponibilités, il venait me cueillir, avec ou sans ma sœur, et nous nous promenions ici et là, tout l'après-midi, parfois tard le soir. Il pouvait aussi lui arriver, les dimanches, de sonner chez Mamie, dont il préférait l'accueil froid mais passif à celui, vindicatif, de son ex-femme. J'estime que ces visites ont eu lieu trois ou quatre fois par année entre ma naissance et notre départ pour l'Amérique, onze ans plus tard. Disons, en arrondissant, à quarante occasions au total. À ces rencontres s'ajoutent les incontournables dîners chez Grand-Mère, à Pâques et à Noël : dix années multipliées par deux, c'est-à-dire vingt repas de fête. Finalement, entre mon immigration et le décès de mon père, je suis retourné en Hongrie huit fois, si mon compte est bon. À chaque retour, nous nous sommes vus deux fois, je dirais, pour un total de seize.

Avec une relative précision, je peux affirmer que, durant ma vie, j'ai vu mon père environ soixante-quinze fois. Le chiffre me paraît étonnamment élevé. Dans la catégorie des pères absents, il y a assurément pire.

Quoi qu'il en soit, ces soixante-quinze rencontres ont été insuffisantes pour bien des choses, notamment pour que s'envenime notre relation. Parmi celles-ci, deux occasions se démarquent. La première fois, j'avais huit ans, la seconde fois, treize. Les deux ont eu lieu à la maison de mon père.

Dans cet endroit où aucune route ne mène, « caché derrière le cul du diable, disait mon père, où personne ne viendra nous faire chier, mon fils ». Cette vieille cave à vins, abandonnée depuis Dieu sait quand, retapée et transformée en un pavillon de vacances par les seules mains de mon père. Cette maison en pierres discrètement juchée sur une crête, à moitié enfouie sous terre « pour garder les tonneaux bien au frais ». Cette maison sans adresse qu'on n'atteignait qu'au prix d'une marche interminable sous un soleil de plomb. Cette maison sans électricité, sans téléphone, sans eau courante, « toutes choses inutiles, mon fils, quand nous avons la sainte paix ».

Si elle est encore debout aujourd'hui, si elle est toujours reconnaissable, la maison de mon père abrite peut-être encore quelques-uns de ces souvenirs que j'entretiens depuis la fin de mon enfance. Par bribes. Comme les fragments d'un rêve qui, pour une fois, ne se seraient pas totalement évanouis à mon réveil. Je peux fermer les yeux, saisir un des morceaux, lui redonner vie et éprouver de tous mes sens un de ces rares instants que nous avons passés ensemble, mon père et moi.

Je revois mon père torse nu, au matin, qui martèle, qui scie, qui peint, qui creuse, qui maçonne et qui, un moment, s'arrête, reprend son souffle, s'essuie le visage avec son avant-bras, se tourne vers moi et me dit : « Aide-moi donc, mon fils, tant qu'à me regarder faire. » Je l'entends encore qui m'explique en détail la fonction de chacune de ses trouvailles, du moindre morceau de fer ou bout de bois qui jadis servait aux vignerons et qui, « tu vois, mon fils, va désormais décorer notre maison ». Le parfum sucré de sa pipe me saisit les narines. Nous sommes sur le balcon, j'ai un livre entre les mains et, lui, il a le regard perdu au loin, rivé sur les monts et vallées entre lesquels apparaît un petit bout du lac Balaton, le nôtre, « à nous et à personne d'autre, mon fils ». La fatigue engourdit mes jambes. Nous marchons à travers champs et forêts, vers l'église d'un village au loin. Nous nous reposons à l'ombre, de notre baluchon nous sortons le pain, les poivrons, le saucisson, les cerises cueillies en chemin, et je savoure, à nouveau, chaque bouchée. Et puis, à la tombée de la nuit, sous le ciel plein d'étoiles, parfois filantes, tout mon être vibre près du feu, au rythme des vers et des strophes que mon père déclame par cœur, « les plus belles du monde entier, retiens bien ça, mon fils ».

Je sais que je n'ai pas rêvé cette maison. Parce que c'est là où mon père a su me transmettre un peu de ce qu'il était, du meilleur de lui-même, de ce qu'il avait toujours voulu être. Le papa qui explique à son fiston ce qu'il touche et ce qu'il voit, ce qu'il fait et ce qu'il connaît, et qui aime par-dessus tout – plus que les femmes, plus que la bouteille – les poètes et les paysages de son pays qu'il n'aurait quitté pour rien au monde.

Chapitre 23

LA MAISON DE MON PÈRE

En ouvrant les yeux, je devine à notre gauche le lac Balaton, derrière l'épais brouillard. Le tout ressemble à une aquarelle qu'on aurait submergée quelques secondes dans un bac rempli d'eau.

« C'est joli.

– Tu as fait de beaux rêves ? me demande Petya.

– Je faisais des calculs dans ma tête. Tu te rappelles quand je te disais que je passais mes étés dans la maison de mon père ? En fait, c'est une formule que je me suis habitué à dire à mon entourage, à moi-même en premier. Mais tout compte fait, je n'y suis allé que deux fois. Probablement pas plus longtemps qu'une semaine, chaque fois. »

Nous roulons sur la M71, route à deux voies qui longe sur quatre-vingts kilomètres la rive nord du lac. Hors saison, les douzaines de villages et autant de stations balnéaires se remettent du tumulte estival, du passage des centaines de milliers de vacanciers venus, de tout le pays et des environs, profiter des charmes de *la mer hongroise.* En ce jour d'orage et de congé, la route est déserte, la population locale, recluse au sec, invisible.

À Balatonfüred, nous tournons à droite sur une route secondaire vers le massif de Bakony. Après vingt minutes de montée, nous atteignons l'entrée du village. Quarante secondes plus tard, nous arrivons en son centre, là où s'élève l'église de la rue principale. Avec l'averse dense, on distingue assez mal ses murs blancs et son clocher carré. Ici non plus, aucune âme n'émerge des maisons cerclées de clôtures.

« Tu vois, on a déjà trouvé notre point de départ, s'exclame Petya, toujours souriant, encore optimiste.

– Je ne dirais pas que je me reconnais, mais en sortant par cette rue, je pense qu'on va arriver vers les champs. De là, on devrait voir les vignes. »

Au bout de la rue, nous arrivons effectivement à la lisière du village, que borde un champ en jachère. On roule sur une route rocailleuse, jusqu'aux premières rangées de vignes qui courent en infinies lignes parallèles vers les hauteurs. Et qui, sous cette pluie, se perdent dans la brume au loin.

« Je présume que si on voyait quelque chose, ce serait plus facile de trouver notre chemin », note Petya.

Je me veux rassurant : « En tout cas, on voit des chemins qui partent vers la crête. »

Nous débarquons de la voiture pour examiner nos options. Avec nos imperméables et nos capuchons, nous avons l'air de deux moines en pèlerinage perdus sur la route de Compostelle. Mais c'est notre monture qui semble le plus inquiéter mon compagnon. Les roues de l'Audi sont à moitié enfoncées dans la boue, le gris argenté de la carrosserie est éclaboussé jusqu'au bas des portières. Petya regarde la voiture de son père en se grattant l'arrière du crâne.

« On va la laisser ici et continuer à pied, tu en penses quoi ? me demande-t-il.

– Bonne idée, elle sera propre à notre retour.

– Je suis content de te voir optimiste !

– Pour nos chaussures et nos pantalons, je le suis moins », dis-je en pointant nos pieds.

Aucun de nous n'est convenablement chaussé pour l'expédition qui nous attend. Des chaussures de ville pour moi, de vieilles espadrilles pour Petya, qui, comme le bas de nos jeans, comme les pneus de l'Audi, pataugent dans la gadoue rougeâtre. Nous restons plantés là une longue minute, les mains dans les poches, le regard tourné vers les collines.

Les domaines viticoles qui se déploient devant nous, ça, ça va, me dis-je. Les rangs de vignes qui montent vers le sommet correspondent *grosso modo* à ce que j'envisageais. Par contre, la géographie des lieux ne ressemble pas tout à fait à mes souvenirs. Avec cette pluie, c'est difficile à dire. Il semble y avoir un plus grand nombre de maisons éparpillées sur le flanc de la montagne, et les chemins semblent également s'être multipliés.

« *Erre vagy arra ?* Par ici ou par là ? me demande Petya.

– Celui-ci a l'air de monter vers le sommet, dis-je en pointant un chemin à une trentaine de mètres. Par là, donc ?

– *Arra !* » s'exclame Petya, qui ouvre la marche.

Je suis ses enjambées comme je peux, contournant des flaques, essayant de ne pas le perdre de vue. À chaque bifurcation, nous répétons notre petit sketch de variétés : Petya me demande « *erre* » ou « *arra* », attend ma réponse et, faisant confiance à mon instinct, me précède sans remettre en question mes choix hésitants. Pourtant, il devrait, me dis-je.

Nous marchons près d'une heure avant d'atteindre la crête. La vue est plus dégagée et nous laisse voir des maisons de part et d'autre de la colline.

« Elles sont bien plus nombreuses qu'à l'époque, fais-je remarquer.

– Le boom immobilier s'est rendu même au bout du monde, je te l'ai dit. »

Nous nous approchons comme on peut des maisons envahies de broussailles. Plus ça va, moins nous nous préoccupons de nos chaussures mouillées et des ronces qui s'accrochent à nos jeans. Poteaux électriques, stationnements asphaltés, antennes paraboliques, rien de toute cela n'existait à l'époque. Il y a quelques-unes de ces anciennes caves à vins en pierres grises, mais nous tombons surtout sur des maisons de vacances de construction récente. Les premières comme les secondes semblent désertées, en cette période de l'année.

Pour la plupart, inutile de s'approcher, je peux, à distance, rendre mon verdict navrant : « Non, pas celle-ci, elle est trop neuve, elle non plus, pas assez en hauteur, celle-ci est trop petite, elle, orientée de travers… » Après une bonne douzaine d'espoirs déçus, mon sens de la mission prend encore le dessus sur mon impatience. Même que depuis la dernière demi-heure, c'est moi qui prends les devants. L'humeur en berne de Petya me préoccupe, je me sens de plus en plus mal à l'aise de l'avoir entraîné dans ce bourbier.

« On peut abandonner, tu sais…

– Tu plaisantes ou quoi ? Je ne quitte pas la région sans l'avoir vue, cette foutue maison. »

La quête se poursuit au rythme de mes indications et de nos pas incertains. À l'approche de chaque maison qui se profile dans le brouillard, notre espoir renaît un instant, pour retomber aussitôt : « Ce n'est pas la bonne, désolé. »

Le moment d'espoir se prolonge, face à une butte qui apparaît sur la ligne de crête. Un sentier étrangement bien dégagé débouche sur une clairière au sommet. Les restes de fondations en pierres indiquent que se trouvait là une maison. Trois de ses murs sont écroulés, seul un pignon tient dangereusement debout. Au milieu, des arbustes poussent entre les gravats.

« Viens voir, me dit Petya. On dirait que la cave est encore là. »

Il a raison. Quelques marches donnent sur une lourde porte de bois creusée dans la colline. Comme celle qu'il y avait sous la maison de mon père. Un cadenas tout neuf y est accroché.

« Alors ? » me demande Petya.

Comme moi, il a envie d'en finir avec cette quête. Retrouver la chaleur de la voiture. Être au sec. Rentrer.

« Ça pourrait bien être là, finis-je par lâcher.

– Une vieille cave à vins en pierres, bâtie sur la crête, enfouie dans le sol, tournée vers le lac Balaton, tout y est, non ?

– Sauf la maison. Et la vue vers le lac est masquée par les arbres…

– Toute cette végétation a bien pu pousser depuis que tu es venu ici, tu ne penses pas ?

– Sûrement…

– Alors, c'est la bonne, tu ne penses pas ? insiste-t-il à nouveau.

– Ça se pourrait bien… mais c'est décevant.

– Dis-toi que c'est en meilleur état que l'École bleue. »

Je jette un long coup d'œil au triste sort de cette maison de vigneron réduite à sa fonction la plus élémentaire. L'essentiel y est. Il y a de quoi se réjouir, me dis-je.

« C'est peut-être ici, non ?

– Oui, peut-être. »

La bruine nous glace. Nous redescendons entre les vignes, la tête basse, cachée dans nos capuchons, les mains dans les poches. Nous évitons les ruisseaux qui filent entre nos pieds et qui ont trouvé comme point de convergence l'endroit précis où nous avons garé l'Audi.

« Je t'avais dit qu'elle serait propre, dis-je.

– Tu pousses et je manœuvre ? »

Pendant que Petya pousse la voiture côté conducteur, portière ouverte, une main sur le volant, je l'aide de tout mon poids par l'arrière. Après quelques essais, nous réussissons à nous désembourber et à sauter sans attendre dans la voiture en mouvement. Contrairement à moi, Petya n'a pas trouvé la situation particulièrement drôle et il manœuvre en serrant les dents.

Nous quittons le chemin de terre pour emprunter une route asphaltée. L'Audi semble se réjouir et, à ce que j'observe, Petya aussi. La route est bordée, côté passager, d'arbres majestueux, pointus, faisant trente mètres de haut, au moins – « on dirait des bougies d'anniversaire », disais-je enfant. « Pour protéger les champs du vent », me revient soudain l'explication de mon père.

Je romps le silence :

« Les peupliers !

– Les peupliers ?

– Oui, tu vois cette rangée d'arbres, je m'en souviens. Aucun doute. Il fallait passer en dessous avant de prendre la direction de la maison. Et d'en haut, on les voyait très distinctement.

– Du versant de la colline où on cherchait, on ne voyait pas par ici.

– C'est ce que je me dis aussi. »

Petya s'arrête au milieu de la route et nous descendons de la voiture. Nous sommes presque à l'entrée du village, mais pas du côté par lequel nous avons commencé nos recherches. La pluie n'est plus qu'un léger crachin. De loin, on voit bien l'église aux murs gris et au clocher surmonté d'une étoile.

« Elle n'était pas blanche, cette église, il y a trois heures ?

– Et il n'y avait pas une croix au sommet du clocher ? »

Petya sort son téléphone et regarde la carte du GPS.

« Doux Jésus Marie !

– Qu'est-ce qu'il y a ?

– Pour ton information, il y a deux églises dans ce village, une catholique et une protestante.

– Ça voudrait dire que notre point de départ n'était pas le bon.

– Prions que ce soit ça, l'explication. »

En un éclair, nous sommes remontés dans l'Audi et nous suivons, cette fois-ci, la rue du village qui part de l'église protestante. Elle se transforme en un chemin de gravier, traverse le champ jusqu'aux vignobles et se poursuit tout droit vers le sommet, sur le versant opposé à celui que nous avons exploré plus tôt. À notre étonnement, ce chemin nous dirige jusqu'à la crête où apparaît au loin, devant un boisé, un panneau d'indication planté au milieu d'un cul-de-sac.

En s'approchant, on distingue une flèche taillée dans un tronc d'arbre avec quatre lettres :

« Voilà qui est clair ! s'exclame Petya, hilare. Je crois bien qu'il faut aller *par là.* »

Petya coupe le moteur. Je sors de l'Audi sans prendre le temps de savourer avec lui ce moment bédéesque. Un sentier sous les arbres nous mène vers un plateau. Contre le ciel dégagé se dessine le pignon d'une maison solitaire.

« C'est elle, dis-je en accélérant le pas.

– Tu es certain ?

– Aucun doute. C'est elle ! »

Le soleil jette sa lumière placide sur la maison de mon père au moment où je m'immobilise devant elle. Je reconnais le bâtiment, sa forme, ses proportions, son flanc gauche enfoncé dans la colline. Je reconnais aussi des détails oubliés. La texture raboteuse du mur de pierres, l'ondulation cadencée des bardeaux en céramique, l'arche de la porte principale en bois massif, cernée de fenêtres garnies de grilles. Et je reconnais cette atmosphère *de bout du monde* qui enveloppe les lieux.

La porte est verrouillée, la cheminée dort, le stationnement est vide. Mais on devine une présence régulière. Des outils rangés contre le mur témoignent d'une activité viticole récente.

Nous restons silencieux un long moment. Je rabats le capuchon de mon imperméable, devenu inutile. Petya m'imite cérémonieusement.

« Avec un détour, mais on l'a retrouvée, dis-je.

– Dire que ça a pris huit longues minutes de route depuis le village, répond Petya en regardant l'heure sur son téléphone.

– L'important, ce n'est pas la destination, tu sais…

– Mais les trois heures de vadrouille sous une pluie battante ?

– C'est toi qui as choisi la mauvaise église dans ton GPS, je te signale. »

Je nous revois gamins dans la rue Kárpát, à vouloir absolument faire porter à l'autre la responsabilité de l'échec d'une de nos missions.

Petya sort de la poche de son imperméable le napperon sur lequel j'ai dessiné notre destination ce matin. Il tient la feuille à bout de bras pour vérifier si la réalité correspond à mon souvenir.

« Alors, je ne l'ai pas rêvé, cet endroit ?

– Il est assez juste, ton dessin, concède-t-il finalement. Par contre, il n'y a plus de balcon percé dans le toit.

– Ni de latrines avec vue sur le lac Balaton. »

Là où mon père avait installé jadis son poste d'observation panoramique, on ne voit plus que des herbes hautes.

« Ça te fait moins de peine, on dirait.

– Je me demande juste si… Tu vois, le grenier qui donne sur le rez-de-chaussée ? »

Je m'approche du côté gauche de la maison. Petya me suit.

Le mur est aveugle.

« Il n'y a plus de porte dans le pignon du toit, regarde. Avant, on pouvait entrer dans le grenier par ici. C'est mon père qui l'avait percée. »

Petya observe le mur d'un œil expert et me dit de sa voix rassurante : « Regarde bien, les briques ne sont pas de la même nuance de rouge. Celles du milieu sont clairement plus récentes. »

Je glisse mon index sur ce qui est, il a bien raison, la frontière entre les briques nouvelles et les anciennes.

« C'est vrai, on distingue même le rectangle de la porte. »

Je dis ça avec soulagement. Non pas que j'aie quelque doute – je sais que nous sommes au bon endroit –, mais parce que j'ai là, au bout du doigt, une preuve tangible du passage de mon père en ces lieux.

Outre ce détail, que reste-t-il de la présence de mon père ici ? Quelle trace a-t-il laissée, maintenant que cette vieille maison de vigneron a repris sa fonction d'origine ?

Une petite fenêtre à la vitre sale permet de regarder dans la pièce du rez-de-chaussée qui, dans le temps, nous servait de cuisine, de salon, de salle à manger ainsi que de salle d'exposition pour tout le bric-à-brac glané par mon père dans les environs. Une presse à raisin, un tamis, des bidons de plastique prennent maintenant toute la place. Au fond de la pièce, une échelle monte au grenier et, sur la gauche, deux marches descendent vers la cave. La porte en bois cache sans doute des tonneaux de riesling et de chardonnay. À l'époque, cette pièce humide et sombre était notre garde-manger et illustrait toute l'ironie du lieu : le manque d'intérêt total de mon père pour la fabrication du vin. « Pourquoi te faire chier à faire ton pinard, mon fils, si le voisin t'en donne de l'excellent pour trois fois rien ? »

Petya s'est avancé vers la lisière du terrain pour observer l'horizon, maintenant complètement dégagé. Je le vois ôter son imperméable, l'étaler sur le gravier, et sortir de ses grandes poches nos sandwichs et une bouteille d'eau. Je fais un dernier tour de la maison pour prendre quelques photos avec mon téléphone.

À l'arrière, un étrange objet attire mon regard : sur un vieux clou enfoncé dans le mur pend un bout de ferraille difforme. Je le décroche, le regarde sous tous les angles. J'ignore à quoi il pouvait bien servir. Mon père me le dirait, lui. Un morceau de quincaillerie ancienne, probablement le fragment d'un outil quelconque, le genre d'objet dont tout le monde se serait débarrassé sans réfléchir, mais que mon père aurait ramassé à coup sûr. Qui d'autre que lui l'aurait accroché à ce mur ?

« Qu'est-ce que c'est ? me demande Petya quand je reviens vers lui avec l'objet dans la main.

– Un résidu de mon héritage dilapidé, je crois.

– C'est mieux que rien.

– Tu penses que c'est du vol, si je pars avec ?

– Pas si on considère que le domaine au complet aurait pu être à toi. »

Nous mangeons nos sandwichs en silence, assis sur nos imperméables. Il fait beau maintenant. Une lumière tranquille aux tons verts illumine les collines autour. Devant, la vallée se repose, comme nous. On voit le village et ses deux clochers, le chemin des peupliers, le lac au loin. Un vent doux balaie le paysage, les feuilles des vignes et des arbustes frémissent près de nous. Des corneilles survolent les champs, quelques voitures circulent au village, un tracteur passe sur la route asphaltée en contrebas. C'eût été le lieu parfait pour répandre les cendres de mon père.

« Tu vois ce morceau du Balaton entre les deux monts, là-bas ?

– Ce n'est pas grand-chose, dit Petya, mais oui.

– Suffisant pour que mon père se vante d'avoir une vue sur le lac.

– En tout cas, elle est magnifique, cette vue. Plus belle que ce que ton dessin laissait entrevoir. »

Petya fouille dans la poche de son imper et en sort le napperon humide plié en quatre. Avec un sérieux exagéré, il examine cette fois-ci le recto de la feuille où j'ai tenté tant bien que mal d'illustrer les environs.

« C'est dessiné de mémoire, je te rappelle.

– C'est approximatif, mais tous les éléments sont là, même le chemin des peupliers », me dit-il, et il me tend l'œuvre.

Quand je saisis mon dessin, la feuille se déchire et nous restons chacun avec un morceau dans la main.

Nous nous sourions.

« Tu penses à la même chose que moi ?

– On peut bien garder chacun notre moitié, répond Petya, mais j'espère que tu reviendras au pays avant qu'on soit méconnaissables.

– Il pourrait y avoir pire.

– Comme quoi ?

– Qu'on soit trop séniles pour nous souvenir de tout ça. »

* * *

Sur le chemin du retour, Petya fixe la route, comme moi. Nous traversons le paysage crépusculaire sans rien dire. Je sens que ma dernière nuit au pays sera sans rêve ni cauchemar, je vais bien dormir.

Pour une fois, c'est Petya qui rompt le silence :

« C'était la plus belle aventure que j'ai vécue depuis je ne sais plus quand, tu sais.

– Moi aussi. »

Pendant que je réfléchis à ce que je pourrais ajouter, Petya dit, avec une voix hésitante que je ne lui connais pas, comme s'il me faisait un aveu resté au fond de sa gorge depuis trente ans :

« Tu sais, quand on était enfants, je n'étais pas super heureux de te voir partir en Amérique. J'ai toujours eu l'impression que ma vie n'a plus jamais été pareille après ton départ. »

Je sens que Petya est soulagé que sa confidence ne suscite pas de discussion.

La blessure de celui qui reste. Bizarrement, c'est une chose à laquelle je n'ai jamais pensé jusqu'à maintenant.

Petya fixe la route, placide. Nos regards humides ne se croisent pas.

À l'entrée de la ville, comme pour retrouver le confort du chez-soi, Petya baisse la vitre, y dépose son coude et conduit maintenant en routier imperturbable. Il aurait pourtant de bonnes raisons de se plaindre du comportement des automobilistes ou de se lamenter de la circulation qui se densifie depuis que nous avons quitté l'autoroute. Nous avançons lentement, gouvernés par les feux tantôt rouges, tantôt verts, dans un silence que nous garderons, nous le savons, jusqu'aux adieux devant mon auberge du Körút. Ce sera sans chichis, comme d'habitude : « À bientôt, j'espère », nous dirons-nous à tour de rôle, en nous tapant dans le dos.

L'air tiède du soir d'automne traverse l'Audi sans rien remuer. Sous le rétroviseur, Yoda oscille à peine. Depuis que nous sommes repartis, je tiens dans la main, tel un talisman, ce morceau de fer rouillé qui durant des décennies a décoré, j'imagine, la maison de mon père. Je me demande encore ce que c'est. Si j'ai un doute sur son origine, je n'en ai aucun sur sa destinée. Demain soir, il aura sa place chez moi, dans mon appartement à Montréal, sur une tablette de mon cabinet de curiosités, à côté de la collection de coupe-cigares de mon père et d'autres artefacts familiaux dont ma mère ne sait que faire, et aussi de tous mes souvenirs accumulés au fil du temps pour me rappeler les lieux, les gens, les moments qui, comme j'aime le penser, ont façonné celui que je suis aujourd'hui.

Et si un jour quelqu'un – un enfant, disons, le mien, par exemple – me demande ce qu'est ce bout de fer, faute d'avoir une réponse, je pourrai lui raconter son histoire.

ŒUVRES CITÉES

György Faludy, *Villon balladái*, New York et Genève, Pea Könyvek, 1954.

Sándor Petőfi, *Petőfi Sándor válogatott versei*, Budapest, Anno Kiadó, 1995.

Antal Verbőczy, *Talán az elefánt*, Budapest, Móra Ferenc, 1981.

–, *Kereszt-levél a századvégre*, Budapest, Kozmosz Könyvek, 1983.

Mihály Vörösmarty, *Vörösmarty Mihály válogatott versei*, Budapest, Új palatinus könyvesház, 2005.

Les traductions des textes hongrois vers le français sont de l'auteur.

Merci à Demodex pour l'extrait de la chanson « Modernség »

L'auteur remercie également le Conseil des arts du Canada de son soutien.

Un merci particulier à F. V.

TABLE

CATALOGUE

Anuk Arudpragasam
Un passage vers le Nord
Traduit de l'anglais (Sri Lanka) par Dominique Vitalyos
2023

Christian Astolfi
De notre monde emporté
2022

Hanna Bervoets
Les choses que nous avons vues
Traduit du néerlandais par Noëlle Michel
2022

L'expérience Helena
Traduit du néerlandais par Anne-Laure Vignaux
2023

Ia Genberg
Les détails
Traduit du suédois par Anna Postel
2024

Paolo Giordano
Tasmania

Traduit de l'italien par Nathalie Bauer
2023

Anna Hope
Le Rocher blanc
Traduit de l'anglais par Élodie Leplat
2022

Alice Kaplan
Maison Atlas
Traduit de l'anglais (États-Unis) par Patrick Hersant
2022

Semezdin Mehmedinović
Le matin où j'aurais dû mourir
Traduit du bosnien par Chloé Billon
2022

Noëlle Michel
Demain les ombres
2023

Touhfat Mouhtare
Le Feu du Milieu
2022

Sara Mychkine
De minuit à minuit
2023

Maude Nepveu-Villeneuve
Après Céleste
2023

Aslak Nore
Le Cimetière de la mer
Traduit du norvégien par Loup-Maëlle Besançon
2023

Boris Pétric
Château Pékin
2022

Stine Pilgaard
Le pays des phrases courtes
Traduit du danois par Catherine Renaud
2022

Les monologues de l'hippocampe
Traduit du danois par Catherine Renaud
2023

Anne Sénès
Chambre double
2023

Juan Tallón
Chef-d'œuvre
Traduit de l'espagnol par Anne Plantagenet
2023

Lisa Weeda
Le palais des Cosaques perdus
Traduit du néerlandais par Emmanuelle Tardif
2023

Michèle Standjofski
Mona Corona
2023

Sylvia Aguilar Zéleny
Poubelle
Traduit de l'espagnol (Mexique) par Julia Chardavoine
2023

Pour en savoir plus sur nos publications
et suivre notre actualité,
vous pouvez consulter notre site Internet
www.lebruitdumonde.com

Pour plus d'information :
www.lisez.com
Imprimé sur du papier issu de forêts gérées durablement.

Ouvrage réalisé par Nord Compo à Villeneuve-d'Ascq

CET OUVRAGE
A ÉTÉ ACHEVÉ D'IMPRIMER
SUR ROTO-PAGE
PAR L'IMPRIMERIE FLOCH
À MAYENNE EN JANVIER 2024

N° d'édition : M20695/02
N° d'impression : 104080
Imprimé en France